Margaret Millar

Das Kannibalen-Herz

Roman

Aus dem Amerikanischen von Jobst-Christian Rojahn

Diogenes

Titel der amerikanischen Originalausgabe:
›The Cannibal Heart‹

Umschlagillustration von Hans Traxler

Deutsche Erstausgabe

150/88/36/1
ISBN 3 257 21685 8

*Einem alten Freund, großartigen Kritiker
und überaus phantasiebegabten Angler:
Harry E. Maule*

I

Ungefähr hundert Meter vom Haus entfernt, in südlicher Richtung, begann der Wald, in dem Luisa zufolge die Teufel hausten. Einige von ihnen waren in dem alten Brunnen eingeschlossen, der längst versalzt und unbrauchbar geworden war und den man mit einem Betonklotz abgedeckt hatte. Die anderen lebten in dem Swimmingpool, über den Bretter gelegt waren, damit sie nicht entfliehen konnten.

Jessie versuchte, einen Blick auf die Teufel zu erhaschen, indem sie sich bäuchlings auf die Holzplanken legte und durch ein Astloch spähte. Drinnen aber war alles schwarz und nur ein leise raschelndes Geräusch zu vernehmen.

»Ich glaube, ich höre was«, sagte Jessie.

»Das sind sie.« Luisa, die neben ihr auf den Planken saß, umschlang ihre Knie und wiegte sich in wilder Freude vor und zurück. »Wenn du nicht aufhörst, mich dauernd zu nerven und mir ständig nachzulaufen, lasse ich sie raus. Ich werd ihnen sagen, sie sollen sich in dein Zimmer schleichen, wenn du schläfst.«

»Das würdest du nicht wagen.« Aber Jessies Protest war schwach. Sie wußte sehr wohl, daß Luisa dazu imstande war. Sie hatte außerdem das unangenehme Gefühl, daß die Teufel, wenn es da im Wald wirklich welche gab, Luisa gehörten und ihr auch gehorchen würden. Luisa war von einem Schleier des Geheimnisses umhüllt. Obwohl erst fünfzehn Jahre alt, war sie schon anders als andere Menschen, und Jessie respektierte diesen Unterschied und verachtete ihn und fürchtete sich auch ein klein wenig vor ihm. Luisa hatte wilde, dunkle Augen, die sie so weit nach oben verdrehen konnte, daß nur noch das Weiß der Pupillen sichtbar war, so daß sie wie geschälte Trauben aussahen. Sie konnte die Augenlider mit einem Druck ihrer Daumen umstülpen, und wenn sie sich in der Küche ihr langes schwarzes Haar kämmte, dann sprühten Funken daraus hervor und im Radio fing es an zu knistern und zu krachen. Auch Luisas Familie war ein bißchen geheimnisvoll. Ihre Mutter, Carmelita, sprach nur Spanisch – manchmal so schnell und laut, daß Jessie die Ohren schmerzten – und ihr Vater, Mr. Roma, hatte eine Haut, die so dunkel und faltig war wie eine Walnuß, und weißes, widerspenstiges Haar, das er mit einem Filzhut niederhielt, in dessen Hutband zwei Häherfedern steckten.

»Luisa, bist du eigentlich wirklich eine Mexikanerin?«

»Halb.«

»Und was ist die andere Hälfte?«

»Als wenn du das nicht wüßtest.«

»Ich weiß es nicht.«

»Für ein Kind von fast neun Jahren weißt du ziemlich wenig.« Luisa stand auf und streckte sich und gähnte mit allen Anzeichen des Gelangweiltseins, aber ihr Gesichtsausdruck verriet Jessie doch, daß sie schon wieder beleidigt war. »Es gibt noch andre grausige Dinge in dem Wald da, von denen du nichts weißt, Jessie Banner.«

»Das glaube ich nicht.«

»Du *wohnst* hier nicht so wie ich.«

»Jetzt schon. Wir bleiben in Kalifornien, bis die Schule wieder anfängt und...«

»Trotzdem bist du immer noch nur ein *Mieter.* Ich wohne schon hier, seit das Haus gebaut wurde, und das war praktisch bevor du geboren wurdest. Ich weiß alles darüber und über Mrs. Wakefield.«

Jessie bewegte sich und seufzte. So machte Luisa das immer, wenn sie beleidigt war – sie verlockte einen dazu, Fragen zu stellen, und dann beantwortete sie diese Fragen nur halb oder auch gar nicht. Und sie mußte unbedingt nachfragen, denn die Verlockung war einfach zu groß. »Wer ist Mrs. Wakefield?«

»Das wirst du bald genug erfahren. Sie kommt her, um ein paar von ihren Sachen abzuholen, die sie dagelassen hat. Vielleicht heute, vielleicht auch erst morgen. Mein Vater hat einen Brief von ihr bekommen. Sie wird in Billys Zimmer wohnen.« Luisa stemmte mit übertriebener Geringschätzung die Fäuste in die Hüften. »Und *jetzt*, nehme ich an, willst du wissen, wer Billy ist.«

Jessie schüttelte den Kopf und versuchte, gänzlich desinteressiert auszusehen. »Ist mir doch egal. Du machst das ja sowieso mit Absicht.«

»Was mach ich, um Himmels willen?«

»Das. Ich kenne jede Menge Billys in der Schule, Dutzende.« Das stimmte. Da, wo sie zur Schule ging, nämlich in New York, war Billy ein sehr weitverbreiteter Name. Sie konnte aber nicht verstehen, warum er, wenn er aus Luisas Mund kam, so aufreizend klang. Wenn Luisa ihn aussprach, dann war er wie eines jener Wörter, welche auf den Toiletten oder auf dem Spielplatz zu einem geradezu explosionsartigen Gekicher führten.

Gleichgültigkeit vorspiegelnd, kletterte Jessie von den

Holzbrettern herab und fing an, den Schmutz von ihren aufgeriebenen Knien zu kratzen. In nur zwei Wochen hatte sie sich mehr Kratzer, Schnitte und blaue Flecken zugezogen als zu Hause in einem ganzen Jahr, und ihre Beine und Arme waren übersät mit roten, juckenden Flekken, von denen Mr. Roma behauptete, es seien Flohstiche. Das hatte Evelyn, ihre Mutter, ziemlich schockiert, und sie hatte darauf bestanden, daß es sich bloß um Mückenstiche handle, erschienen ihr die doch weitaus schicklicher. Nicht doch, meinte Mr. Roma, es habe wegen der Trokkenheit schon seit drei Jahren keine Mücken mehr hier gegeben. Nur Flöhe, klein wie Stecknadelspitzen und genauso scharf und stark.

Jessie bearbeitete einen der Stiche mit ihren Fingernägeln, bis der Schmerz schließlich größer war als das Jukken. »Was sind das für grauslige Dinge da im Wald?«

»Du würdest zu Tode erschrecken, wenn du's erfahren würdest, Jessie Banner.«

»Ich doch nicht.«

»Du darfst es keinem Menschen weitersagen, versprich mir's beim Blute deines Bruders.«

»Ich versprech's.«

»Also gut. Es ist ein toter Mann.«

»Wie, hier? Unter diesen ... diesen Brettern?«

»Du bist wirklich blöde. Da würde er doch verwesen. Du gehst wohl doch besser nach Hause zu deiner Mutter und spielst mit deinen Puppen.«

»Ich hasse Puppen«, log Jessie voller Inbrunst. »Ich spiele *nie* mit Puppen. Wo ist der tote Mann?«

»Das würdest du gern wissen, was?« Luisa lief durch das raschelnde Laub davon und stieß dabei tiefe, unheimlich-stöhnende Laute aus.

»Luisa, warte doch! Luisa?«

Aber Luisa versteckte sich hinter einem Baum und antwortete nicht auf Jessies Rufe.

Jessie sah sich sehr sorgfältig zwischen den Bäumen um und hoffte, hinter einem von ihnen ein Stückchen von Luisas Kleid entdecken zu können oder durch das plötzliche Gekreisch eines Hähers oder das Davonschießen der Eidechsen, die im Gebüsch Zuflucht suchten, einen Hinweis auf ihr Versteck zu erhalten.

Aber alle Bäume standen reglos da und verleugneten Luisas Gegenwart. In der Ferne murmelte das Meer, und unter den Planken, die das trockene Schwimmbecken bedeckten, kamen gedämpfte Geräusche hervor wie von kleinen, unbenennbaren Wesen, die da unten im Staube kicherten.

Sie hielt sich die Ohren zu und fing an zu laufen. Als sie den Rand der Klippe erreichte, war das Gemurmel des Meeres zu Gebrüll angeschwollen, das alle anderen Laute übertönte. Sie hielt an, rang nach Luft und hielt ihren Arm fest auf ihre stechende Seite gepreßt.

Von hier aus konnte sie das dünne graue Band des Rauchs sehen, der aus dem Küchenschornstein aufstieg, und auch die scheunenartige Garage, über der Luisa und ihre Eltern drei Zimmer bewohnten – sehr aufregend, nicht wie andere Menschen, die gezwungen waren, in ganz gewöhnlichen Häusern zu wohnen.

Aus der Ferne betrachtet hatte es den Anschein, als ob das große steinerne Haus wie durch ein Wunder direkt aus dem Felsen herausgewachsen sei. Natürlich wußte sie nur zu gut, daß es nicht gewachsen war. Es war erbaut worden, hatte Luisa ihr gesagt, und Mrs. Wakefield hatte dann darin mit jemandem namens Billy gewohnt, der keine

Ähnlichkeit mit den Billys hatte, die Jessie von der Schule her kannte.

Sie beugte sich vor und spähte über den Rand der Klippe, um die schwarzglänzenden Kormorane zu beobachten, wie sie von ihren Nestern in den Nischen der Felswand auf das Meer hinausflogen und nach Fischen tauchten. Aber plötzlich waren ihr diese großen und gefräßigen Vögel zuwider, und es erschien ihr überhaupt alles fremd und ungeheuerlich – das Meer und das graue Haus, die Flohstiche an ihren Beinen und der drohende Wald hinter ihr. Sie wünschte, sie wäre zu Hause und ginge mit einer ihrer Tanten im Central Park spazieren oder führe in der überfüllten Untergrundbahn, wo so viele Menschen so überaus lebendig waren, daß man sich Tote gar nicht vorstellen konnte. Ihr Gesicht verzog sich, als wolle es – ganz ohne sie um Erlaubnis zu bitten – zu weinen anfangen. Sie selbst weinte nie, vor allem dann nicht, wenn die Möglichkeit bestand, daß Luisa sie heimlich beobachtete.

Sie stand auf und strich sich ihr glattes blondes Haar aus der Stirn. Dann lief sie in Richtung auf das Haus los, wobei sie fröhlich und so laut, wie sie nur konnte, vor sich hinpfiff – für den Fall, daß sich Luisa in Hörweite befand.

2

Die Staubkörner trafen Evelyns Gesicht wie Nadelstiche, und ihr braunes Haar, das ihr gegen den Hals geweht wurde, fühlte sich an wie Stroh.

»Das nächste Mal sollten Sie einen Hut aufsetzen«, sagte Mr. Roma. »Mrs. Wakefield trug immer einen, wenn sie in die Stadt fuhr, einen Strohhut mit Krempe. Sie hatte eine sehr helle Haut.«

Er wich schwungvoll einem Schlagloch aus, so daß die Kartons mit den Lebensmitteln über den Rücksitz rutschten und die in Eis eingepackten Milchkannen schepperten und gluckerten.

»Auf dieser Straße«, sagte er, »ist es wie in der Wüste. Man muß sich schützen.«

Trotz der Hitze trug er eine schwere, bis zum Hals zugeknöpfte karierte Wolljacke und einen tief in die Stirn gezogenen Filzhut, so daß nur im Nacken ein wenig von seinem weißen Haar sichtbar war. Er hatte Augen wie aus braunem Plüsch und einen vollen, sinnlichen Mund, der zitterte, wenn er von Gefühlen ergriffen wurde – aber es war in der Hauptsache das vorzeitig weiß gewordene Haar, dem Mr. Roma sein würdevolles Aussehen verdankte. Evelyn erschien er wie ein britischer Oberst, den eine tropische Sonne tief gebräunt hatte. Es hatte sie überrascht, als er ihr sagte, daß er Mulatte sei.

»Vielleicht kann ich ja«, sagte Mr. Roma, »am nächsten Samstag dann allein zum Einkaufen fahren.«

»O nein, mir macht das Einkaufen wirklich Spaß.«

»Das ist nicht unbedingt eine Stadt, die was zu bieten hätte«, sagte er in einem halb entschuldigenden, halb hoffnungsvollen Ton. Marsalupe war die einzige Stadt, die er genau kannte, und obwohl er sich ihrer Beschränkungen sehr wohl bewußt war, lag ihm doch auch daran, daß sich andere Menschen anerkennend über sie äußerten, zumal wenn es sich um Fremde aus dem Osten handelte. »Es gibt keine Delikatessen.«

»Ich mag Delikatessen gar nicht so«, sagte Evelyn mit einem schwachen Lächeln.

»Sie können jederzeit Sachen aus Los Angeles kommen lassen. Mrs. Wakefield tat das manchmal. Einmal Palmherzen in der Dose. Mr. Wakefield hatte plötzlich Lust darauf. Das ist eine große Köstlichkeit. Verglichen mit Palmherzen ist Kaviar was ganz Ordinäres.« Nach einer kleinen Weile fügte er hinzu: »Von dieser Kurve hier sind's nur noch anderthalb Meilen. Man kann das Meer schon riechen.«

Evelyn konnte das Meer noch nicht riechen, obwohl sie angestrengt Luft durch die Nase einsog, Mr. Roma zuliebe, der sich immer so äußerte, als verfüge er, was das Meer und das auf der Klippe darüber erbaute Haus anbetraf, über eine Mehrheitsbeteiligung, die ihm das Sagen sicherte.

»Riechen Sie's nicht, Mrs. Banner?«

»Nein, noch nicht so richtig. Das ist eigentlich kein Geruch, eher so ein *Gefühl* auf meiner Haut.«

»Ich riech's ganz deutlich.«

»Da. Ich glaube, jetzt ich auch. Ja, ganz sicher.«

Evelyn mochte niemanden enttäuschen. Es war eben dieser Charakterzug, der einige ihrer Freunde denken ließ, sie sei willensschwach. Und einmal hatte ihr Mark anläßlich eines seiner Ausbrüche vorgehalten, sie sei schwächlich, sie habe eine schwächliche Persönlichkeit und einen schwächlichen Kopf. Manchmal – und vor allem, wenn sie morgens aufstand und noch nicht ganz wach war – fühlte sie sich in der Tat schwächlich, wie ein losgelöst dahinschwebender Nebelfleck. Wenn sie sich aber erst einmal den Schlaf aus den Augen gewaschen hatte, dann sah sie sich selbst durchaus als ein Wesen von einiger Substanz, und wenn sie dann in das angrenzende Schlafzimmer hinüberging, um Jessie beim Anziehen zu helfen, dann fühlte sie sich so klar und scharfkantig und hart wie ein Diamant.

Tatsache war, daß Evelyn – wie schon seit eh und je – auch mit ihren zweiunddreißig Jahren noch ein überaus praktisch denkendes Geschöpf war. Und es erwies sich eben oft als sehr praktisch, sich so zu verhalten, daß sich Leute wie Mark oder Mr. Roma gut fühlten. Deshalb roch sie jetzt das Meer und erklärte Mr. Roma, daß sie sich bereits ganz erfrischt fühle.

Mr. Roma war sehr angetan, daß die heilsamen Eigenschaften seines Ozeans anerkannt wurden, und er fuhr mit so schwungvoller Grandezza um die nächste Kurve, daß sich Evelyn mit beiden Händen an die Tür klammern mußte, um nicht das Gleichgewicht zu verlieren, und die Lebensmittel, Milchkannen und Bücher für Mark in geräuschvoller Einigkeit zur anderen Seite des Jeeps hinüberrutschten.

Seit acht Jahren unternahm Mr. Roma nun schon diese samstäglichen Einkaufsfahrten nach Marsalupe. Es waren kaum neun Meilen, aber nur wenige Menschen benutzten diese Straße, weshalb man sie in ihrem jämmerlichen Zustand beließ. Während der Regenzeit pflegte Mrs. Wakefields schwerer Lincoln bis zu den Radkappen im Schlamm zu versinken, während der Trockenzeit aber war die Straße staubig und voller Schlaglöcher, und es gab da eine abschüssige Strecke von etwa einer Meile, auf der unerwartet auftauchende Felsbrocken den Reifen des alten Lincoln zusetzten und seine alternden Federn marterten. Nach dem Krieg hatte Mrs. Wakefield dann einen gebrauchten Jeep gekauft, der über die Straße dahinjagte wie ein niemals ermüdendes oder kleinzukriegendes Kind. Als Mrs. Wakefield vor einem Jahr ganz plötzlich abgereist war, hatte sie Mr. Roma diesen Jeep hinterlassen.

Jeden Monat erhielt Mr. Roma einen Scheck von Mrs. Wakefields Bank, der sein Gehalt und notwendig werdende Reparaturen am Haus abdeckte. Er und Carmelita hatten zusammen das Haus für einen neuerlichen Bezug instandgehalten, erwarteten sie doch jederzeit eine Nachricht von Mrs. Wakefield, daß sie und Billy heimzukehren gedächten. Aber die einzigenLebenszeichen, die er von ihr hatte, waren zwei Briefe, der erste von Billys Kinderschwester:

Lieber Mr. Roma,

Mrs. Wakefield schrieb mir und bat mich, das Haus einem Immobilienmakler hier in San Diego anzuvertrauen. Sie möchte, daß Sie bleiben, bis der Verkauf perfekt ist. Das kann nun sehr lange dauern, wegen der Trockenheit, die sich ja auf die Wasserversorgung auswirkt, aber auch, weil das Haus so abgelegen ist, müssen die meisten Menschen doch raus und sich ihren Lebensunterhalt zu-

sammenkratzen – gerade so wie ich! Mrs. Wakefield und Billy sind vor drei Monaten aus Port-au-Prince zurückgekommen, aber sofort wieder zu einer Kreuzfahrt die Küste hinunter aufgebrochen. (Ein komischer Zufall wollte, daß sie mit der Eleutheria *fuhren, meines Wissens das letzte Schiff, das der arme Mr. Wakefield zu konstruieren half. Das Leben ist schon merkwürdig, nicht wahr?) Meine besten Wünsche für Sie und Carmelita, und sagen Sie Luisa, daß ich ihr für ihre Prüfungen alles nur erdenkliche Gute wünsche.*

Norma Lewis

P. S. Ich habe gerade mit dem Immobilienmenschen gesprochen, und der meint, daß keinerlei Aussicht bestünde, das Haus zu verkaufen, bevor sich nicht etwas an der Wassersituation geändert habe – ich nehme an, daß er wohl Regen damit meint. In der Zwischenzeit aber hat er die Möglichkeit, es möbliert zu vermieten, nur über den Sommer, an irgendwelche Leute aus New York, Mann, Frau und schulpflichtiges Kind. Der Mann hat irgendwas mit dem Verlegen von Büchern zu tun, und die Bankauskünfte sind gut. Er ist bereit, für die Zeit bis zum 15. September 2000 Dollar zu zahlen (Sie und Carmelita natürlich eingeschlossen). Ich meine, daß das in Anbetracht der Nachteile des Hauses ein gutes Angebot ist. Jedenfalls habe ich dem Makler grünes Licht gegeben. Ich nehme an, daß das so in Ordnung geht, obwohl ich meine, daß es netter wäre, wenn Mrs. Wakefield engeren Kontakt zu mir hielte!

N. L.

Eine Woche nach dem Einzug der Banners war der zweite Brief eingetroffen. Es handelte sich um eine kurze Notiz von Mrs. Wakefield selbst, die Mr. Roma mitteilte, daß er mit ihrer Rückkehr in ein oder zwei Wochen rechnen solle, und daß sie »einige Dinge zu klären« gedenke.

»Noch ein Hügel«, sagte Mr. Roma und schaltete in den zweiten Gang zurück. »Vielleicht möchten Sie anhalten und den Ausblick bewundern?«

»Einen Augenblick, ja.«

»Mrs. Wakefield ist schon überall gewesen, in fast allen Ländern, und sie sagt, daß man hier an dieser Stelle den wundervollsten Blick der Welt habe.«

Evelyn lächelte erneut. Sie konnte nicht anders als sich über Mr. Romas sanfte Eindringlichkeit zu amüsieren, über seinen Ausdruck unschuldigen Ernstes. »Vielleicht empfindet sie ja eine so große Liebe zu diesem Ort, weil sie hier zu Hause ist.«

Mr. Roma warf ihr einen durchdringenden Blick zu. »Von so einer Liebe kann gar keine Rede sein.«

»Dann muß sie außergewöhnlich sein.«

»Außergewöhnlich, o ja. Sie ist eine wirkliche ... wirkliche *Herrin.*« Er ging unbeholfen mit dem Wort um, als sei ihm sehr wohl bewußt, daß es veraltet sei, er aber kein besseres finden würde, um es an seine Stelle zu setzen.

»Ist sie hübsch?«

»Manche Menschen sind dieser Auffassung. Das ist Ansichtssache. Sie hat schöne Augen und Haare – rotes Haar, ziemlich dunkel.«

Er hielt den Jeep oben auf dem Hügel an. Die Straße wand sich unter ihnen durch ein Gehölz riesiger Eukalyptusbäume. Jenseits der Bäume leuchtete die See blau und silbern, und die Klippen liefen im Zickzack die Küste entlang. Diese Felsenklippen erstreckten sich, so weit das Auge reichte – eine steinerne Wildnis, nur hier und da ein Haus oder eine Rauchsäule, die auf ein Haus schließen ließ, das bewohnt war. Keine Menschenseele war zu sehen – überhaupt keinerlei Bewegung, das Meer ausgenommen. Aber aus dieser Höhe sah selbst die See schwerfällig aus, und die weißen Wellenkämme krochen träge am Strand dahin.

»Da draußen gibt es eine Insel«, sagte Mr. Roma, aufs Meer hinausdeutend. »Zwanzig Meilen oder so.«

»Ich kann sie nicht sehen.«

»Heute nicht, es ist zu dunstig. Aber an manchen Tagen kann man sie ganz deutlich erkennen.«

Sie dachte sofort an Jessie und wie sehr sie sich wünschen würde, diese Insel zu besuchen und zu erkunden.

»Das wäre ein großer Spaß, wenn man eines Tages da mal hinfahren könnte, sich in Marsalupe ein Boot leihen ...«

»Dort gibt's keine Landungsmöglichkeit.«

»Aber wie können die Menschen dann da leben?«

»Da lebt niemand. Es gibt keine Menschen auf der Insel, weil's kein Wasser auf ihr gibt.«

»Wasser«, wiederholte Evelyn. Noch nie in ihrem Leben hatte sie anders an Wasser gedacht als an etwas, das höchst bereitwillig – kalt oder warm – aus einem Wasserhahn kam. Aber hier draußen war es ständiger Gesprächsstoff, und wohin sie auch blickte, wurde sie daran erinnert: Die außer Betrieb gesetzten Duschen; der große Bottich unter dem Ausguß in der Küche, in dem Carmelita das Spülwasser auffing, um es später als Gießwasser für das Gemüse zu benutzen, mit Spülmittel und allem; die umfriedeten Blumenbeete, leer und von der beständig scheinenden Sonne zu hartem Ton gebrannt; und der Rasen, der so trocken und spröde war, daß er unter den Füßen knisterte. *Wenn der Regen einsetzt,* sagten die Leute, oder *Wenn die Trockenzeit vorbei ist.* Das Zeitmaß waren hier Becher und Gallonen.

Als sie durch das Eukalyptusgehölz kamen, wurde das Haus sichtbar. Es war ein geräumiges Haus, solide und wirtschaftlich aus Adobeziegeln und den Steinen dieser Gegend gebaut. Für Evelyn aber hatte es etwas merkwürdig Irreales an sich, als ob die Menschen, die dort gewohnt hatten, eine kleine, dichtgefügte Gruppe gebildet hätten, völlig unabhängig von der Außenwelt, der Tageszeitung, dem Radio und dem Briefträger. Natürlich kam die Tageszeitung – mit ein- bis zweitägiger Verspätung – wurde die Post gebracht, gab es ein Radio im Wohnzimmer. Aber trotzdem war der Eindruck der Isoliertheit so stark, daß Evelyn stets zögerte, bevor sie das Radio anstellte, und dann, wenn es angestellt war, schnell das Interesse verlor. »Wir werden noch zu Lotosessern werden«, hatte Mark gesagt, und es stimmte, daß sie tagaus, tagein gänzlich vom Haus, vom Meer und von den Wäldern in Anspruch genommen wurden. Jedes andere Leben erschien ihnen immer weiter entfernt.

Die wichtigsten Zimmer des Hauses lagen zum Meer hinaus, aber auf der Rückseite gab es eine riesige Küche, in der Carmelita kochte, die Romas ihre Mahlzeiten einnahmen und ihre freie Zeit verbrachten. Nach Norden zu lag der aus zwei Zimmern und Bad bestehende Anbau, der jetzt unbewohnt war. Dieser Flügel war ein wenig anders als der Rest des Hauses, und Evelyn bemerkte erst heute, als Mr. Roma den Jeep vor der Küchentür parkte, worin dieser Unterschied bestand.

»Das ist ja komisch«, sagte sie. »Das ist mir noch nie aufgefallen.«

»Was?«

»Die Fenster erinnern mich an ein Gefängnis.«

Mr. Roma lächelte und meinte, das sähe wirklich so aus, bot aber von sich aus keine Erklärung an für den feinen Maschendraht, der ganz unauffällig vor allen Fenstern angebracht war.

Es gelang Evelyn, zugleich schwach und hartnäckig auszusehen. »Was mag wohl jemanden veranlassen, Fenster wie diese da in einem Haus einzubauen?«

»Es ist wegen Billy. Mrs. Wakefield hatte Angst, Billy könnte mal eine Fensterscheibe kaputt machen und sich verletzen.«

»Sie gehört wohl zu den überängstlichen Müttern.«

»Muß sie wohl.« Mr. Roma betätigte die Hupe, um Carmelita herbeizurufen, damit sie half, die Einkäufe ins Haus zu schaffen.

»Ich kann ja ein paar von den Sachen mit hineinnehmen«, sagte Evelyn.

»O nein, danke. Carmelita hilft mir immer dabei. Carmelita ist sehr kräftig.«

Der Hupe Folge leistend, trat Carmelita auf die rückwärtige Terrasse heraus. Sie war eine dicke, eigensinnige Frau mit den gleichen wilden schwarzen Augen wie Luisa. Sie trug offene Sandalen an den Füßen und hatte ein rotes Seidentuch um ihren Kopf gewickelt. Luisa bestand darauf, daß ihre Mutter sich ein bißchen modisch zurechtmachte, und hatte ihr beigebracht, wie man sich die Haare zu Locken aufdrehte. Carmelita wollte ihrem Wunsch entsprechen, und deshalb legte sie sich einmal wöchentlich die Haare ein und wand ein Tuch darum. Tuch und Lokkenwickel blieben dann eine Woche lang unangetastet. Das war Carmelitas Art und Weise, Luisa zu Gefallen zu sein, ohne sich selbst dabei allzu großen Mühen unterziehen zu müssen. Und niemand konnte behaupten, sie sähe nicht modisch aus – mit all diesen Locken!

Trotz ihres Gewichts hatte Carmelita einen stolzen, geschmeidigen Gang und trug das Haupt voller Geringschätzung hoch erhoben. Die Wahrheit war allerdings eher, daß sie sich vor Menschen fürchtete, die nicht ihre Sprache sprachen. Manchmal wurde ihr der Hals ganz steif vor Angst, aber sie erzählte nie jemandem davon.

»Carmelita ist stark wie ein Pferd«, sagte Mr. Roma voller Stolz. »Ist's nicht so? He?«

Carmelita schenkte ihm ein kurzes, ungeduldiges Lächeln, hob zwei Milchkannen aus dem Jeep und schritt zurück in die Küche. Mr. Roma folgte ihr mit dem größeren der Kartons. Während Evelyn die Bücher vom Rücksitz sammelte, konnte sie hören, wie die beiden in einem abgehackten Spanisch miteinander sprachen. Eine Minute später kam Mr. Roma wieder heraus. Er hatte sich seine Brille aufgesetzt, die ihm Carmelita höchstselbst in dem Billigladen in Marsalupe ausgesucht hatte. Er sah Evelyn über den Rand der Brille hinweg an. »Ich habe einen Brief bekommen. Mrs. Wakefield kommt heute oder morgen.«

»Das ist schön.«

»Sie wird Sie nicht stören. Sie schrieb, ich sollte Ihnen das ausrichten.«

»Sie soll uns willkommen sein«, sagte Evelyn wahrheitsgetreu. »Bringt sie ihren kleinen Jungen mit?«

»Nein«, – Mr. Roma nahm den Hut ab und rieb sich den tiefroten Striemen auf seiner Stirn – »der kleine Junge ist tot.«

Später, als alles verstaut war, als die Papiertüten zusammengefaltet und die Schnüre für eine spätere Wiederverwendung um einen Pappstreifen gewickelt waren, ließ sich Mr. Roma in dem Schaukelstuhl neben dem Küchenfenster nieder, las den Brief laut vor und übersetzte ihn für Carmelita.

Als Datum war Montag, der 14. Juni angegeben, und das waren drei Tage vor dem Datum des Poststempels – als ob Mrs. Wakefield, nachdem sie den Brief geschrieben hatte, gezögert hätte, ihn abzuschicken.

Lieber Mr. Roma,

ich dachte, daß es vielleicht besser wäre, noch etwas ausführlicher auf meine letzte Nachricht an Sie einzugehen. Als ich zurückkehrte und erfuhr, daß Mr. Hawkins das Haus vermietet hatte, war ich ziemlich verärgert. Aber was geschehen ist, ist geschehen, und ich nehme an, daß es auch nicht von Schaden sein kann, noch etwas Geld zu verdienen, während ich auf den Verkauf warte. Es beunruhigt mich, daß noch so viele Sachen von mir im Haus herumliegen und den Leuten im Weg sind, die wahrscheinlich ihre eigenen Bilder, Decken usw. mithaben ...

»Haben sie nicht«, bemerkte Carmelita kurz. »Die haben nichts als Bücher mit. Bücher und Kleider.«

»Das weiß sie ja nicht.«

... Ich komme am Samstag oder am Sonntag mit dem Auto hinauf. Mr. Hawkins hat mir geraten, mir eine eigene Aufstellung des Inventars zu machen. Das scheint mir ein gräßlicher Umstand zu sein, aber ich muß in jedem Fall

einmal kommen, um ein paar meiner ganz persönlichen Besitztümer abzuholen, die ich im Haus zurückgelassen habe, zum Beispiel den Schrankkoffer mit den Spielsachen und Kleidern in Billys Zimmer, und das Kamelienbäumchen in dem Kübel (wenn es nach diesem schrecklichen Jahr überhaupt noch am Leben ist), und Dinge wie meine Schallplatten und die Noten in der Klavierbank ...

»Alles Märsche«, sagte Carmelita. »Alles schnelle Eilmärsche.«

Mr. Roma nickte. Er kannte alle Märsche auswendig, die Mrs. Wakefield auf dem Klavier gespielt hatte. Sie spielte sie stets gekonnt und laut, während Billy am Boden neben ihr saß und Kopf und Arme in einer eigentümlich hilflosen Weise bewegte, als wollte er den Takt halten.

... Dieses Inventurgeschäft kann mich ein paar Tage kosten, vielleicht auch eine Woche. Wenn diese Leutchen nichts dagegen haben, daß ich in Billys altem Zimmer schlafe, dann kann ich mit Ihnen und Carmelita zusammen essen. Ich freue mich, Sie beide wiederzusehen, wenngleich das auch schmerzlich sein wird. Wir haben schon so viel zusammen durchgemacht. Vielleicht werden alle wahren Freundschaften von Tränen genährt, aber für die unsere gilt das wohl ganz besonders – Johns und Ihre und Carmelitas – Billy war der einzige von uns, der niemals weinte ...

Carmelitas Unterlippe fing an zu zittern, und sie wandte sich ab und wischte sich die Augen mit dem Saum ihrer Schürze.

... Ich wollte Ihnen das eigentlich nicht hier in meinem Brief mitteilen, aber ich nehme an, daß es gleichgültig ist, wie ich es Ihnen sage. Billy ist tot. Er starb ganz plötzlich vor drei Wochen. Er war neun Jahre und achtundzwanzig Tage alt. Ich weiß, daß er jetzt in besseren Händen ist, als meine es je sein konnten.

Janet Wakefield

Lange saß Mr. Roma mit dem Brief in der Hand da und starrte aus dem Fenster, während Carmelita in ihre Schürze weinte und in der Küche auf und ab, hin und her schlurfte.

»Ich mußte die Kamelie verbrennen, von der war ja nichts mehr übrig, nur noch kahle Ästchen«, sagte Mr. Roma schließlich. »Sie wird enttäuscht sein.«

Die Kamelie war gestorben – nicht plötzlich, sondern mit langsamer und gewisser Endgültigkeit. Die erschöpften Knospen fielen ab, verschrumpelten, bevor sie sich noch hatten öffnen können, und dann wurden die Blätter schwarz und fielen, eines nach dem anderen.

3

Es gehörte zu einer der neueren Entwicklungen Jessies, daß sie, wenn sie sich fürchtete, nicht mehr zu ihrer Mutter oder ihrem Vater lief, um sich trösten zu lassen, sondern daß sie das selber tat. Wenn sie ganz große Angst hatte, schloß sie sich in ihrem Zimmer ein und weinte in ihr Kopfkissen. War die Angst nicht ganz so groß, dann ging sie in das Zimmer ihrer Mutter und zog sich deren Kleider an. Die Spuren der Tränen wurden mit Rouge zugedeckt, und über ihren kleinen Mund malte sie ein sinnliches und erfahrenes Lippenpaar.

Als Evelyn nach oben ging, traf sie im Flur auf Jessie, die dort in einem rosafarbenen Nachthemd aus Satin und in grünen, hochhackigen Sandaletten auf und ab stolzierte.

»Das ist mein bestes Nachthemd«, sagte Evelyn.

»Ich mach's ja nicht kaputt.«

»Es schleift aber auf dem Boden. Der Saum ist schon ganz schmutzig. Sieh mal.«

»Das ist guter, sauberer Schmutz«, wandte Jessie ein. »Nicht wie Teer oder Farbe oder so was.«

»Nun, ich meine, du ziehst dich jetzt besser wieder um und wäscht dir das Gesicht, wenn du schon mal dabei bist.«

»Aber ich hatte ja noch nicht mal Zeit, mich selbst

anzugucken. Ich möchte doch wissen, ob ich wie achtzehn aussehe.«

»Na, dann los. Wir sehen uns das mal beide an.«

Sie ging voran in Jessies Zimmer, und Jessie, durch die hohen Absätze freiwillig verstümmelt, klapperte und schlurfte hinter ihr her.

An der Innenseite der Tür von Jessies Zimmer war ein großer Spiegel angebracht.

»Seh ich wie achtzehn aus?«

»Nicht ganz.«

»Siebzehn?«

»So knapp siebzehn, denke ich.«

»Jedenfalls älter als Luisa«, sagte Jessie in bitterem Triumph.

Sie hielt die Arme über den Kopf, und Evelyn zog ihr das Nachthemd aus Satin über den Kopf, so daß ihr verschmutzter wollener Spielanzug wieder darunter zum Vorschein kam.

Jessie bürstete sich die Ästchen aus dem Haar. Alle ihre Bewegungen waren schnell und kraftvoll, ganz wie die Marks – sie fing überhaupt an, Mark von Tag zu Tag ähnlicher zu werden. Im vergangenen Jahr hatte ihr Gesicht die rundlichen, babyhaften Konturen verloren, und ihre Nase schien größer geworden zu sein. Das war nun nicht mehr ein unbestimmtes Kindernäschen, sondern diese Nase hatte jetzt eine klar erkennbare Form erhalten und sah aus wie eine Miniaturausgabe derjenigen ihres Vaters.

»Wenn ich groß werde«, sagte Jessie nachdenklich, »dann werde ich Luisa herumkommandieren und ihr Lügengeschichten erzählen.«

»Wir werden aber nicht mehr hier sein, wenn du erwachsen bist.«

»Ich kann ja aber immer wieder herkommen. Ich werde heiraten und dann meinen Mann dazu überreden, mit mir herzufahren.«

Evelyn lächelte, ein wenig besorgt. »Warum möchtest du denn Menschen belügen?«

»Weil.«

Jessie legte die Bürste nieder und fing an, sich mit einem Papiertuch den Lippenstift abzurubbeln. Sie rubbelte nicht sehr kräftig. Es bestand immer eine, wenn auch nur geringe Chance, daß ihre Mutter sie eine Spur davon behalten lassen würde. Jessie wußte selbst nicht, warum ihr dieser große, reife Mund so wichtig war, aber er war es. Sie fühlte sich besser damit, sehr viel eher in der Lage, mit Luisa und den Geheimnissen im Wald fertig zu werden.

»Glaubst du an Teufel?«

Evelyn schüttelte heftig den Kopf. »Natürlich nicht.«

»Ich auch nicht«, sagte Jessie ohne Überzeugung.

»Du nimmst besser etwas Seife. Wer hat dir von Teufeln erzählt?«

»Niemand.«

»War es Luisa?«

Stumm und verstockt heftete Jessie ihren Blick auf eine Fliege, die auf dem Spiegel saß und ihre Beinchen putzte.

»Du hast meine Frage noch nicht beantwortet, Jessie.«

»Du fragst immer so viele Fragen. Ich kann nicht alle beantworten. Ich bin doch kein Genie.«

Evelyn stieß einen ärgerlichen Seufzer aus. »Du brauchst kein Genie zu sein, um ja oder nein zu sagen.«

Jessie bewegte den Kopf so, daß die Fliege auf dem Spiegel erstaunlicherweise plötzlich auf ihrem linken Auge zu sitzen schien. Dann probierte sie es mit der

Fliege auf ihrer Nase, auf ihrem rechten Auge, mitten auf ihrem Mund.

»Du wirst neuerdings so widerborstig«, sagte Evelyn. »Ich verstehe das nicht. Wenn Luisa dich erschreckt hat, dann will ich das wissen, denn dann kann ich dafür sorgen, daß sie damit aufhört. Schließlich ist sie erst fünfzehn und hat kaum mehr Vernunft als du.«

Mark kam vom Flur herein. Er hatte in der Sonne gesessen und gelesen. Er trug seine Khakishorts und ein Handtuch um die Schultern, an denen sich die Haut abzupellen begann. Er war ein großer, entschlossen wirkender Mann mit hübschen, aber leicht unregelmäßigen Gesichtszügen und einem Ausdruck beherrschter Ungeduld. Obwohl schon achtunddreißig Jahre alt, wirkte er jünger, und das nicht zuletzt deshalb, weil er einen Bürstenschnitt trug – als Erinnerung an die Zeit, die er während des Krieges bei der Marine verbracht hatte.

»Was ist jetzt wieder los?« fragte er. »Streitet ihr beiden Mädchen euch wieder?«

Jessie warf ihm einen kurzen, kalten Blick zu. Sie mochte ihren Vater nicht, wenn er in diesen Shorts im Hause herumlief, denn er hatte Haare auf der Brust, die zwar seidenweich aussahen, sich aber wie Draht anfühlten. Für Jessie war dieses Haar etwas ziemlich Wunderbares und Geheimnisvolles und sollte besser bedeckt bleiben, außer natürlich, wenn ihr Vater schwimmen ging. Luisa hatte gesagt, daß viele Männer Haare auf der Brust hätten und daß das ein Zeichen sei. Sie wollte Jessie aber nicht sagen, *wofür* das ein Zeichen war, ihr plötzlicher Ausbruch von albernem Gekicher verriet dieser jedoch, daß es etwas war, worüber kleine Mädchen nicht zu sprechen hatten.

»Ich hab nicht gestritten«, sagte sie mit finsterer Miene. »Ich habe nur ein Geheimnis bewahrt.«

»Mein Himmel, noch eins.« Mark rieb sich die Augen und gähnte. »Hast du die Bücher, Evelyn?«

»Einige. Nicht die, die du haben wolltest. Marsalupe kann kaum als die größte Metropole der Gelehrsamkeit westlich des Mississippi angesehen werden. Du sparst viel Zeit, wenn du sie telegrafisch anforderst.«

Noch immer schmollend, erkundete Jessie mit ihren Zähnen den Niednagel an ihrem rechten Daumen. Sie war sich schon seit einiger Zeit klar darüber, daß sich das Interesse, kaum daß ihr Vater das Zimmer betrat, fast unmerklich verlagerte, und zwar weg von ihr. Es schien, daß Evelyn die Schuld an dieser Verlagerung trug, denn immer, wenn Mark anwesend war, sah sie ihn stetig und intensiv an, als sei er gerade von einer langen Reise zurückgekehrt und müsse sogleich wieder aufbrechen. Jessie, für die nur noch Seitenblicke übrigblieben, fühlte sich vernachlässigt. Um Evelyns Blicke wieder auf sich zu lenken, trat sie gegen das Bein des Toilettentischchens – allerdings nicht sehr fest.

»Laß das sein«, sagte Evelyn. »Also, wie oft soll ich dir noch sagen, daß das nicht unsere Möbel sind.«

»Es sind Luisas, und deshalb ist es mir egal.«

»Nein, das sind auch nicht Luisas. Mark, sag du's ihr.«

»Was soll ich ihr sagen?«

»Daß sie nicht gegen die Möbel treten soll.«

»Okay. Tritt nicht gegen die Möbel, Jessie«, sagte Mark, ihrem Wunsch nachkommend. »Tritt Luisa, wenn du schon treten mußt.«

»Um Himmels willen, Mark, sag bloß so was nicht zu ihr.«

»Verflixt, ich mein's aber ernst. Dieses Mädchen macht mich noch verrückt. Sie verfolgt mich, sie kommt plötzlich hinter Bäumen vorgekrochen, sie ...«

»Vielleicht ist sie ja in dich verknallt.«

»Ich bin so alt wie ihr Vater.«

»Trotzdem.«

Wiederum diese Verlagerung der Aufmerksamkeit, dieser unsichtbare Faden, der Mark und Evelyn verband und den sie zwar durcheinanderbringen, nicht aber zerreißen konnte.

»Sie würde mich wiedertreten«, sagte Jessie und tastete nach dem Faden, um ganz sachte daran zu ziehen. »Und wie. Ach, ich hasse Luisa!«

»Warum?« fragte Mark.

»Darf ich nicht sagen. Luisa hat gesagt, daß ich's nicht sagen darf.«

»Na los doch, Baby.«

Jessie schwieg einen Augenblick. »Sie hat gesagt, da wären Teufel in dem Wald, unter den Brettern vom Swimmingpool.«

Marks schnelles Stirnrunzeln ging an Evelyns Adresse. »Dieses Gör wird zu einer verdammten Plage. Du mußt mal mit ihr reden.«

»Habe ich schon.«

»Dann warst du nicht entschieden genug.«

»Ich hab's versucht«, sagte Evelyn und sah verwirrt aus. Sie war nicht entschieden gewesen, natürlich nicht, aber sie hatte mehrfach und auf verschiedenen Wegen versucht, mit Luisa Freundschaft zu schließen. Das Mädchen war darauf jedoch nicht eingegangen, und Evelyn hatte es bald unmöglich gefunden, mit ihr zu sprechen. Manchmal, wenn sie hinter Jessie her zum Strand hinuntertobte, um mit ihr bei Ebbe nach Muscheln zu graben, schien Luisa ganz Kind zu sein, so wild und frei wie die Kormorane, die in den Felswänden nisteten. Wenn sie aber ihren häuslichen Aufgaben nachging, abstaubte, ihrer Mutter in der Küche half oder die Eier im Hühnerstall einsammelte, dann sah sie so alt und lebenserfahren aus wie Carmelita. Luisas Leben erschien wie ein Tanz vor Spiegeln, die alle das aufgefangene Bild mehr oder weniger verzerrten. Niemand konnte die wirkliche Luisa in diesen Spiegeln erkennen, und Luisa ihrerseits konnte nicht aus ihnen herausschauen.

»Du hast doch keine Teufel gesehen, oder?« fragte Evelyn.

»Ich hab sie gehört.«

»Was für ein Quatsch! Komm mit Mark und mir, und wir werden dir zeigen, was das für ein Blödsinn ist.«

»Ich möchte lieber ... lieber hierblieben.« Sie sah, daß ihre Mutter ziemlich bleich geworden war, so daß die Sommersprossen auf ihrem Nasenrücken und auf ihren Backen so deutlich hervortraten wie Brotkrümel auf einem weißen Tischtuch.

»Jetzt hör mal zu, Jessie. Willst du den wirklichen Grund dafür wissen, warum das Schwimmbecken zugedeckt wurde? Das geschah deshalb, weil die Dame, die hier wohnte, Angst hatte, ihr kleiner Junge könne da hineinfallen. Sie hatten ja, weißt du, kein Wasser für das Bassin übrig, und man kann sich böse wehtun, wenn man in so ein leeres Becken stürzt.«

»Wie hieß der kleine Junge?«

»Billy. Billy Wakefield.«

Jessie nickte. Nun, da der kleine Junge einen so wirklich klingenden Namen hatte, war es auch durchaus vorstellbar, daß er ein wirklicher Junge war und nicht nur so ein Es-war-einmal-Bursche. Dieser wirkliche Junge fiel also gern irgendwo herunter oder irgendwo hinein, ganz wie sie selber auch, weshalb die Geschichte von dem Swimmingpool sehr überzeugend klang.

»Ich habe nie geglaubt, daß es da Teufel gibt«, sagte sie verachtungsvoll. »Ich bin bloß aus Spaß weggerannt, um Luisa zu erschrecken.«

Mark hob ein wenig belustigt die Augenbrauen. »Trotzdem meine ich, wir sollten diese Sache ein für allemal klären. Los, Jessie, wir gehen und holen Luisa und dann untersuchen wir den Pool.«

»Sie wird nicht mitkommen.«

»Sie wird mitkommen, und wenn ich sie an den Haaren hinziehen muß.«

Jessie kicherte angesichts dieser höchst reizvollen Vision – Luisa, an ihrem langen, spröden Haar durch den Wald gezogen, zum Gotterbarmen schreiend. Luisa, ihrer magischen Kräfte beraubt. Luisa, entzaubert, auf Mädchengröße zurückgestutzt.

Als Jessie zwischen ihrem Vater und ihrer Mutter die Treppe hinunterging, verspürte sie einen wunderbaren Mut in sich.

»Ich habe ganz vergessen, dir zu erzählen, Jess«, sagte Mark, »daß wir heute oder morgen Gesellschaft bekommen.«

»Gesellschaft mit Kindern?«

»Keine Kinder, nein. Eine erwachsene Dame, die Mrs. Wakefield heißt.«

»Das ist ja der Name von dem kleinen Jungen. Warum bringt sie ihn nicht mit?«

»Ich weiß es nicht«, sagte Mark nach kurzem Zögern.

Jessie stieß einen Schrei der Vorfreude aus.

Gesellschaft war immer aufregend, auch wenn es sich dabei nur um eine erwachsene Dame handelte. Das bedeutete einen neuen Zuhörer, zu dem man ohne Punkt und Komma sprechen konnte, und ein neues Paar Augen, das ihre Schätze bewundern würde – den Puppeniglu, den sie gerade aus Muschelschalen baute, ihren neuen Freund, James der Ganter, der fürchterliche Laute von sich geben konnte, die Doppelschaukel, die Mr. Roma an dem Pfefferbaum aufgehängt hatte, und – das war das beste – den kleinen Seestern, den sie gestern in einem Priel gefunden hatte. Der Seestern war nicht größer als ein Silberdollar, und Jessie hielt ihn in ihrem Zimmer in einer Schüssel mit Meerwasser und fütterte ihn mit allem, was nach ihrer Meinung ein Seestern gerne aß.

»Wann kommt sie?«

»Das wissen wir noch nicht genau.«

»Ich werde ihr meinen Seestern zeigen und werde sie mit runter nehmen zum...«

»Nu, fall ihr nur nicht zu sehr auf die Nerven«, sagte Mark mit einem warnenden Blick. »Und quassele ihr nicht die Ohren voll. Sie ist... es geht ihr nicht sehr gut.«

»Hat sie so Nerven wie du?«

»Genau.«

Sie fanden Luisa in einem Winkel der Küche, wo sie in einer Filmzeitschrift blätterte und eine Apfelsine auslutschte. Sie hielt ihren Blick fest auf die Zeitschrift gerichtet und ignorierte sie alle mit voller Absicht, bis Mark sagte:

»Wir machen einen kleinen Spaziergang in den Wald. Wir möchten, daß du uns begleitest.«

Luisas Augen verengten sich argwöhnisch, und sie schüttelte den Kopf, die Apfelsine noch immer fest an ihrem Mund wie ein riesiger Blutegel.

»Ich möchte gerne deine Geister und Teufel sehen, Luisa.«

Luisa öffnete den Mund, und die Apfelsine plumpste in ihren Schoß. »Ich hab ihr nichts getan, gar nichts«, sagte sie mit einem finsteren Blick auf Jessie. »Ich hab nicht das geringste getan.«

»Na komm schon mit.«

Sie verließen im Gänsemarsch die Küche.

James der Ganter kam von seinem üblichen Aufenthaltsort unter dem Magnolienstrauch herübergewatschelt. Niemand vermochte mit Sicherheit zu sagen, warum er ausgerechnet diese Stelle bevorzugte, wiewohl Mr. Roma der Ansicht war, er hätte ihn deshalb erwählt, weil die frisch abgefallenen Blütenblätter der Magnolie wie riesige, schneeweiße Gänseeier aussähen.

James kam auf sie zu und zischte sie halb freundlich, halb warnend an. James' Herkunft lag im Dunkeln – eines Tages war er ganz einfach erschienen und geblieben. Inzwischen war er sehr alt, sein eines Auge war getrübt und sein Temperament unberechenbar, aber er sah es noch immer als seine Pflicht an, auf dem Hof zu patrouillieren und dort für Ordnung zu sorgen. Obwohl er die Menschen eigentlich verachtete, war er manchmal doch auf sie angewiesen, zumal es an Gänsen und anderen Gantern fehlte. Bei Nacht, wenn ihn die Einsamkeit überkam, klopfte er mit seinem Schnabel an die erleuchteten Fenster oder fuhr damit über die Schwingtür zur Küche, ein wenig Gesellschaft heischend, wie fragwürdig diese auch sein mochte. Seine überhebliche Verachtung für das Menschengeschlecht machte es schwer, ihn ins Herz zu schließen – aber es war gleichermaßen schwer, ihn nicht zu mögen.

Zischend folgte er ihnen bis zur Garage und trat dann mit schwerfälliger Würde den Rückmarsch zur Magnolie an.

»Hierher, James«, rief Jessie. »Los, komm schon, James.« Der Ganter jedoch schnaubte verächtlich und schlurfte fortwährend durch die Bütenblätter der Magnolie im Kreis herum.

Der Anfang des Weges, der zum Wald führte, war mit Steinplatten belegt und zu seiner linken Seite mit dürren Pelargonien gesäumt, während auf der Seeseite eine Lebensbaumhecke als Windschutz angepflanzt worden war. Die Trockenheit ließ diese Hecke langsam absterben, und wenn der Wind sie berührte, dann stöhnte sie und ließ ihre Blätter wie Tränen fallen. Ein Stück weiter, da, wo die Steinplatten aufhörten, war der Pfad dann nur noch mit trockenem Eichenlaub bedeckt, das Jessie in ihre bloßen Füße stach.

Bei dem Pfefferbaum, an dem Mr. Roma Jessies Schaukel aufgehängt hatte, bog der Weg abrupt nach links und führte an einer weiten Felsenschlucht vorbei, die voller Krüppeleichen und gewaltiger Felsbrocken war, auf denen sich zur Mittagszeit die Eidechsen sonnten. Über diese Felsenschlucht führte eine Brücke aus Bohlen und Drahtseilen, aber niemand wußte, wer sie gebaut hatte und wie alt und sicher sie war. Wenn der Wind blies, schaukelte und quietschte die Brücke, und die einzigen Lebewesen, die sie jemals benutzten, waren die Häher und Spottdrosseln, die kamen, um auf ihr zu singen, zu kämpfen und ihren Kot fallen zu lassen, sowie die Termiten, die sich durch die Bohlen fraßen und winzige Holzkügelchen hinterließen.

Jessie voran, kletterten sie alle hinunter in die Schlucht, über die Felsbrocken hinweg und an der anderen Seite wieder hinauf und hinein in ein Gehölz aus Eukalyptusbäumen und Lärchen. Auf einer Lichtung in der Mitte dieses Gehölzes befand sich der kleine Swimmingpool, der so säuberlich mit an den Enden zusammengenagelten Brettern zugedeckt war. Die Abdeckung sah aus wie ein erhöhter kleiner Tanzboden, und genau das war sie bis zum heutigen Tage für Jessie auch gewesen.

»Wie, *ich* sehe aber keine Teufel«, sagt Mark mit übertriebener Überraschung.

»Ich hab ihr das nur weisgemacht«, murmelte Luisa.

»Warum?«

»Ich mußte ihr irgendwas erzählen. Sie läuft mir immer nach. Egal, wohin ich gehe, sie kommt hinter mir her. Ich muß doch aber mein eigenes Leben leben.« Sie blickte aus den Augenwinkeln zu Mark hinüber. »Und außerdem wollte sie die Bretter abnehmen. Sie hat einen Hammer aus der Garage geholt.«

»Ich wollte darin herumwaten«, sagte Jessie ängstlich, »wenn es regnet.«

»Die Bretter sollen aber da drauf bleiben. Das hat Mrs. Wakefield gesagt. Sie hat sie selber drübergelegt.«

Mark ging zum Pool und versuchte eines der Bretter zu lockern, aber es gab nicht nach. »Sie hat da ganz gute Arbeit geleistet. In erster Linie scheint mir dies aber ein komischer Ort für ein Schwimmbecken zu sein.«

»Mr. Wakefield war gerne für sich«, sagte Luisa. »Er mochte keine andern Leute um sich haben.« Die Erwähnung von Mr. Wakefield schien sie sich unbehaglich fühlen zu lassen. Jedenfalls blickte sie über ihre Schulter und fügte dann in einem plötzlichen Ausbruch hinzu: »Kann ich jetzt gehen? Ich soll eigentlich die Bohnen bewachen.«

»Es wird kühl«, sagte Evelyn. »Wir könnten eigentlich alle gehen, wenn Jessie jetzt beruhigt ist. Du hast doch keine Angst mehr, Jessie, oder?«

»Nein.« Jessie starrte grimmig auf ihren großen Zeh, auf dem zwei Ameisen in ziemlich kitzliger Weise Fangen spielten. Mr. Roma meinte, alle Ameisen suchten nach Wasser und deshalb kämen sie oft in ganzen Heerscharen in die Küche und in das Bad im Erdgeschoß. Jessie spuckte mit Bedacht auf den Boden und half dann mit ihrem Zeigefinger den durstigen Ameisen von ihrem großen Zeh herab, damit sie den Speichel leichter finden könnten. »Ich hatte *überhaupt* keine Angst.«

Sie hob den Kopf und bemerkte Luisas leicht höhnisches Grinsen und die amüsiert-skeptischen Blicke, die ihre Eltern tauschten. Deren Ungläubigkeit erstaunte sie, und als sie wieder sprach, zitterte ihre Stimme vor Eindringlichkeit.

»Ich bleibe hier und werd's euch beweisen. Ihr werdet seh'n!«

Sich an ihrer Mutter vorbeidrückend, sprang sie auf die Bretter, trampelte darauf herum und stieß laute Drohungen aus.

»Laß sie«, sagte Mark. »Sie muß mit ihren Problemen selbst fertig werden.«

Als sie zum Haus zurückkamen, hörten sie noch immer schwach aus der Ferne Jessies zornigen Gesang, in den sich das Rauschen der Wellen und das Stöhnen der Zypressen mischte – *Ich bin der Herrscher in meinem Schloß, und ihr seid elende Schurken.*

Mark schloß die Fenster des Wohnzimmers, so daß er das Singen nicht mehr hören konnte. Doch es ließ sich nicht aussperren. Es tönte rhythmisch in seinem Kopf weiter, und der Puls in seinen Schläfen pochte in gleichem Takt.

Er blickte durchs Zimmer zu Evelyn hinüber, die stumm und friedlich wie eine Porzellanpuppe in dem Lehnstuhl am Fenster saß. Einen Augenblick lang verspürte er angesichts ihrer Gelassenheit wilden Unmut – der durch seinen Körper fuhr wie ein Stromschlag. Mark hatte das Gefühl, daß sie gänzlich an und von der Oberfläche lebte – ihre stärksten Gefühle waren Zuneigung, Abneigung und Ärger. Im Kino weinte sie gern und achtete dabei immer sorgsam darauf, daß sie genug Taschentücher bei sich hatte. Das war eine dieser kleinen Eigenheiten gewesen, die ihn amüsiert hatten, als sie noch jung verheiratet waren – und irgendwie taten sie das noch immer, wenn er in der richtigen Stimmung dafür war. Aber die richtige Stimmung stellte sich immer seltener ein.

»Hast du das als Kind je gesungen?« fragte er.

»Wahrscheinlich. Ich kann mich nicht erinnern.«

»Du mußt ein komisches Kind gewesen sein. Hattest du eigentlich jemals was zu sagen?«

»Ich geh rauf und hol dir deinen Pullover.«

»Nein, setz dich, ich brauche ihn nicht.«

»Ich hoffe nur, wir zanken uns jetzt nicht«, sagte Evelyn.

»Warum sollten wir?«

»Ich weiß es nicht, aber es hat ganz den Anschein, als ob immer, wenn Jessie ein Problem hat, das zu *unserem* Problem würde und zu Streit zwischen dir und mir führte.«

»Mir ist gar nicht nach Streit zumute. Dir?«

»Nein.«

»Warum dann damit anfangen?«

»Das hab ich nicht«, sagte sie geduldig. »Ich habe lediglich auf etwas hingewiesen, was schon so oft geschehen ist, damit's nicht wieder passiert, damit wir auf der Hut sind.«

»Das klingt in meinen Ohren eher so, als wolltest du mich warnen.«

»Nein.«

»Du bist doch nicht etwa eifersüchtig?« sagte Mark. »Es gibt hier niemanden, auf den du eifersüchtig sein könntest, außer Luisa, aber die ist noch etwas jung.«

»Sei nicht albern. Du weißt genau, daß ich in meinem ganzen Leben erst einmal eifersüchtig war.«

»Mein Gott«, sagte er bitter, »man sollte meinen, daß ich diese Affäre mit Patty inzwischen wiedergutgemacht hätte.«

»Patty ist für eine Frau dieses Alters ein lächerlicher Name. Das klingt eher nach einem Cockerspaniel oder einem dieser Hunde mit den schrecklich langen Ohren.«

»Bassets.«

»Genau.« Sie durchquerte den Raum, legte ihm die Arme um den Hals und hängte sich an ihn. Sie war so klein und leicht, daß er ihr Gewicht kaum spürte. »Wir dürfen uns nicht streiten, Liebling!«

»Wir streiten doch gar nicht.«

»Vor allem jetzt nicht, wo diese Frau kommt und Jessie einen ihrer Zustände hat.«

Er beugte sich herab und küßte sie leicht auf die Stirn, aber dabei spürte er wieder diese kleine Anwandlung einer Rebellion durch sich hindurch gehen. Ob das nun ein Streit gewesen war oder nicht – sie hatte gewonnen.

Er fühlte plötzlich das Verlangen, wie Jessie mit dem Fuß aufzustampfen und so laut, wie er nur konnte, zu schreien *Ich bin der Herrscher in meinem Schloß.*

4

Als ihre Stimme müde zu werden begann, setzte sich Jessie auf den Deckel des Brunnens und biß sanft auf dem Niednagel an ihrem rechten Daumen herum. Dieser Niednagel war der schlimmste, den sie je gehabt hatte, und es kam ihr nun der Gedanke, ihn zu lassen, um ihn der Besucherin zu zeigen. Seit Carmelita mit merkwürdigen Lauten und heißem Rizinusöl ihre Warze wenigstens zum Teil weggezaubert hatte, war ihr kein besonderes körperliches Kennzeichen geblieben – außer eben diesem Niednagel.

Jessie nahm den Daumen vom Mund weg und untersuchte die Reste der verzauberten Warze auf ihrem Zeigefingergelenk. Obwohl ihre Eltern gesagt hatten, daß niemand Dinge einfach wegzaubern könne, konnte sie den Beweis des Gegenteils doch selbst sehen – die Warze war fast weg. Sie fragte sich, woher Carmelita diese ehrfurchtgebietende Gabe haben mochte, Sachen zu verkleinern, und ob sie sie auch auf Tiere und Menschen anwenden konnte, also Walfische in Stichlinge verwandeln oder sie selbst in eine Märchenpuppe.

»Vielleicht könnte ich ja auch zaubern«, flüsterte sie sich zu. »Carmelita kann's mir ja beibringen, und wenn ich wieder in der Schule bin, dann hexe ich allen ihre Krankheiten weg.«

Es war ganz unmöglich, bei einem so erregenden Gedanken still zu sitzen. Sie sprang lachend auf und breitete die Arme aus. Es war herrlich, daß sie sie war, sie, Jessie, stark und furchtlos, und mit der Aussicht auf Gesellschaft. Auf den Zehenspitzen dahintanzend, lief sie den Weg entlang auf das Haus zu, und die kleinen Eidechsen schossen beiseite, um ihren fliegenden Füßen auszuweichen.

Kurz vor der Kurve hielt sie an, um Luft zu holen, und da hörte sie – deutlich von den anderen kleinen Geräuschen des Waldes abgehoben – einen neuen Laut, der ihr ganz unbekannt war.

Sie kauerte sich hinter einen Felsblock und lauschte. Das rhythmische Quietschen hörte nicht auf, und je angestrengter sie hinhörte, desto vertrauter wollte es ihr vorkommen. Trotzdem war es irgendwie merkwürdig. Niemand außer Jessie benutzte je die Schaukel am Pfefferbaum, allenfalls ganz selten einmal Luisa. Aber das Geräusch war jetzt ganz zweifelsfrei zu erkennen – das Reiben von Tauwerk an Baumrinde.

Sie rief laut »Luisa?«, aber ihre Stimme klang sehr hoch und dünn, als wenn Carmelita das meiste davon weggezaubert hätte.

Es kam keine Antwort von Luisa. Jessie hatte auch gar keine erwartet. Selbst wenn Luisa sie gehört hätte, würde sie in keinem Falle antworten, weil sie wütend war. Luisas Wut konnte ewig dauern, und dieser Gedanke ließ Jessie sich recht verzweifelt und verwegen vorkommen. Es hatte keinerlei Zweck, zu versuchen, Luisa zu besänftigen, weshalb sie ebensogut alles daran setzen konnte, ihr einen Mordsschrecken einzujagen.

Vorsichtig näherte sie sich der Wegbiegung, wobei sie sich dicht an die Baumstämme und Felsblöcke hielt und auf Händen und Knien vorwärtskroch, wenn sie ein Stückchen offenes Gelände überwinden mußte.

Trotz ihrer großen Sorgfalt konnte sie es nicht verhindern, daß Blätter und Äste unter ihrem Gewicht raschelten und knacksten, und als sie endlich die Stelle erreicht hatte, von der aus sie die Schaukel sehen konnte, hatte das quietschende Geräusch aufgehört. Hinter einen Eichenstamm geduckt und bereit hervorzustürzen, wartete sie auf das Wiedereinsetzen des Geräuschs, um die nichtsahnend träumende Luisa zu überrumpeln.

Sie wartete sehr lange, bis einer ihrer Füße einschlief und sie ihn durch Beklopfen und Zwicken wieder aufwekken mußte. Als sie schließlich ihre Wache beendete und hinter dem Baum hervorkam, sah sie, daß überhaupt niemand auf der Schaukel saß, obgleich diese sich noch im Wind bewegte.

Wütend darüber, daß sie ausgetrickst worden war und ihre Beute verfehlt hatte, schrie sie schwach: »Du bist ein Stinker! Wenn du dich vor mir versteckst, werde ich alles sagen!«

Da wurde sie gewahr, daß zwei Menschen wie zwei riesige bunte Vögel zwischen den Bäumen dahinschritten – Mr. Roma in seinem karierten Hemd, und eine Frau, die ein gelbes Kleid trug und leuchtend rote Haare hatte.

»Das ist das kleine Mädchen, die Jessie«, sagte Mr. Roma. »Sie macht gern allerlei Geräusche. Das ist gut für die Lungen.«

Mrs. Wakefield lächelte matt. Ihr Augenausdruck veränderte sich nicht, aber die Linien um ihren Mund wurden tiefer. »Es muß komisch sein, wieder ein Kind um sich herum zu haben.«

»Es ist sehr belebend.«

»Belebend, ja.« Sie wandte sich ab und kämpfte einen Augenblick lang mit den Tränen. »Das sind nette Leute, nicht?«

»Ja, ich denke schon«, sagte Mr. Roma sanft. »Mr. Banner ist rastlos, vielleicht fühlt er sich einsam, aber nicht die Frau oder das kleine Mädchen.«

Mrs. Wakefield blieb bei einer Akazie stehen und berührte sie mit der Hand, als sei sie ein alter Freund. Die Akazie war nie zurückgeschnitten worden, und ihre grau geränderten Blätter hingen bis auf den Boden hinunter. Die gelben Blüten, winzige Knäuel aus Chenille, waren braun geworden und verwelkt.

»Fast alles ist gestorben, bis auf die Bäume«, sagte Mrs. Wakefield. »Es hat etwas für sich, tief hinabreichende Wurzeln zu haben.«

Sie kniete auf dem Teppich aus verwelkten Blüten nieder und fing an, diese mit der Hand beiseite zu schieben.

»Ich mache das schon«, erhob Mr. Roma Einspruch. »Hier, sehen Sie, ich nehme mein Taschentuch.«

»Aber nein. Wie alt ist eigentlich das kleine Mädchen?«

»Fast neun. Sie wird im nächsten Monat neun.«

»Ungefähr so alt wie Billy. Sie müssen eine Geburtstagsparty für sie veranstalten.«

»O ja.«

»Sagen Sie mir das Datum, damit ich daran denken kann, wenn ich wieder fort bin.«

»Es ist der 18. Juni.«

Sie wiederholte das Datum laut. »Das wird nett sein, daran zu denken – die Geburtstagsparty eines kleinen Mädchens.«

Mr. Roma wußte, daß sie daran denken würde – am

Morgen des 18. Juni würde sie als erstes an Jessies Geburtstagsparty denken. Er wollte das Bild so lebendig wie möglich für sie ausmalen, damit sie – in gewissem Sinne – selbst bei der Party dabeisein konnte.

»Carmelita wird einen Biskuitkuchen backen«, sagte er ernst, »mit rosa Zuckerguß und neun rosa Kerzen. Im Kuchen drin sind ein Zehn-Cent-Stück und ein kleines silbernes Hufeisen...«

»Und ein Ehering. Vielleicht bekommt Luisa den Ring. Das würde ihr sicher gefallen.«

»Ja, der Kuchen wird mit vielen Sachen gefüllt sein«, sagte Mr. Roma.

An der Stelle, die er von Blüten befreit hatte, war eine kleine, viereckige Steinplatte sichtbar geworden. Mr. Roma hatte sie selbst dort eingegraben und brauchte deshalb nicht auf die Worte zu schauen, die darauf standen: JOHN HARRIS WAKEFIELD, 1898–1947, GOTT GEBE SEINER SEELE FRIEDEN.

Er wandte die Augen ab und der See zu, die jenseits der grauen Akazienblätter wie blaues Licht schimmerte. Er mochte nicht den stummen, tränenlosen Schmerz von Mrs. Wakefield mit ansehen. Er wußte, daß sie nicht weinen würde – sie war ausgetrocknet wie ein alter Brunnen. Die Trockenheit zeigte sich an ihrer Haut, die nicht mehr zart und durchscheinend war, sondern fast schon so dunkel wie die von Mr. Roma, und auch an der steifen Art ihrer Bewegungen, als wenn ihre Knochen aus Mangel an Feuchtigkeit brüchig geworden wären. Sogar ihre Augen erschienen ausgedörrt, und auf ihren dunklen Augenbrauen lag eine ganz feine Schicht des gelben Staubes von der Landstraße. Ihre Schönheit war nicht vergangen, sie hatte sich nur verwandelt.

Mr. Roma nahm seinen grauen Filzhut ab und hielt ihn vor sein Herz.

»Wir gehen besser zurück«, sagte Mrs. Wakefield. »Sonst denken sie noch, ich sei nicht ganz bei Trost. Komme gerade an und renne gleich wieder los, um in den Wäldern spazierenzugehen. Sie wissen nicht, daß John hier begraben liegt, oder?«

»Ich hab's ihnen nicht gesagt.«

»Vielleicht ganz gut so. Könnte ja sein, daß sie, was den Tod anbetrifft, abergläubisch sind, vor allem das Kind.« Sie verteilte die abgefallenen Blüten wieder gleichmäßig auf dem Stein, bis er nicht mehr zu sehen war. »Ist sie... ist sie sehr gescheit?«

»O ja. Aber sie hat noch keinerlei Erfahrung. Züge und Zoos und Flugzeuge und Untergrundbahnen und Filme – sie kennt sich mit all diesen künstlichen Dingen aus, aber hier auf dem Lande, da ist sie dauernd von Staunen und Angst erfüllt. Sie hat ein weiches Herz. Sie mag alles, was sich bewegt.«

»Wie schade.« Mrs. Wakefield stand auf und sammelte die Blätter ab, die an ihrem Kleid hängen geblieben waren. Ihre Handrücken waren von der Sonne gebräunt. »Sie wird so plötzlich und schmerzhaft groß werden.«

»Nein, nein«, sagte Mr. Roma, aber er wußte wohl, daß sie nicht ganz Unrecht hatte. Jessie ging zu verschwenderisch mit ihrer Liebe um. Sie kleckste überall mit ihr herum wie ein unerfahrener Maler, und Mr. Roma fand häufig an den unerwartetsten Stellen von ihr stammende Farbtupfer und Pinselstriche. »Jessie wird zu einer feinen Dame heranwachsen wie Sie eine sind.«

»Wie ich?« Ihr Gesicht verzog sich plötzlich zu einer schmerzlichen Grimasse. »Gott behüte!«

Seite an Seite gingen sie zum Haus zurück, vorbei an Jessies Schaukel und dem Eukalyptusbaum, in dem die Kolibris nisteten.

»Ich habe mich verändert, nicht wahr?« sagte sie, »sehr verändert.«

»Nicht mehr als wir alle.«

»O doch, sehr viel mehr. Ich konnte das von Carmelitas Augen ablesen – ein wirklich tiefer Schock. Sie sah mich an, als sei ich gestorben, nicht Billy.«

»Carmelita übertreibt die Dinge mit ihren Augen«, sagte Mr. Roma. »Luisa tut das nicht. Es hat nichts zu bedeuten.«

»Ich war eine Närrin, hierher zurückzukommen. Ich hätte in Bewegung bleiben sollen.« Sie schüttelte den Kopf, als wolle sie die Tatsache dieser Rückkehr dadurch loswerden. »Es wird immer behauptet, Tragödien würden die Menschen erheben, verschafften ihnen inneren Frieden. Nun, ich fühle mich weder edel noch friedvoll. Eher zornig, schrecklich und hilflos zornig.«

»Zornig zu sein ist ganz in Ordnung.«

»Nicht, wenn man nichts dagegen tun kann, als dem Himmel mit der Faust zu drohen und mit dem Fuß auf dem Boden aufzustampfen.« Sie schwieg einen Augenblick. »Als ich in Jessies Alter war, nahm mich meine Mutter zu einer Wahrsagerin mit, sozusagen als besonderes Vergnügen. Die alte Frau meinte ›Dieses Kind wird ein langes und glückliches Leben haben‹, und viele, viele Jahre lang habe ich fest daran geglaubt. Immer, wenn ich deprimiert oder einsam war, wiederholte ich mir diese magischen Worte: *Dieses Kind wird ein langes und glückliches Leben haben.* Ich wünschte mir oft, ich könnte zurückgehen und die alte Frau ausfindig machen, um ihr für all den

Trost zu danken, den sie mir zuteil werden ließ. Das war ein so *persönlicher Trost*, verstehen Sie? Es war nicht das gleiche, wie wenn man gesagt bekam, daß Gott im Himmel sich meiner annehmen würde, vorausgesetzt, ich sei brav. Nein, die alte Frau verstand ihr Geschäft. Ihre Worte waren klar und voller Zuversicht, da gab's keine Vorbedingungen etwa der Art, daß ich erst aufhören müsse, mir die Fingernägel abzukauen oder mein Kleid schmutzig zu machen. Dieses Kind da war ich, und das lange und glückliche Leben war mein unwiderrufliches Schicksal.«

»Sie sind noch immer eine junge Frau«, sagte Mr. Roma ängstlich, aber sie überhörte seine Bemerkung.

Mit einem unsicheren Lächeln sagte sie: »Wenn ich die Wahrsagerin ausfindig machen würde, wüßte ich nicht, ob ich sie als Lügnerin beschimpfen oder sie bitten sollte, mir ihre Worte zu wiederholen.«

»Vielleicht beides.«

»Das ist richtig, vielleicht beides«, sagte sie. »Aber jetzt habe ich genug über meine Probleme geredet. Was werden Sie machen, wenn das Haus verkauft ist?«

Mr. Roma hatte diese Frage erwartet. »Wir werden nach Marsalupe zurückgehen. Wir haben hier etwas Geld gespart, und ich denke, wir werden ein kleines Restaurant aufmachen.«

»Ein Restaurant?«

»Nur ein ganz kleines. Eine Imbißstube.«

»Sie haben mit so etwas keinerlei Erfahrung.«

Er blickte sie scheu an. »Ich hab mir gedacht, ich mache einen dieser Fernkurse – wie man die Bücher führt und was man einkaufen muß. Carmelita wird ihre Spezialgerichte kochen, also Enchiladas und Bohnen mit Käse und Tamales, und ich werde bedienen.«

»Das wird ein ganz neues Leben für Sie sein.«

»O ja. Aber in gewissem Sinne besser für Luisa. Während der Schulmonate ist sie nicht gern bei meiner Schwester in Pension. Und im Sommer ist es hier zu ruhig für sie.« Er nickte mit dem Kopf. »Ja, es ist Zeit für eine Veränderung.«

»Warum?«

»Sie haben uns zu gut versorgt. Wie Ihre Kinder.«

»Das war nicht gerade ein bequemes Leben.«

»Aber wir hatten immer unsere Sicherheit«, sagte er mit Ernst. »Gutes Essen und eine hübsche Wohnung, nicht so was wie diese Hütten da in der Stadt, in denen die meisten Farbigen leben.«

»Ich würde Sie gerne fragen, ob Sie mit mir mitkommen wollen, aber ich weiß ja nicht, wo ich sein und was ich machen werde.«

Sie sah aufs Meer hinaus. Die Sonne ging unter, der Himmel wurde langsam grau, und das Wasser glitzerte silbern wie die Haut eines Fisches.

»Vielleicht gehe ich wieder nach Mexiko«, sagte sie. »Da gibt es diesen kleinen Ort an der Küste, wo Billy und ich eine Weile waren. Manzanilla hieß der. Von dort kamen wir damals mit dem Schiff zurück. Es war schrecklich heiß. Selbst bei Nacht kühlte es kaum richtig ab, und ich lag da bei offenen Luken, lauschte der See und fragte mich, was aus Billy werden sollte. Manchmal konnte ich einfach nicht mehr mit ihm fertig werden, er war so groß und schwer geworden, fast fünfzig Kilo.«

Mr. Roma nickte. Er wußte aus Erfahrung, wie stark Billy hatte sein können. Obwohl er schnell ermüdete, hatte er vorübergehend eine ungeheure Kraft entwickeln können.

»Erinnern Sie sich noch, wie gern er Dinge sah, die sich bewegten?« fragte Mrs. Wakefield. »Ach, er wurde nie müde, die See und die Möwen zu beobachten. Wir fanden eine kleine Nische am Heck, wo sonst niemand hinging, und da habe ich ihm etwas vorgesungen oder vorgelesen. Vielleicht verstand er nicht alles, aber er begriff wohl, daß er mein Sohn war, und daß ich ihn liebte.«

Als sie zu der Lebensbaumhecke kamen, drehte der Wind und brachte die Essensgerüche aus der Küche mit.

Mrs. Wakefield sagte: »Sie rufen jetzt wohl besser das kleine Mädchen herbei.«

An einem rostigen Nagel im Schuppen hing eine alte Kuhglocke. Mr. Roma hatte sie vor Jahren am Straßenrand gefunden, aber nie so recht gewußt, wozu er sie verwenden sollte – bis Jessie kam.

Er holte die Glocke aus dem Schuppen und läutete damit, laut genug, um Jessie herbeizurufen und die Toten aufzuwecken.

5

»Wir müssen sie bitten, mit uns zu essen«, sagte Evelyn.

Mark knöpfte sein Hemd fertig zu und langte nach der Tweedjacke, die Evelyn für ihn aufs Bett gelegt hatte.

»Wieso denn?«

»Nun, irgendwie sind wir doch dazu verpflichtet, oder nicht? Es wäre jedenfalls sehr unfreundlich, wenn wir's nicht täten.«

Mark sah sie ziemlich ärgerlich an. »Um ganz ehrlich zu sein, ich habe mich in meinem ganzen Leben noch nicht so unfreundlich gefühlt.«

»Aber du magst sie doch, oder etwa nicht?«

»Ich habe ganze zwei Worte mit ihr gewechselt. Ich weiß nicht, ob ich sie mag oder nicht.«

»Und ich glaubte tatsächlich, daß du zur Abwechslung gern mal Gesellschaft hättest. Nicht immer nur Jessie und mich.«

»Das hängt ganz von der Gesellschaft ab. Unter den gegebenen Umständen kannst du kaum von ihr erwarten, daß sie funkelt und blitzt.«

»Zumindest hat sie sich unter Kontrolle, wie immer es nun in ihr drin aussehen mag. Dein Kragen steht hinten hoch.«

»Danke.«

»Komm, ich mach das.«

Auf den Zehenspitzen stehend, faltete sie den Kragen um und fuhr ihm mit der Hand über den Hinterkopf.

»Du mußt mal wieder zum Friseur«, sagte sie. »Wir könnten doch am Montag in die Stadt fahren.«

Er drehte sich um und sah sie lange und vorsichtig an. »Zuerst die Geschichte mit dem Jackett, und jetzt ein Haarschnitt. Alles zu Ehren von Mrs. Wakefield, nehme ich an?«

»Sei nicht albern. Du hast dir dein Leben lang die Haare schneiden lassen, warum solltest du also plötzlich vor einem weiteren Haarschnitt zurückschrecken?«

»Ich schrecke nicht zurück. Ich meine nur, daß einige der weiblichen Eitelkeiten amüsant, aber lästig sind.«

»Eitelkeit! Ich bitte dich, Mark!«

»Für mich ist es das«, sagte er. »Kaum tritt Mrs. Wakefield auf, da fängst du schon an zu putzen und Jessie sich die Ohren waschen zu lassen und mir einen Haarschnitt aufzuschwatzen.«

»Das ist doch nicht Eitelkeit«, wandte sie ein, »sondern ganz und gar natürlich. Alle Frauen machen das.«

»Was ich doch sage, genau.«

»Wie dem auch sei, wir sind vom Thema abgekommen«, sagte Evelyn, ein bißchen kühl. »Laden wir sie nun ein, mit uns zu essen, oder nicht?«

»Sie hatte doch vor, mit den Romas zu essen.«

»Aber er ist ein ... ein ...«

»Hör mal, diese Leute haben jahrelang miteinander gelebt. Sie haben eine Beziehung zueinander aufgebaut, und vielleicht sogar eine sehr subtile. Wir halten uns da besser raus. Wenn Mrs. Wakefield gern bei den Romas essen möchte, dann laß sie.«

»Aber das würde schrecklich komisch aussehen. Ich würde mir komisch vorkommen.«

»Na, wenn du dir komisch vorkommst, dann endet das normalerweise damit, daß sich alle anderen auch komisch vorkommen, deshalb mach halt, was du willst.«

Sie hätte dieser Aussage gern widersprochen, aber sie verschloß ihre Lippen fest und gab vor, völlig davon in Anspruch genommen zu sein, den Läufer auf der Spiegelkommode glattzuziehen und Marks Bürsten in vollkommen gerader Linie auszurichten. In der vergangenen Woche hatte Mark etwas von seiner Nervosität abgelegt und sich entspannt, war zugleich aber ihr gegenüber zunehmend kritisch geworden. Teilweise gab sie sich selbst die Schuld daran, teilweise dem Umstand, daß sie so isoliert waren. Mark war stets von Menschen umgeben gewesen – von seinen Eltern und seinen Schwestern, von Agenten und Autoren und Werbeleuten, die alle in sein Büro geströmt kamen und Geld, Mitgefühl, Bestätigung oder bessere Verträge haben wollten. Was immer sie verlangten – Mark versuchte, es ihnen zu geben, erreichte aber schließlich den Punkt, wo seine Nerven nicht mehr mitspielten und er eine Weile weg mußte und für sich sein. Sobald er aber die Leute los war, fing er fast augenblicklich an, sie zu vermissen. Es schien Evelyn, als würde von ihr erwartet, daß sie den Mangel ausgleiche, und daß sie dieser Erwartung nicht zu entsprechen vermochte. Sie hatte nicht die satirische Intelligenz von Marks Schwestern, auch nicht den neurotischen Humor einiger der Agenten und Autoren, die Mark zum Essen mit nach Hause brachte. Im Vergleich mit all diesen Menschen erschien sie sich selbst als ein ziemlich farbloses, phlegmatisches Geschöpf, und sie war stets ein wenig überrascht, wenn Mark sie amüsant fand.

Sie blickte ihn einigermaßen verschüchtert an und versuchte, seine Stimmung einzuschätzen und herauszufinden, ob er sich für das interessieren würde, was sie in Erfahrung gebracht hatte. »Sie ist jetzt oben und packt aus, in dem Zimmer, in dem früher das Kindermädchen gewohnt hat.«

»Was für ein Kindermädchen?«

»Das bei ihr lebte. Das war auch eine richtige Krankenschwester, nicht nur so ein Kindermädchen.«

»Woher weißt du das alles?«

»Sie hat ein paar Sachen im Schränkchen liegen lassen. Zum Beispiel eine zerbrochene Injektionsspritze.«

»Das ist noch kein Beweis.«

»Da gab's noch andere Sachen. Das Zimmer selbst ist auch merkwürdig. Ich meine, es ist so unpersönlich und kahl, als hätte der Mensch, der es bewohnt hat, seine Persönlichkeit absichtlich draußen gelassen. Es ist ein... nun, eine Art *zweckmäßiger* Raum.«

»Du bist schon ein gewaltiger kleiner Schnüffler«, sagte Mark trocken. »Das Kindermädchen war also eine Krankenschwester. Und was heißt das nun?«

Evelyn sah ein wenig entrüstet drein. »Ich sehe darin keine Schnüffelei. Wenn man ein Haus mietet, dann möchte man natürlich etwas wissen über die Leute, denen es gehört und die darin gewohnt haben.«

»Also deshalb möchtest du Mrs. Wakefield einladen, mit uns zu essen. Du willst sie ausquetschen, he?«

»Das zu sagen ist sehr häßlich. Ich habe nicht die Absicht, auch nur eine einzige Frage an sie zu richten.«

Mark ging mit einem halben Lächeln durchs Zimmer. »Ich glaube, ich mach mal einen Spaziergang. Ich werde Jess mitnehmen, wenn sie mag.«

»Ich glaube nicht, daß sie mit will. Sie hilft Mrs. Wakefield beim Auspacken.«

»Ich habe Jessie aber doch gesagt...«

»Ja, ich weiß. Aber Mrs. Wakefield hat sie *gebeten*, ihr zu helfen. Sie scheint Kinder sehr zu mögen.«

»Na gut, dann geh ich eben allein. Wenn du dich mir nicht anschließen möchtest?«

Sie wußte, daß es ihn ärgerte, wenn er seinen Gang ihrem Tempo anpassen mußte, und deshalb sagte sie: »Nein, danke. Ich werde den Tisch decken.«

Mark pflegte jeden Abend vor dem Essen die Klippe hinunterzusteigen zum Strand, oder ruhig irgendwo zu sitzen, das Haus und Jessie und Evelyn aus den Augen und aus dem Sinn.

Es gab zwei Pfade, die die Klippen hinab zum Strand führten. Der eine befand sich etwa hundert Meter nördlich vom Haus – da hatte Mr. Roma für eine Reihe von Steinstufen und ein Halteseil aus Stahldraht gesorgt. Der zweite Pfad befand sich unmittelbar vor dem Haus, und das war der, den Jessie und Luisa und manchmal auch Mark benutzten. Er führte fast senkrecht nach unten, und die einzige Methode des Abstiegs war die, ihn halbwegs auf dem Hosenboden hinunterzurutschen, wobei man sich immer wieder an Büschen oder vorstehenden Felsstücken festhalten mußte.

Am Fuße dieses Pfades lag ein Haufen Geröll und Felsbrocken, der von einem Erdrutsch stammte. Ein wenig weiter südlich gab es einen großen, überhängenden Felsen, wo Mr. Roma das Ruderboot zu vertäuen pflegte, mit dem er zum Fischen hinausfuhr. Die Flut hatte den Felsen ausgewaschen und eine kleine Höhle entstehen lassen, deren Wände von herumhuschenden Krebsen und Muscheln und kleinen, wie braune Knöpfe dort angeklebten Ohrschnecken bevölkert wurden.

Mark saß gern oben auf diesem Felsbrocken, hörte dem Gurgeln des Wassers unter sich zu und beobachtete die Kormorane, die ein Stück weiter nisteten. Dort bestand die Wand aus nacktem Felsen, voller kleiner Spalten und Vorsprünge, die der Kolonie dieser schlanken schwarzen Vögel Unterkunft boten. Fortgesetzt hungrig, klammerten sie sich an das Felsgesims und suchten mit ihren scharfen Augen das Meer nach Fischen ab, die an die Oberfläche kamen und sich durch Wasserspritzer verrieten.

Als Mark den Felsbrocken erreichte, war es schon zu dunkel, um die Kormorane noch sehen zu können. Es war Ebbe, und die See wirkte so ruhig und zähflüssig wie Öl.

Leise pfeifend, zog er sich auf den Stein hoch. Da sah er Luisa. Sie saß mit gekreuzten Beinen im Sand und hielt in höchst eleganter Manier eine Zigarette in der Hand.

Erst blies sie allen Rauch aus dem Mund, dann aus der Nase. Dann machte sie Experimente und hielt sich ein Nasenloch zu, um den Rauch aus dem anderen entweichen zu lassen. Nach einem heftigen Hustenanfall drückte sie schließlich die Zigarette im Sand aus und steckte die Kippe in die Tasche ihrer Bluse.

»Hallo«, sagte Mark.

Luisa stieß einen wilden kleinen Schrei aus.

»Tut mir leid, ich wollte dich nicht erschrecken.«

»Sie haben mich zu *Tode* erschreckt«, rief Luisa. »Sie sollten Menschen mit so schwachen Herzen, wie ich eins habe, nicht dermaßen erschrecken.« Luisa konnte im Handumdrehen tödliche Krankheiten herbeizaubern, was sie denn auch – im Interesse dramatischer Wirkung – des öfteren tat. »Ich werde wahrscheinlich jung sterben.«

»Das ist schlimm.«

»Ich hab das geerbt.«

Mark sagte ungerührt: »Vielleicht solltest du, wenn du ein solch schwaches Herz hast, nicht rauchen.«

Luisa stand auf und klopfte den Sand von ihrem Kleid, wobei sie Mark aus den Augenwinkeln schlau ansah. »Werden Sie mich verpfeifen?«

»Nein.«

»Wieso nicht?«

Mark zögerte. »Ach, ich hab auch keine Ahnung, wieso nicht. Ich nehme an, daß es deshalb ist, weil ich dich nicht in Schwierigkeiten bringen möchte. Obwohl es schon gut wäre, wenn du nicht rauchen würdest, bis du älter bist.«

»Ich rauch ja nicht viel. Nur wenn ich mich elend fühle und alle Menschen hasse. Ich bin schon mal ausgerissen. Vor zwei Jahren.«

»Und wohin bist du gegangen?«

»Nur zum Haus meiner Tante in San Diego. Die hat einen Weißen geheiratet. Ich wollte ganz von vorne anfangen, meine Haarfarbe ändern und meinen Namen. Ich wollte einen echt englisch klingenden Namen annehmen wie Jane Alice Fitzsimmons oder so.«

»Fitzsimmons ist eher irisch, oder nicht?«

Luisa zuckte mit den Schultern. »Das macht nichts. Irisch täte es auch. Na ja, aber meine Tante hat mich dann zurückgeschickt. Sind Sie schon mal ausgerissen?«

»Nein«, sagte Mark mit einem Lächeln. »Ich hätte keine Chance gehabt, sehr weit zu kommen. Ich habe fünf Schwestern.«

»Fünf? Oh, das würde ich nicht aushalten. Ich *hasse* Frauen. Sind sie alle verheiratet?«

»Drei von ihnen. Die anderen beiden und ich arbeiten

zusammen. Wir haben so eine Art Familienunternehmen.«

»Mr. Wakefield hat überhaupt nichts gearbeitet«, sagte Luisa. »Der hatte Geld. Nicht sie. Sie hatte keinen Cent. Sie war eine ganz gewöhnliche Lehrerin, bevor sie ihn heiratete. Als er dann aber starb, bekam sie alles Geld.«

»Ich wußte noch nicht einmal, daß er tot ist.«

»Ist er, er starb fast genau an dieser Stelle.« Sie legte die Ellbogen auf den Felsblock und starrte zu Mark hoch. »Das ist komisch, daß Sie Jessies Vater sind.«

»Warum?«

»Sie sehen gar nicht wie ein *Vater* aus. Mehr wie, na ja, wie vielleicht ein Bandleader.«

»Danke«, sagte Mark sarkastisch. »Vielleicht weißt du nicht sehr viel über Bandleader.«

Luisas Gesichtsausdruck deutete einen Vorwurf an. »Das ist doch mein Spezialgebiet. Das ist es, was ich eines Tages sein werde, eine Sängerin nämlich, mit einer eigenen Band. Zuerst wollte ich Kindermädchen werden wie Miss Lewis. Sie war Billys Kindermädchen. Sie war wunderbar, sie wußte einfach alles. Ich möchte auch gern alles wissen und rumgehen und das Leben von Menschen retten, und so weiter und so fort, und ihnen helfen. Aber ich kann nicht.«

»Du könntest es versuchen.«

»Das Versuchen allein zählt noch nicht. Die Schulen für Krankenschwestern wollen keine Leute wie mich. Miss Lewis meinte zwar, daß es nichts ausmacht, ob man farbig ist oder nicht, aber da irrte sie sich. Es macht immer was aus und überall, außer hier.«

»Warum hier nicht?«

»Mrs. Wakefield ist anders als andere Menschen.«

Auch wenn diese Worte durchaus wie ein Kompliment klangen, bemerkte Mark doch einen Ausdruck der Abneigung auf Luisas Gesicht.

Er sagte: »Wir gehen jetzt lieber zurück, es wird schon recht dunkel.«

»Nein danke«, entgegnete Luisa leise, aber mit fester Stimme. »Ich möchte hierbleiben.«

»Na komm schon, deine Eltern werden sich Sorgen machen.«

»Nein, das tun sie nicht.« Sie richtete sich wieder auf und rieb sich einen ihrer Ellbogen, wo der Stein ihre Haut zerschrammt hatte. »Die werden um Mrs. Wakefield herumspringen.«

Mit einem nur halb unterdrückten, verächtlichen Prusten sprang Mark von dem Felsblock herab. »Okay, dann bleib hier, wenn du das willst.«

Er lief schnell durch den feuchten Sand auf die Steinstufen zu, aber er war noch keine hundert Meter weit gekommen, als er Luisa ihn rufen hörte:

»Mr. Banner! Warten Sie, Mr. Banner!«

Er drehte sich um und wartete unwillig, bis sie herangekommen war.

»Was hat dich deine Meinung ändern lassen?«

»Meine Streichhölzer sind alle naß geworden. Sie geben kein Feuer mehr.«

»Das ist aber ein Pech.«

»Ich wollte eigentlich die ganze Nacht hier unten bleiben, denn dann brauchte ich nicht nett zu Mrs. Wakefield zu sein.«

»Aber warum möchtest du denn nicht nett zu ihr sein?«

»Weil *die* es sind«, sagte Luisa wütend. »Meine Eltern,

meine ich. Sie machen wegen der immer so einen Wind. Ich werde froh sein, wenn sie wieder abfährt.«

Er wartete am Fuße der Treppe auf Luisa, um sie vor sich hinaufsteigen zu lassen. Er bemerkte, daß sie zitterte und die bloße Haut ihrer Arme in dem fahlen Dämmerlicht einen leicht violetten Farbton zeigte.

»Mr. Banner, glauben Sie, daß jemand nach außen hin schrecklich nett sein und doch in sich drin schlechte Sachen haben kann, die dann bei seinen Kindern zum Vorschein kommen?«

»Nein«, sagte Mark. »Na los, nun mach schon. Dir wird doch kalt.«

Als sie am oberen Ende der Treppe angelangt waren, sahen sie, daß fast alle Lichter im Haus brannten und auch die japanischen Laternen auf der vorderen Terrasse angezündet worden waren.

»Ich sollte eigentlich beim Abendbrotmachen helfen«, sagte Luisa bitter. »Jetzt werden natürlich alle sauer auf mich sein, alle.«

»Na, ich bin's nicht.«

»Sie klangen aber sauer, da unten«, sagte Luisa. »Irgendwie so wie James Mason.«

Mark wußte nicht, wer James Mason war, aber er fühlte sich auf unbestimmte Art unwohl, wenn Luisa ihn so wie jetzt ansah. Er war froh, als sie das Haus erreichten, und Luisa sich um die Seite herum verdrückte, wobei sie sich doppelt klein machte, um nicht in den Lichtschein der Terrasse zu geraten.

Evelyn saß auf der steinernen Brüstung und rauchte eine Zigarette. Ihre schmale, zartgliedrige Figur und ihre Ponyfrisur ließen sie kindlicher und jungfräulicher aussehen als Luisa. Als er näher kam, stand sie auf und warf die

Zigarette fort. Sie hatte sich umgezogen und trug jetzt ein blau-weiß bedrucktes Seidenkleid, das das Blau ihrer Augen und ihren nun schon leicht gebräunten Teint betonte.

»Schöner Spaziergang?«

»Nein.«

»Ich dachte, ich hätte Luisa in deiner Begleitung gesehen«, sagte Evelyn. »Alle haben nach ihr gesucht.«

»Ich bin da unten beim Felsen in sie reingelaufen.«

»Das muß aber eine Freude gewesen sein.«

Sie lächelte, aber sie hatte plötzlich ein krankes Gefühl in der Magengrube. In den ganzen zwölf Jahren ihrer Ehe hatte sie es nicht geschafft, sich von diesen kurzen Anfällen der Eifersucht zu befreien. Sie war stets stolz darauf gewesen, eine vernünftige Frau zu sein. Ihre Eifersucht bekümmerte sie deshalb, denn sie war so launisch und ungerecht und stand in keinerlei Beziehung zur Wirklichkeit. Es war unmöglich, eifersüchtig auf Mark zu sein, bloß weil er mit einem fünfzehnjährigen Mädchen sprach – aber das Gefühl war doch da, eine verlorene, hilflose Empfindung.

Sich an ihr eigenes Lächeln klammernd, sagte sie: »Worüber habt ihr denn gesprochen? Auf dem Tisch stehen übrigens ein paar Martinis, in dem Kühler.«

»Ich werd einen nehmen«, sagte Mark. »Sie redete und ich gab ihr die Stichworte. Sie kann durchaus interessant sein, wenn sie mal ihr Erwachsenengetue vergißt.«

»Zum Beispiel?« sagte Evelyn heiter. »Was erzählt sie dann so?«

»Dies und das. Du möchtest das doch nicht im Ernst wissen, oder?«

»Nun ja, wir haben ja sonst augenblicklich nicht gerade viel, worüber wir reden könnten, nicht wahr? Da können wir doch genausogut auch über Luisa reden. Oder über ein gutes Buch. Hast du in letzter Zeit irgendwelche guten Bücher gelesen?«

Mark schüttelte den Kopf. »Nein. Möchtest du einen Martini?«

»Danke.«

Er brachte ihr das Glas. »Also raus damit. Was bedrückt dich?«

»Nichts. Absolut gar nichts!«

»Hand aufs Herz?«

»Großes Ehrenwort.«

»Dann ist ja gut.« Sein und ihr Glas balancierend, beugte er sich zu ihr hinab und küßte sie aufs Ohr. »Manchmal kommst du schon auf seltsame Gedanken.«

Sie strahlte ihn mit einem hellen, leeren Lächeln an. »Nicht wahr?« sagte sie fröhlich.

Mrs. Wakefield trat aus dem Wohnzimmr. Sie trug noch immer das gelbe Strickkleid, hatte aber eine Halskette aus Topasen umgelegt und die Haare glatt aus der Stirn zurückgekämmt und im Nacken zu einem Knoten zusammengebunden.

Ihr Gang hatte eine gewisse neugewonnene Frische, als sie, Jessie an der Hand, die Terrasse überquerte. Unter dem sanften Licht der Laternen glühte ihr volles, samtweiches Haar, und ihr Gesicht erschien animiert, als wenn sich das Wiedersehen mit alten Freunden und die Erregung über das Zusammentreffen mit neuen Menschen auf sie ausgewirkt und ihr ihre Jugend wiedergegeben hätten.

»Es sieht ganz so aus wie eine Party«, sagte sie. »Sie hätten sich wirklich nicht solche Umstände machen sollen, Mrs. Banner.«

Obwohl sie sich an Evelyn gewandt hatte, war es doch

Mark, den sie anschaute. Er hatte ihr, als sie an diesem Nachmittag miteinander bekannt gemacht worden waren, kaum große Beachtung geschenkt und war nun erstaunt, wie groß sie war – fast so groß wie er – und wie energiegeladen ihr Körper wirkte. Nein, das war mehr als nur Energie. Das war eine Herausforderung. Sie selbst schien sich dieser Herausforderung nicht bewußt zu sein, denn sie war freundlich, aber unpersönlich. Mark jedoch spürte ein prickelndes Gefühl von Interesse durch seine Adern laufen, und er sah bewußt fort, als sich ihre Augen begegneten, denn er wußte wohl, daß Evelyn ihn beobachtete, die ja selbst das Unsichtbare zu sehen vermochte.

»Es *ist* eine Party«, sagte Jessie, die aus einem Stückchen Kuchen eine Party und aus einem hartgekochten, am Strand verzehrten Ei ein Picknick zu machen verstand. »Daddy, sehe ich verändert aus?«

»Laß mal sehen«, sagte Mark. »Hm, ja. Du bist zunächst einmal schrecklich sauber.«

»Nein, noch *viel* veränderterer.«

»Deine Haare sind gekämmt.«

»Nein doch, noch was *viel* besseres.«

»Dann müssen es wohl, denke ich, die Ohrringe sein.«

Jessie bewegte heftig den Kopf hin und her, und die goldenen Ohrringe schwangen köstlich gegen ihre Haut.

»Ich hoffe, Sie haben nichts dagegen?« sagte Mrs. Wakefield zu Evelyn. »Sie hat sie in meiner Schmuckschatulle gesehen, und da dachte ich, dieses eine Mal...?«

Es machte Evelyn sehr wohl etwas aus. In ihren Augen sah Jessie mit diesen Zigeunerohrringen geradezu grotesk aus. Aber sie sagte liebenswürdig: »Natürlich nicht. Solange Jessie nicht versucht, das zur Gewohnheit werden zu lassen.«

»Ich laß es nicht zur Gewohnheit werden, ich versprech's.«

»Aber hör auf, so mit dem Kopf herumzuwackeln, Jessie. Du siehst ja wie ein Idiot aus.«

»Was ist denn ein Idiot?«

»Jemand, der nicht sehr hell im Kopf ist.«

»Was macht, daß man ein Idiot wird?«

»Ich weiß es nicht. Eine Menge Dinge, nehme ich an.«

Mrs. Wakefield sprach plötzlich mit einer hohen, unnatürlich klingenden Stimme: »Ich geh lieber noch schnell und begrüße Luisa. Sie könnte sonst meinen, daß ich sie vergessen habe.«

»Ich bin ein Idio-ot«, schrie Jessie und rollte ihren Kopf theatralisch von einer Seite zur andern. »Schaut, ich bin ein Idiot!«

Aber Mrs. Wakefield wollte nicht schauen. Ihre Augen wegwendend, ging sie mit schnellen, nervösen Schritten ins Haus.

Es dauerte fast eine halbe Stunde, bis sie zurückkam, voller Entschuldigungen und offensichtlich wieder beruhigt.

»Sie haben uns nicht warten lassen«, sagte Evelyn. »Mark ißt nämlich sowieso gerne spät.«

Ihr Gesichtsausdruck veränderte sich nicht, obwohl sie nicht anders konnte als sich zu fragen, warum sie so lange gebraucht hatte, um Luisa »zu begrüßen«, und was Mrs. Wakefield dazu veranlaßt haben mochte, die Kette wieder abzulegen, die sie getragen hatte, als sie heruntergekommen war.

6

Nach dem Abendessen machte Mark Feuer im Kamin des Wohnzimmers. Er hatte während der Mahlzeit beachtlich viel geredet, zumeist über seine Arbeit, und fühlte sich sehr zufrieden mit sich – und mit Mrs. Wakefield. Ihr Interesse schien echt zu sein, und ihre Kommentare waren unerwartet intelligent gewesen. Er versuchte sich einzureden, dies seien die Gründe dafür, daß sie ihm so gut gefiel, obwohl er sich zunehmend deutlicher eines Gefühls erregter Neugier bewußt wurde.

Jessie aber langweilte sich. Die Wirkung der Ohrringe, die ihr zeitweilig eine gewisse erwachsenenhafte Zurückhaltung auferlegt hatten, begann nachzulassen. Als sich Mrs. Wakefield in einem Ohrensessel vor dem Kamin niederließ, drängte sie sich zu ihr in den Stuhl – und dies trotz eines unübersehbaren Stirnrunzelns von Seiten ihres Vaters. Ihre Eltern hatten die verschiedensten Methoden, ihr Mißfallen auch ohne Worte zu verstehen zu geben (Hüsteln, gehobene Augenbrauen und Gesten und Stirnrunzeln und manchmal sogar auch ein kleines Kneifen, wenn die Lage allzu verzweifelt war), aber Jessie ihrerseits hatte die ihre, diese Hinweise entweder mit leerem Blick zu ignorieren oder aber sie mit einer direkten Frage der öffentlichen Aufmerksamkeit preiszugeben: *Weshalb schaut ihr mich denn so tadelnd an? Was tue ich denn?*

Jessies Raffiniertheit war hochentwickelt und um so wirkungsvoller, als sie sich gleichsam hinter ihrem Alter versteckt hielt, also niemand zu beweisen vermochte, daß sie wirklich da war.

»Kennen Sie irgendwelche Spiele?« fragte sie Mrs. Wakefield. »So was wie Pachisis oder Mühle oder Dame?«

Mrs. Wakefield lächelte. »Das konnte ich alles mal, aber ich fürchte, ich hab inzwischen alles vergessen.«

»Spielen Sie denn nicht mit Ihrem kleinen Jungen?«

»Nicht mehr.«

»Wenn Sie ihn das nächste Mal mit herbrächten, dann könnte ich ihm beibringen, wie man Kasino spielt.«

»Das ist sehr lieb von dir, Jessie. Aber ich fürchte, ich werde ihn nicht mitbringen können.«

»Wieso denn nicht?«

»Ist es nicht Schlafenszeit für dich, Jess?« unterbrach Mark sie. »Schieß los nach oben und vergiß nicht, dir die Zähne zu putzen.«

Jessie sah gequält drein. »Also, warum schneidest du mir nun wieder solche Gesichter? Ich hab doch gar nichts gemacht!«

»Du hast mich gehört. Geh wenigstens einmal in deinem Leben ohne lange Auseinandersetzungen ins Bett.«

»Ich möchte aber doch wissen, warum sie ihren kleinen Jungen nicht mitbringen kann.«

»Also, sieh mal, Jessie«, sagte Mrs. Wakefield geduldig, »der Billy hatte einen ganz schlimmen Unfall.«

»Mit dem Auto?«

»Nein, es war ein Schiff. Er ist ertrunken.«

Mißbilligend sagte Jessie: »Konnte er denn nicht schwimmen?«

»Nein.«

»Ich kann schwimmen. In einem Schwimmbecken, nicht im Meer, wegen der Wellen.«

»Wir müssen mal zusammen im Meer schwimmen. Die Wellen tun dir nichts, wenn du weißt, wie man mit ihnen umgeht.«

»Gehen wir morgen?«

»Wenn du jetzt ins Bett gehst.«

»Mach ich.«

Mrs. Wakefield half ihr, die goldenen Ohrringe abzunehmen. Jessie war heimlich erleichtert, sie wieder loszuwerden. Ihr Kopf fühlte sich so herrlich leicht und luftig an, daß er, als sie sich ausgezogen hatte und unter die Bettdecke gekrochen war, gar nicht richtig auf dem Kopfkissen liegenbleiben wollte, sondern immer wieder aufsteigen, wie die Ballons, mit denen sie im Central Park oft gespielt und die sie immer unter Wasser zu halten versucht hatte.

Sie schloß die Augen und fragte sich, warum Billy nicht in gleicher Weise wieder hochgekommen war. Sie konnte nicht einschlafen. Da waren die Geräusche der Stimmen im Wohnzimmer unter ihr, quälende Laute, denn sie waren zwar laut, aber wiederum nicht laut genug, als daß man hätte verstehen können, was da gesprochen wurde. Vor ihrem Fenster raschelte eine Spottdrossel in den Blättern des Oleanderbusches und forderte sie durch das Rufen ihres Namens heraus »Uu-ssie!« Genauso, wie Carmelita sie manchmal rief, wenn sie vom Strand heraufkommen sollte.

Sie stand im Dunkeln wieder auf und ging ans Fenster. Im Hof unten war ganz schwach James zu hören, der beharrlich mit seinem Schnabel über die Schwingtür fuhr. In Luisas Zimmer über der Garage brannte Licht, und

Jessie konnte sie ganz deutlich sehen, wie sie vor ihrer Spiegelkommode stand. Luisa hatte die Haare hochgesteckt und trug nichts außer einem Unterrock und einer Kette.

Jessie beugte sich weit aus dem Fenster und rief mit leiser, aber durchdringender Stimme: »Luisa! He, Luisa!«

»Uu-ssie, uu-ssie«, korrigierte die Spottdrossel scharf. »Uu-ssie, uu-ssie!«

»Luisa!«

Sie mußte mehrmals rufen, bis Luisa sie schließlich hörte. Sie knipste das Licht aus, kam ans Fenster und stützte die Ellbogen aufs Fensterbrett. »Was willst du?«

»Nichts. Was treibst du da?«

»Das geht dich nichts an«, sagte Luisa streng. »Du sollst doch schon lange schlafen, es ist bereits neun.«

»Wir könnten uns doch unterhalten.«

»Ich kann jetzt nicht schwatzen, ich hab zu tun.«

»Was denn?«

»Geht dich nichts an.«

»Du klingst komisch«, sagte Jessie mit einem kleinen Schauer der Erregung. Luisas Stimme hörte sich geisterhaft an, sie schien auf wundersame Weise aus der samtenen Dunkelheit aufzusteigen wie Nebel vom Meer. »Klinge ich auch so komisch?«

»Bißchen.«

»Ich hab heute den Du-weißt-schon-was im Wald gefunden. Den ... toten Mann.«

»Das durftest du nicht«, sagte Luisa, »es ist ein Geheimnis.«

»Wieso?«

»Weil er im Fegefeuer steckt.«

»Das glaub ich nicht«, sagte Jessie zweifelnd. »Meine

Mutter sagt, daß es so was wie das Fegefeuer gar nicht gibt.«

»Davon versteht sie nichts. Sie ist ja nicht katholisch.«

»Warum ist er denn ins Fegefeuer gegangen?«

»Du bist noch zu klein, um das zu verstehen. Er tat's eben, das ist alles. Es gibt da so Gesetze, und er hat gegen eins verstoßen.«

»Verstößt du auch mal gegen welche?«

»Haufenweise«, sagte Luisa ruchlos. »Ich werd wahrscheinlich auch in die Hölle kommen, aber das macht mir nichts aus. Das kann auch nicht schlimmer sein als hier festzusitzen, noch dazu ohne jemanden, mit dem man reden könnte.«

»Du kannst doch mit mir reden.«

»Ach, du. Ich meine richtige *Leute*. Jungs und Männer vor allem. Ich hasse die Frauen.«

»Vielleicht kannst du ja bald heiraten.«

»Das hab ich auch vor, keine Bange. Ich hab schon einen Freund.«

»Ich selbst könnte mich auch verheiraten«, sagte Jessie nachdenklich. »Vielleicht, wenn Billy nicht ertrunken wäre, könnte ich ihn heiraten.«

»Billy?« Luisa stieß einen Laut aus, der wie ein unterdrücktes Kichern klang, und einen Augenblick später schlug sie die Fensterflügel zu und zog das Rollo herunter.

Jessie ging leise auf ihren bloßen Füßen durchs Zimmer und knipste die Lampe auf der Kommode an. Hier hob sie ihre wichtigsten Schätze auf, ein Duftkissen in Gestalt eines Clowns, das nach Flieder roch, Muschelschalen, farbige Kieselsteinchen und eine Familie winziger Gummipüppchen, die in der Schale einer Ohrschnecke hausten und die alle nicht größer waren als Jessies kleiner Finger.

Der Ehrenplatz mitten auf der Kommode gehörte dem Seesternbaby, das in einer von Carmelitas Glasschüsseln untergebracht war.

Es war dies nach übereinstimmender Ansicht aller ein höchst ungewöhnlicher Seestern, denn während die meisten dieser Tierchen fünf oder sechs Arme hatten, hatte Jessies elf und einen halben. Sie nannte ihn Cindarella und sah dem Tag entgegen, an dem er sie erkennen und auf Zuruf seines Namens hin zu ihrer Seite der Schüssel kommen würde. Bis jetzt hatte der Seestern noch nichts dergleichen getan, sondern nur im Sand am Boden der Schüssel gesessen und das reichhaltige Festmahl aus Brotkrumen und Puffreis und Kellerasseln und Grünalgen verschmäht. Aber Jessie wußte, daß das nur daran lag, daß er sich vor einem fremden Mädchen fremd fühlte – ganz so, wie sie sich an ihrem ersten Schultag gefühlt hatte. Sie war felsenfest davon überzeugt, daß er seine Scheu bald überwinden und auf ihre überwältigende Liebe und Güte reagieren würde.

»Cindarella«, flüsterte Jessie und klopfte ganz sacht an die gläserne Wand der Schüssel, »hier, Cindarella, komm nur.«

Sie war fast sicher, daß Cindarella als Antwort träge einen ihrer Arme bewegt hatte, aber doch eben nicht ganz sicher. Das Wasser war von dem sich auflösenden Futter so milchig, daß Cindarella aussah wie eine feine rosa Brosche, die ganz aus Versehen da in die Schüssel hineingefallen war.

Es war ja auch denkbar, daß Cindarella schlief – wo es schon neun durch war. Jessie wollte sie deshalb nicht länger stören, sie aber doch wenigstens dazu bringen, sich ein ganz kleines bißchen zu bewegen, um die vage Befürchtung zu zerstreuen, die ihr das Herz beschwerte.

»Cindarella, ich bin es, ich, Jessie Banner.«

Sie klopfte wiederum mit einem Fingernagel ans Glas, und diesmal war sie sicher, daß sich da nichts gerührt hatte außer dem Wasser, das eine kleine Welle machte, welche zur andern Seite der Schüssel tanzte und wieder zurück.

Sie zog die zweite Schublade von unten auf, benutzte ihre Kante wie einen Hocker, stellte sich darauf und spähte ängstlich in das trübe Wasser hinab. Der Geruch des Meeres, der davon ausging, vermischte sich, Übelkeit erregend, mit dem Duft des Fliederkisssens und dem scharfen, säuerlichen Gestank der Ohrschneckenschale.

»Cindarella«, rief Jessie leise, »schau mal, wo ich jetzt bin, hier oben.«

Sie steckte die Hand ins Wasser, berührte einen von Cindarellas zerbrechlichen, wie mit kleinen Perlchen besetzten Armen und zog dann den Seestern langsam heraus. Er lag weich und kalt in ihrer Hand. Die winzigen Härchen an seinen Armen flatterten und kitzelten nun nicht mehr, wie sie das getan hatten, als sie ihn aus dem Priel geholt hatte.

Nach einer Weile legte sie ihn zurück ins Wasser. Er sank auf den Grund hinab, und ihr wurde nicht nur bewußt, daß er tot war, sondern auch, daß alle ihre Pläne und Hoffnungen, die ihm gegolten hatten, vergeblich gewesen waren. Er war niemals einfach nur scheu und schläfrig gewesen. Er hatte sie niemals rufen hören oder sie gesehen oder gewußt, daß sie Jessie Banner war. Er hatte niemals von den Brotkrümeln gegessen oder von den Kellerasseln, hatte niemals sein behagliches Zuhause in der Glasschüssel zur Kenntnis genommen, hatte sie niemals gemocht.

Mit einem kleinen Schrei nahm sie die Schüssel auf und kletterte von der Schublade herab. Dabei spritzte etwas

Wasser aus der Schüssel auf ihr Nachthemd, und das nasse Tuch klebte an ihrem Körper fest. Am Anfang fühlte sich das ziemlich kalt an, aber es wurde allmählich immer wärmer, bis sie die Nässe kaum noch spürte. Ohne das Licht im Flur anzumachen, kroch sie die Treppe hinunter, die schwere Schüssel unbeholfen im Arm haltend. Der Geruch des Wassers verursachte ihr jetzt wirklich Übelkeit, denn er war zum Geruch des Todes geworden, und der Seestern am Grund war nicht mehr Cindarella, war nicht mehr süß und zart wie eine atmende Blume. Er war ein totes Ding, das zu sehen oder zu berühren Jessie nicht mehr ertragen konnte. Die wahre Cindarella hatte Jessie tief in ihr Herz eingeschlossen, und sie konnte sie dort nur sicher bewahren, wenn sie diesen Betrüger da loswurde.

Die Laute aus dem Wohnzimmer waren nun ganz deutlich zu vernehmen, aber sie hielt sich nicht auf, um zu lauschen. Langsam und still ging sie mit ihrer Last durch die dunkle Eingangshalle und das Eßzimmer, noch nicht sicher, was sie eigentlich damit anfangen sollte.

Sie drückte die Schwingtür zur Küche auf und war eine Weile von der plötzlichen Helligkeit geblendet.

Carmelita beendete gerade den Abwasch und summte leise vor sich hin. Mr. Roma saß in seinem Schaukelstuhl am Fenster und las die Zeitung. Seine Brille war ihm bis zur Mitte der Nase herabgerutscht, und es sah aus, als hätte sie sich nur zufällig dort niedergelassen, um augenblicklich wieder davonzufliegen.

Er hielt die Zeitung auf Armeslänge von sich weg und besah sie sich mit Mißbilligung über den Rand seiner Brille hinweg. Diese Zeitungsleute gaben sich neuerdings überhaupt keine Mühe mehr mit dem Druck. Trotz der Brille, die Carmelita ihm zu Weihnachten geschenkt hatte, fand er es schwierig, die verwischten Buchstaben deutlich zu erkennen.

»Du meine Güte«, rief er überrascht aus, »da ist ja Jessie!«

Jessie setzte die Schüssel auf den Boden und wischte sich sorgfältig die Hände an ihrem Nachthemd ab.

»Ein kleiner Besuch, was?« sagte Mr. Roma und nahm die Brille ab. »Der Seestern hat wohl schon wieder Hunger?«

Jessie starrte ihn nur stumm und leidend an.

»Ich hab's dir doch gesagt, Jessie. Ich habe dir gesagt, daß dieser kleine Kerl nicht in so einer Schüssel leben kann. Nein, er braucht das Meer, der kann nur atmen, wenn die Wellen das Wasser bewegen.«

»Ich hab aber Wellen gemacht. Ich hab's bewegt.«

»Das Meer«, sagte Mr. Roma noch einmal. »Tut mir leid.«

»Das war ja sowieso nur ein Fisch, nur ein einfacher oller Fisch.«

Aber ihre Stimme zitterte, und Mr. Roma begriff, daß von den Milliarden Fischen im Meer allein dieser durch Jessies Liebe aus der Anonymität herausgehoben worden war. In allen sieben Weltmeeren gab es keinen anderen Seestern mehr, der diesem genau glich, und es würde ihn nie geben.

»Carmelita«, sagte Mr. Roma, »ist vom Abendessen noch ein kleines Stückchen Kuchen übrig?«

»Ich mag keinen Kuchen, danke«, sagte Jessie.

»Ein ganz kleines Stückchen nur?«

»Nein.« Sie vermochte ihm nicht zu erklären, daß sie sich nur noch schlechter fühlen würde, wenn sie ein Stück Kuchen äße, hätte sie es normalerweise doch mit Cindarella geteilt und die Krümel ganz vorsichtig aufs Wasser gelegt, um sie nicht zu erschrecken.

»Keinen Hunger, was?«

»Nein.«

»Komm, stell dich auf den Vorleger da, deine Füße werden ja ganz kalt.«

»Ich könnte mich ja auch auf Ihren Schoß setzen.«

»Ja, ich glaube schon, daß du das könntest.«

Sie krabbelte auf seine Knie, aber die erwiesen sich als sehr knochig und unbequem, so daß sie nach einer Weile wieder hinunterglitt und zögernd auf dem geflochtenen Vorleger stand.

»Ich könnte ihn ja auch begraben«, sagte sie schließlich. »Wie den Mann da im Wald, mit einem Stein, damit man die Stelle weiß.«

»Es ist zu spät, um das jetzt noch zu machen.«

»Nein, ist es nicht. Ich bin gar nicht müde, ich bin nicht hungrig, mir ist nicht kalt, ich bin nicht schläfrig. Die Leute denken immer, ich wär das, wenn ich's gar nicht bin. Und übrigens dauert's ja nicht lange. Man braucht ja nur eine *kleine* Grube, weil Cindarella so *klein* ist.«

Ihr war nach Weinen zumute, aber sie kämpfte tapfer dagegen an. Das blieb Mr. Roma keineswegs verborgen.

»Wir brauchen ja wirklich nicht sehr lange«, sagte er.

Carmelita murmelte auf Spanisch, daß das gar nicht gut sei, diese ganze Schauspielerei mit dem Tod. Das würde nur noch mehr Unglück über ein Haus bringen, das sowieso schon schwer genug davon betroffen war.

Mr. Roma wies sie sanft zurecht. »Häuser haben kein Glück. Nur Menschen. Und dann – wer vermag schon bis zu seinem seligen Ende zu sagen, was ein Glück und was ein Unglück gewesen ist?«

»Der Priester kann das. Du redest ja daher wie ein Ungläubiger.«

»Na, na.« Er holte die Taschenlampe aus dem Schrank und gab sie Jessie. Dann hob er die Schüssel vom Boden auf und rümpfte bei dem Geruch ein klein wenig die Nase.

Jessie, die Taschenlampe in der Hand, hielt ihm die Schwingtür auf und sah sehr feierlich und blaß aus in ihrem weißen Nachthemd, fast wie ein Altardiener. Sie war so verändert, daß James sie nicht erkannte. Er drehte sich um und watschelte schnatternd davon ins Dunkel.

»Schauspielerei«, wiederholte Carmelita voller Zorn, aber sie folgte ihnen doch hinaus auf die Veranda, wobei sie sich die Hände an der Schürze abtrocknete. Dieses seelenlose Tier in der Erde zu begraben wie einen Mann, das war eine Sünde, und sie würde die Glasschüssel niemals wieder benutzen, niemals. Sie würde sie im Schuppen verstecken und so tun, als hätte sie sie verlegt. Oder sie würde sie über den Rand der steilen Klippe werfen, dort, wo die Kormorane wohnten, und die nächste Flut würde die Scherben davonschwemmen oder sie auf den Felsen am Fuße der Klippe zu Staub zermahlen.

Auf der dunklen Veranda stehend, bekreuzigte sie sich, wobei sie ihr schwammiges Gesicht den kalt funkelnden Augen des Himmels zuwandte.

»Hier«, sagte Jessie, »unter meinem Fenster.«

»Das ist ein guter Platz.«

Mr. Roma selbst grub das Loch und benutzte einen kleinen Stock, um den harten, trockenen Boden neben dem Oleanderbusch zu lockern.

»Morgen«, sagte er, während er in der Erde stocherte, »morgen findet Mrs. Wakefield vielleicht einen neuen Seestern für dich, einen viel größeren und schöneren.«

»Nein, danke.«

»Mrs. Wakefield weiß über alles Bescheid, was mit dem Meer zu tun hat. Sie kann den Seestern so für dich zurechtmachen, daß du ihn mit nach Hause nehmen und deinen Freunden zeigen kannst. Natürlich ist er dann nicht mehr lebendig«, fügte er entschuldigend hinzu, »aber er wird ganz so aussehen.«

»Aber dann bewegt er sich ja nicht.«

»Nein. Aber es wird hübsch aussehen, wenn du ihn auf deine Kommode legst und ihn als Nadelkissen benutzt.«

»Ich hab aber gar keine Nadeln.«

»Trotzdem«, sagte er aufmunternd, »er wird hübsch anzuschauen sein und dich ans Meer erinnern.«

»Wie groß wird er denn sein?«

»So groß wie dein Kopf.«

»Au ja«, sagte Jessie, »so einen würde ich schon gern haben.«

»Morgen, gleich als erstes morgen früh. Du bist ein sehr vernünftiges kleines Mädchen. Du hast schon etwas begriffen, was andere Leute nie lernen – daß man nämlich, wenn man etwas verliert, einen Ersatz dafür hinnehmen und sich darüber freuen muß.«

Jessie verstand nicht ganz, was er meinte, fühlte sich jedoch von seiner Zustimmung erwärmt. Die kalten Stöße des Windes konnten ihr nichts anhaben.

Sich hinkauernd, sagte Mr. Roma: »So, alles fertig. Jetzt also der kleine Seestern.«

Jessie ließ das Wasser aus der Schüssel ablaufen. Es floß nur langsam, so dickflüssig war es von den Brotkrumen, den schleimigen Grünalgen und den Kellerasseln geworden, die wie kleine schwarze Schiffchen auf einem trägen Strom hinabschwammen. Sie nahm den Seestern auf und tat so, als sei er eine Blume, die sie ganz überraschend auf der Erde gefunden hatte.

Sie legte ihn in die Grube, die Mr. Roma gegraben hatte, und dieser deckte ihn schnell und säuberlich zu. Um das Grabmal kenntlich zu machen, drückte er mit dem Absatz einen weißen, mit grauen Streifen geschmückten Kieselstein in den Boden. Und neben den Stein legte er eine Oleanderblüte, die zwar nicht mehr ganz frisch war, aber doch noch unterhalb der von der Sonne verbrannten Ränder Spuren von Rosa zeigte.

»Jetzt ist dir wohler«, stellte Mr. Roma fest. »Ich kenne das. Der Seestern ist nun begraben und damit zu einem Stückchen Vergangenheit geworden. Vielleicht denkst du jetzt schon darüber nach, wie du deinen Freunden von allem erzählen wirst, he? ›Ich hatte mal einen kleinen Seestern‹, wirst du sagen. ›Das war ein hübscher kleiner Kerl, aber er starb, und niemand konnte etwas dafür.‹«

»Ich werd ihnen erzählen, daß er ertrunken ist.«

»O nein, das geht nicht. Nein, ein Seestern kann nicht ertrinken. Er ist gestorben, weil er nicht genug Luft bekam.«

»Es sah aber aus, als wenn er ertrunken wäre. Wie Billy.«

Mr. Roma blickte sie schnell an. »Wer hat gesagt, daß Billy ertrunken ist?«

»Mrs. Wakefield.«

»Nein, nein, ich bin sicher, daß du dich da irrst, Jessie. Vielleicht hast du sie nicht richtig verstanden. Vielleicht hat sie gesagt, Billy sei *verstorben.*«

»Sie hat mir selbst gesagt, daß er einen schlimmen Unfall hatte und ertrunken ist.«

»Nun ja.« Er stand einen Augenblick lang da und

scharrte mit der Schuhspitze im Sand wie ein zögerndes Kind. Dann drehte er sich um und nahm die leere Schüssel auf. »Gehen wir, es wird spät.«

Sie nahm seine freie Hand und ging neben ihm her, wobei ihr das Nachthemd gegen die Beine flatterte und sie vorantrieb wie ein Segel im Wind.

Carmelita erwartete sie an der Küchentür. Für die Nacht hatte sie ihr Tuch vom Kopf genommen, und der strotzte so vor lauter Haarnadeln, daß sie aussah wie ein Stachelschwein mit drohend aufgerichteten Stacheln. Auch ihre Stimme klang drohend, als sie in scharfem, abgehackten Spanisch sagte: »Laß die Schüssel da auf der Treppe, ich will sie nicht im Haus haben.«

»Ist sie wütend?« fragte Jessie ängstlich.

»Nein, nein«, sagte Mr. Roma. »Sie möchte nur, daß ich die Schüssel draußen lasse.«

»Warum?«

»Sie riecht ein bißchen.«

Er stellte die Schüssel auf der Treppe ab und öffnete die Tür.

Die Küche war warm und ganz lebendig vor lauter Helligkeit. Das Lampenlicht sprühte Jessie wie Säure in die Augen, die sich in ihrer Müdigkeit mit Tränen füllten und einfach nicht offen bleiben wollten.

»Die Kleine ist müde«, sagte Carmelita tadelnd. »Diese ganze Schauspielerei, diese Nachtluft. Was werden bloß ihre Mutter und ihr Vater zu all dem sagen?«

»Wir werden ganz leise sein«, sagte Mr. Roma. »Nicht wahr, Jessie? Können wir ganz, ganz leise nach oben gehen?«

»Ich kann allein raufgehen. Sie haben ja so knarrende Schuhe an.«

»Du bist ein vernünftiges Mädchen.«

»Gute Nacht, Mr. Roma.«

»Gute Nacht, Jessie.«

Sie schlüpfte durch die Schwingtür und durch das Eßzimmer in die Halle. Als sie sich an der Wohnzimmertür vorbeidrückte, sah sie kurz Mrs. Wakefield, die am Klavier saß. Ihr rechter Arm hing gerade an ihr herab als sei er gebrochen, und mit ihrer linken Hand schlug sie sanfte, tiefe Töne an und summte die Melodie geistesabwesend mit, die Augen halb geschlossen. Ihre Stimme berührte die Luft so leicht wie Spinnweben.

Als sie ihr Zimmer erreicht hatte, zog Jessie die Tür fest hinter sich zu. Der nasse Fleck auf ihrem Nachthemd war getrocknet und absolut nichts verriet mehr, daß sie unten gewesen war – außer der leeren Stelle auf der Kommode, an der zuvor die Schüssel gestanden hatte.

Sie versuchte, nicht dorthin zu sehen, als sie die Lampe ausknipste, aber die Lücke war da, selbst noch in der Dunkelheit. Sie konnte ihr ebenso wenig entkommen wie der Lücke in ihrem Mund, wenn sie einen Zahn verloren hatte. Es wuchs zwar immer ein neuer Zahn an seiner Stelle nach, aber die zahnlose Zeit, die Zeit der Häßlichkeit, ließ sich doch nie ganz vergessen.

Morgen, dachte sie, *morgen*.

Das war wie ein Geschenk unter dem Weihnachtsbaum. Man durfte das Päckchen nicht vor der Zeit öffnen, aber man konnte es doch so, wie es war, bestaunen, schütteln, beschnuppern und betasten, die Bänder ein ganz klein wenig lösen, kleine Gucklöcher in das Papier bohren.

So ging sie zu Bett, die Schachtel des Morgen fest an sich gedrückt, in der sich ein neuer, noch nicht gefundener Seestern, ein Stück auf sie wartender Schokoladenkuchen und das Bad im Meer mit Mrs. Wakefield befanden. Sie verspürte ein flüchtiges Gefühl der Verachtung für den Knaben Billy, der nicht schwimmen konnte.

7

Mrs. Wakefield drehte sich am Klavier um und rieb sich die Hände, als wolle sie ihnen dadurch ihre Wärme und Biegsamkeit zurückgeben. »Ich bin schrecklich aus der Übung. Ich habe über ein Jahr lang nicht mehr gespielt.«

»Ich spiele überhaupt nicht«, sagte Mark. »In meinen Ohren klingt's wunderbar.«

Mrs. Wakefield erhob sich und verzog das Gesicht zu komischem Protest. »Ich konnte noch nie sehr gut spielen, es reichte gerade dazu, daß ich die Noten lesen konnte, wenn ich sie mir nur lange und angestrengt genug ansah. Ich habe sowieso erst angefangen zu lernen, nachdem mein Junge geboren war und wir hierher zogen. Mein Sohn mochte Musik.«

»Jessie nicht. Sie kann keine zwei Noten singen.«

»Oh, Billy sang nicht. Aber er hörte gern zu, er hörte stundenlang zu, wenn ich spielte – ich hoffe nur, ich halte Sie nicht vom Zubettgehen ab? Oder doch?«

»Natürlich nicht.« Mark ärgerte sich ein wenig über Evelyn, die sich auf dem Sofa zusammengerollt hatte und ganz ohne jede Kompromißbereitschaft schläfrig dreinblickte.

»Ich sollte nicht sagen, daß Billy gar nicht sang«, berichtigte sich Mrs. Wakefield. »Das tat er sehr wohl, aber das waren dann seine eigenen Lieder. Ein paar davon waren höchst ungewöhnlich.« Mit einem Lachen fügte sie hinzu: »Ich schwatze hier den ganzen Abend! Ich habe wirklich schon lange nicht mehr so viel geredet.«

Es stimmte, daß sie viel geredet hatte, aber es erschien Mark doch auch so, als habe sie absichtlich nichts gesagt. Die Trivialitäten, das vage Eingehen auf Billy und ihren Mann – das kam alles lediglich von der Oberfläche ihres Denkens und ließ den Rest unberührt. Mark teilte nicht Evelyns schrankenlose Neugier (mit völliger Arglosigkeit tauschte sie Geheimnisse mit dem Liftboy, dem Schlachter, dem Zeitungsverkäufer aus), aber er war fasziniert von Mrs. Wakefields absichtsvoller Unaufrichtigkeit. Er spürte, daß das für sie kein natürliches Verhalten war, sondern daß sie in Wirklichkeit eher eine ziemlich aufrichtige Frau war, die aber Angst davor hatte, ihrer Aufrichtigkeit nachzugeben.

Sie war in seinem Alter, aber er fühlte sich in ihrer Gegenwart unbeholfen und unerfahren. Selbst wenn sie ihn direkt ansah, wirkten ihre Blicke desinteressiert, als gäbe es nichts mehr wirklich Neues für sie auf dieser Welt und als spähten sie über einen trostlosen Raum hinweg in eine andere hinüber.

»Es ist nun ein Jahr her, daß ich wirklich mit jemandem geredet habe«, sagte sie. »Billy und ich, wissen Sie, waren viel auf Reisen. Wir fuhren hierhin und dahin, überall hin, aber wir trafen nie Menschen, die wir kannten, weshalb wir stets nur miteinander sprachen.«

Reisen, dachte Mark, wo und wie? Eisenbahn, Flugzeug, Weltraumrakete? Argentinien, Trinidad, Manila, Sibirien, Mittelamerika? Und warum einen acht- oder neunjährigen Jungen für ein Jahr aus der Schule nehmen, um mit ihm auf Reisen zu gehen? Mark dachte an die geräuschvolle, nervenzerfetzende Reise quer durch das Land, auf der Jessie durch den Zug gerast war wie ein Wirbelsturm, um ohne Ende Menschen, liegengebliebene Zeitschriften und Zeitungen, Kronenkorken und kleine, nomadisierende Kinder, die sie auf wohlmeinende Weise tyrannisierte, aufzulesen und wieder fallen zu lassen.

»Das muß eine anstrengende Reise gewesen sein, mit so einem Kind«, sagte Mark.

»Manchmal. Im allgemeinen aber war Billy sehr geduldig. Und wir hatten schließlich was zu tun, so etwas wie Unterricht. Ich war ja mal Lehrerin.«

»Ja, das hat mir Luisa erzählt.«

»Luisa verbreitet gerne Neuigkeiten«, sagte sie trocken. »Ich muß Sie aber warnen, denn manchmal sind sie nicht ganz zutreffend. Sie hat so ihre Phantasievorstellungen, ihren Aberglauben, ganz wie ihre Mutter. Wissen Sie, Carmelita gehört zu diesen Halbkatholiken. Sie wurde sehr strenggläubig erzogen, aber außer an Ostern geht sie nicht mehr zur Kirche. Um Ostern herum ist es ganz schrecklich hier, denn dann bewegt sich Carmelita am Abgrund der Hölle dahin. Ich fühle mich oft versucht, sie hineinzuschubsen, aber nein, ich bring's nicht fertig. Sie ist eine gute Frau...« Sie brach plötzlich ab, als ob ihr bewußt geworden wäre, daß sie über jene unsichtbare Linie hinausgegangen war, die sie sich selbst gezogen hatte. Wenn ihr Fuß diese Grenzlinie berührte, dann schrillte eine Alarmglocke. »Ich darf Sie wirklich nicht länger vom Schlafengehen abhalten.«

»Ich bin kein bißchen müde«, sagte Evelyn und riß wie zum Beweis plötzlich die Augen weit auf. »Lassen Sie mich noch ein paar Martinis zurechtmachen.«

»Nein, vielen Dank. Nein, wirklich. Es war sehr freundlich von Ihnen, sich überhaupt mit mir abzugeben. Ich hätte beinahe vergessen, daß ich ja der Geschäfte wegen hier bin und nicht zu meinem Vergnügen. Ich habe noch nie ein Inventarverzeichnis erstellt, aber ich habe mir im Kaufhaus einen Notizblock und einen Bleistift besorgt. Ich nehme an, daß das alles ist, was ich dazu brauche.« Sie wandte sich mit einem offenen Lächeln Mark zu. »Der Sinn der Sache ist wohl, glaube ich, sicherzustellen, daß Sie bei Ihrem Aufbruch nichts mitgehen lassen.«

»Ich versichere Ihnen, daß wir das nicht tun werden.«

»Das ist alles schon überaus albern. Ich verfüge über keinerlei große Werte, weder hier noch anderswo.«

Sie gab beiden die Hand. Ihr Händedruck war fest, ihre Hand kühl und trocken.

Als sie das Zimmer verlassen hatte, verspürte Mark eine unbestimmte Enttäuschung. Er sah Evelyn an, die die Kissen auf dem Sofa ordnete und die Aschenbecher einsammelte, und sie erschien ihm recht gewöhnlich – eine ganz gewöhnliche hübsche kleine Hausfrau, die nach Verabschiedung eines Gastes ihren gewöhnlichen Pflichten nachkam.

»Nun mach doch nicht so da herum«, sagte er. »Das kann Carmelita alles morgen machen.«

»Ich mache nicht herum. Ich tue diese Dinge immer.«

»Das ist es ja. Laß uns das mal ein bißchen variieren.«

»Na schön.« Sie stellte den Aschenbecher wieder hin, den sie gerade aufgenommen hatte, und verschüttete dabei etwas Asche. »Ich scheine dich mit irgendwas geärgert zu haben. Gott weiß, daß ich darin ein immer größerer Experte werde.«

»Du brauchtest wirklich nicht den ganzen Abend rumzuhängen wie ein sterbendes Veilchen.«

»Mrs. Wakefield hat eben nicht die gleiche, Adrenalinstöße auslösende Wirkung auf mich, die sie auf dich hat.«

»Und was genau soll das heißen?«

»Nichts«, sagte Evelyn. »Das ist nur eine Replik zum Thema sterbendes Veilchen.«

»Solltest du damit andeuten wollen, daß ich ihr zuviel Aufmerksamkeit geschenkt hätte, dann erinnere dich bitte daran, daß du es gewesen bist, die sie eingeladen hat. Ich mag sie«, sagte er, als sei er über sich selbst erstaunt. »Ich glaube, sie hat einige harte Schicksalsschläge einstecken müssen.«

»Du hättest aber sicherlich nicht *ganz* so viel Mitgefühl mit ihr, wenn sie drei Augen hätte.«

»Dann bist du also mal wieder eifersüchtig, oder nicht?«

»Auf der Hut, nicht eifersüchtig. Sie ist ganz offenkundig eine attraktive Frau, auch wenn sie alt genug ist, deine Mutter zu sein.«

Diese Feststellung war so lächerlich, daß Mark gegen seinen Willen lächeln mußte. »Übertreibst du da nicht ein wenig?«

»Vielleicht.«

»Komm mal her.«

»Nein.« Sie schüttelte eigensinnig den Kopf. »Ich will keines von diesen versöhnlichen Küßchen auf die Stirn. Zum Teufel damit.«

»Ich hatte nicht im mindesten die Absicht...«

»Doch, hattest du wohl. Wir haben doch immer diese kleinen Friede-Freude-Eierkuchen-Szenen. Ich hab sie so satt, denn sie klären überhaupt nichts.«

»Was dann?«

»Ich weiß es nicht. Vielleicht eine offene Aussprache.«

»Wenn man alle offenen Aussprachen, die wir schon miteinander hatten, aneinanderreihen würde ...«

»Oh, ich weiß.« Sie runzelte die Stirn und strich sich diese dann mit ihren Fingerspitzen wieder glatt. »Nun«, sagte sie endlich, »du hast wohl nichts dagegen, wenn ich jetzt nach oben wanke wie ein sterbendes Veilchen?«

»Du liebe Güte, hör endlich auf, das immer wieder aufs Tapet zu bringen.«

»Wieso nicht? Ich mag's. Es paßt zu mir – ich *fühle* mich wie eins, irgendwie verschrumpelt und schlaff und an den Zehen eingerollt.«

»Es tut mir leid, daß ich ausgerechnet den einen Satz in der englischen Sprache wählen mußte, der dich geradewegs auf die Palme bringt.«

»Geschenkt«, sagte Evelyn. »Da gibt's wohl noch eine ganze Menge mehr davon.«

Mark sah sie überrascht an. »Warum dieser plötzliche Zynismus?«

»Du hast damit angefangen. Du hast gesagt, ich solle aufhören herumzumachen.«

»Da ist doch nichts so Schlimmes dran.«

»Ich weiß, aber es ist ein Zeichen.«

»Gewiß ist es ein Zeichen. Ein Zeichen dafür, daß ich nicht wollte, daß du herummachst.«

»Nein«, sagte sie, »es ist mehr als nur das. Du langweilst dich mit mir. Vielleicht hast du das schon immer getan, es wurde nur nicht so sichtbar – bis wir herkamen. Ich habe in jüngster Zeit so das Gefühl, daß du Dinge von mir erwartest, die ich nicht bieten kann – also sehr klug und geistreich sein, weißt du, und ganz, ganz schrecklich amüsant.«

»Ich habe dich doch nicht geheiratet, um was zum Lachen zu haben.«

Sie sagte ruhig: »Wir können nicht über das Problem reden, wenn du noch nicht einmal zugeben willst, daß es eins gibt.«

»Ich will verdammt sein, wenn ich etwas zugebe, was gar nicht zutrifft.« Sein Leugnen klang überzeugend, obgleich er sehr wohl wußte, daß sie zumindest teilweise recht hatte. »Du scheinst der Auffassung zu sein, das Problem bestünde darin, daß ich alles Interesse an dir verloren hätte. Folglich wirst du eifersüchtig, wenn ich Interesse an irgendeiner anderen Frau bekunde. Ist es nicht so?«

»Das kommt der Sache sehr nahe.«

»Da dir das ja alles so klar ist, sag mir doch bitte, warum ich plötzlich das Interesse an dir verloren haben sollte?«

»Ich fange an zu glauben, daß du nie eins hattest. Vielleicht ist das der Grund dafür, warum ich immer eifersüchtig auf dich war. Nein, unterbrich mich nicht. Ich gebe dir ja keine Schuld. Ich nehme an, daß das eigentliche Problem ist, daß ich nicht sonderlich interessant bin. Ich habe nicht viel erlebt. Ich kann nicht herumlaufen und so dunkel und mysteriös und faszinierend tun wie *sie*.« Sie hob die Stimme in recht grober Nachahmung derjenigen Mrs. Wakefields. »Ach, mein Lieber, ich habe nicht mehr am Klavier gesessen seit ich ›Alle meine Entchen‹ für diese Kopfjäger da auf Borneo spielte, blablabla.« Sie wandte sich abrupt ab. »Tut mir leid. Ich glaube, das war in letzter Zeit alles ein bißchen zuviel des Guten.«

»Evelyn ...«

»Ich gehe ins Bett.«

»Noch eine Sekunde. Du bist doch nicht mehr wirklich

eifersüchtig auf sie, jetzt, wo wir darüber geredet haben, oder?«

»O Gott, du und dein schlichter Glaube an die Wörter. Das ist wirklich rührend. Warum sollte ich nicht eifersüchtig auf sie sein?«

»Weil ich dir gesagt habe, daß kein Anlaß dazu besteht.«

»Also gut, ich bin nicht eifersüchtig. Erleichtert dich das irgendwie?«

»Nicht im geringsten, danke.«

»Weißt du, ich bin ein so einfach denkendes Wesen, daß für mich alle Dinge einfach aussehen. Also das, zum Beispiel. Ich liebe dich, und du liebst mich nicht, und Jessie sitzt zwischen den Stühlen, sie hängt irgendwo dazwischen, wo sie nichts hat, an das sie sich halten könnte. Wir sind keine *Familie* – du verstehst, was ich meine? – und manchmal denke ich, kann ich nicht anders als zu denken, daß Jessie das weiß und daß sie uns beide haßt.« Sie rieb sich die Augen. Sie waren ein wenig gerötet, ein wenig zu glänzend. »Gute Nacht, Mark. Vielleicht denkst du mal darüber nach.«

»Ich will's versuchen. Gute Nacht.«

Während er sich für die Nacht zurechtmachte, dachte er eine Weile an Evelyn und Jessie, konnte aber seine Gedanken nicht bei ihnen halten. Das Bild von Mrs. Wakefield tauchte immer wieder auf, und er ertappte sich dabei, wie er sich an einige ihrer eigentümlichen, nur halbwegs beherrschten Gesten erinnerte und an ihnen herumrätselte – sie waren wie die einer Schauspielerin, dachte er, deren Bewegungs- und Ausdrucksfreiheit ständig der Kontrolle eines unsichtbaren Regisseurs unterliegt.

Und zugleich wurde ihm klar, daß es nicht fair war, sie an normalen Maßstäben zu messen. Sie hatte vor kurzem erst ein Kind verloren, und dieses Kind war ihr einziger Sohn gewesen. *Mein Sohn mochte Musik ... Billy und ich fuhren hierhin und dahin ... im allgemeinen war Billy sehr geduldig ... Er ertrank.*

Eigentlich, dachte Mark, sprach sie sehr viel über Billy, aber je mehr sie erzählte, desto schwerer faßbar erschien er. Das erinnerte eher an eine alte Fotografie, die verblaßt und gesichtslos war.

Er knipste das Licht aus und tastete sich zum Bett.

Es war fast schon Morgen, als er von dem durchdringenden Schrei eines Seelöwen geweckt wurde. Das Geräusch gemahnte an einen von Jessies schrillen Erregungsschreien, aber zugleich klang darin so etwas wie Hysterie mit, ein verzweifelter Schmerz. Nach etwa einer Minute verstummte der Seelöwe ganz plötzlich wieder, und Mark schlief wieder ein. Aber die Laute krochen in seine Träume hinein, veränderten dabei ihr Wesen – jetzt war es Jessie, die rief, ein Hund, der heulte, eine Frau, die weinte. Dann war es ein gesichtsloser kleiner Junge, der auf einem Felsbrocken im Meer saß und bellte, halb verborgen in dem schleimigen Seegras.

Später am Vormittag, nach dem Frühstück, fiel Mark der Seelöwe wieder ein, und er fragte Mr. Roma, ob der ihn auch gehört hätte.

»Seelöwe?« sagte Mr. Roma. »O nein, hier bei uns gibt's keine Seelöwen. Aber drüben auf der Insel, ja, da gibt es hunderte von ihnen.«

»Ich habe einen gehört.«

Mr. Roma zuckte die Achseln. »Wenn Sie einen gehört haben, dann ist das sehr ungewöhnlich.«

Er ging auf dem Weg davon, und das Gewicht der Eimer mit Hühnerfutter, die er trug, ließ ihn leicht schwanken.

8

Langsam füllten sich die Seiten mit Mrs. Wakefields krakeliger Schrift.

Bestand Eßzimmer: eine Mahagoni-Eßgruppe, Tisch, Anrichte, acht Stühle, Wert ca. $ 800? Zwei Paar Damastvorhänge mit Leisten – Wert vielleicht $ 200, aber das könnte auch zu hoch angesetzt sein. Ein Orientteppich, drei mal vier Meter, Wert: ich besitze den schon seit Jahren und er ist an einzelnen Stellen bereits erheblich abgenutzt. Kann nicht mehr als $ 400 wert sein, nicht daß vielleicht...

Sie konnte nicht einmal das Inventar eines Zimmers auflisten, ohne jedem einzelnen Gegenstand den Stempel ihrer Persönlichkeit aufzudrücken.

»Für den Teppich fünfhundert«, sagte Mr. Roma. »Und Sie dürfen da nicht diese kleinen Anmerkungen dazuschreiben, wie Sie das machen. Das ist doch nicht geschäftsmäßig.«

»Wie sonst kann ich denn zu verstehen geben, daß mir der tatsächliche Wert unbekannt ist?«

»Machen Sie kleine Fragezeichen. Wenn Sie zum Beispiel ziemlich unsicher sind, dann machen Sie eins, und wenn Sie sehr unsicher sind, dann zwei oder drei.«

»Das klingt aber auch nicht gerade sehr geschäftsmäßig.«

»Aber doch weit *mehr*, oder nicht?«

»Ja, wahrscheinlich.«

»Also weiter. Sechs Bilder.«

»Das sind nur Reproduktionen, höchstens vierzig Dollar pro Bild.«

»Fünfzig«, sagte er streng. »Denken Sie an die Rahmen. Ich selbst würde glatt hundert Dollar fordern, bei diesen Rahmen.«

Mrs. Wakefield strich sich das Haar aus der Stirn und notierte: $ 50???

»Zwei Silberleuchter«, sagte Mr. Roma. »Haben Sie in der vergangenen Nacht schlecht geträumt?«

»Ja.«

»Wie früher.«

»Hab ich... hab ich irgendwelchen Lärm gemacht?«

»Mr. Banner hat Sie gehört. Er dachte, es wäre ein Seelöwe.«

»Ein Seelöwe.« Sie sah mit einem sonderbaren kleinen Lachen zu ihm auf. »Das ist wirklich komisch. Ich hoffe, ich habe niemanden sonst gestört.«

»Ich habe Sie nicht gehört, dachte aber gleich an Ihre alten Alpträume.«

»Ich wachte weinend auf. Das ist schon eine merkwürdige Sache, wenn man so aufwacht und denkt, man hätte ganz fest geschlafen und merkt dann, daß einem noch die Tränen die Backen hinunterlaufen und es einem in der Kehle wehtut... Das sind keine Alpträume«, fügte sie ruhig hinzu. »Das sind Dinge, die sich wirklich zugetragen haben und die ich von neuem durchlebe.«

»Sie sind nicht verschwommen?«

»Manchmal sind die Gesichter etwas verzerrt, und auch das Haus sieht anders aus, wenn ich es im Traum sehe –

sehr hoch und schmal, wie ein Hexenschloß, aber das, was passiert, ist alles wirklich. Es ist schlimmer als ein Alptraum, viel länger anhaltend und viel erschreckender.«

Sie nahm ihren Stift wieder zur Hand und schrieb auf: 2 Silberleuchter. »Die waren ein Hochzeitsgeschenk, ich hab keinen Schimmer, was sie wert sind oder ob das überhaupt massives Silber ist.«

Er prüfte ihr Gewicht und runzelte dabei vor lauter Konzentration die Stirn. »Das muß massives Silber sein. Zumindest dreihundert Dollar, wie?«

»Vielleicht.«

»Ein silbernes Kaffeeservice mit Tablett. Sie haben mir nie gesagt, daß Billy ertrunken ist.«

»Hab ich nicht? Ich dachte, ich hätt's Ihnen berichtet.«

»Nein. Nein, das haben Sie nicht.«

»Es ist kein Geheimnis. Es stand in einigen der Zeitungen.«

»Wie ist das passiert?«

»Als wir aus Manzanilla zurückkamen. Er fiel vom ... über die Reling. Es hat keinen Zweck, darüber zu reden. Es ist vorbei.«

»Aber Sie ...«

»Ich werde nicht darüber sprechen.«

»Sie sprechen mit sich selbst, im Traum«, sagte Mr. Roma. »Das ist viel schlimmer.«

Sie sagte bitter: »Wenn ich mit mir selbst spreche, kommt's wenigstens sonst niemandem zu Ohren.«

»Aber das tut's doch. Sie schreien nachts, und dann wollen die Leute wissen, warum? Was hat die Frau auf dem Herzen? Was hat sie wohl für traurige Geheimnisse?«

»Ach, hören Sie auf!« Sie warf den Bleistift über den Tisch. Er bückte sich sofort und hob ihn auf – seine Geste schien auf absichtsvolle und zynische Weise unterwürfig zu sein.

»Keine Geheimnisse«, sagte sie. »Es gibt einfach nichts mehr, was ich Ihnen erzählen könnte. Er spielte an Deck. Es war sehr heiß, und ich ließ ihn für einen Augenblick allein, um ihm ein Glas Wasser vom Kühler zu holen. Als ich zurückkam, war er über Bord gefallen. Niemand hat gesehen, wie es passiert ist, niemand hat ihn schreien hören, nichts. Es war, als hätte er nie existiert.«

»Es tut mir leid«, sagte Mr. Roma. Er spürte, wie sich in seinem Kopf Fragen regten, aber sie waren noch nicht weit genug gediehen, um in Worte gefaßt werden zu können.

»Ich suchte das ganze Schiff nach ihm ab, weil ich zunächst gar nicht glauben konnte, daß er über Bord gefallen war. Als das Boot dann schließlich gewendet und die Suche aufgenommen hatte, war's schon viel zu spät.«

»Sie hätten mir das schon gestern sagen sollen.«

»Warum? Was macht das noch für einen Unterschied?«

»Es läßt mich glauben, daß Sie die Absicht hatten, es mir überhaupt nicht zu sagen.«

»Was für ein Unsinn!« Sie lächelte mit plötzlicher Offenheit. »Sie haben aber neuerdings eine sehr lebhafte Phantasie, Carl.«

Sie hatte ihn noch nie anders als mit Mr. Roma angeredet, und die Wahl seines Vornamens erschien wie eine an ihn gerichtete Warnung: *Kehren Sie an den Platz zurück, Carl, an den Sie gehören. Wir sind zwar alte Freunde, aber die Bedingungen dieser Freundschaft habe noch immer ich bestimmt.*

Es war, als wolle sie ihn daran erinnern, daß sich die Zeiten geändert hatten: sie wohnte nicht mehr im Haus, und damit war auch jene gegenseitige Abhängigkeit nicht mehr gegeben, die Menschen – über Rasse oder Klasse hinaus – verbindet, die zusammen an einem einsamen Ort leben.

Er gab ihr den Bleistift zurück. »Ein Service von Spode«, sagte er.

»Es führt zu nichts, dieses verbale Mittragen an der Last des anderen. Fühlen Sie sich jetzt etwa wohler, wo Sie über Billy Bescheid wissen? Fühle *ich* mich wohler, weil ich's Ihnen gesagt habe? Es führt zu nichts«, wiederholte sie. »Von dem Spode fehlen ein paar Teile, nicht wahr?«

»Zwei Tassen und das Sahnekännchen.«

»Ich... lassen Sie uns mal eine kleine Pause machen. Im Augenblick kann ich nicht mehr.«

Sie stand auf und trat ans Fenster, die Arme vor der Brust verschränkt. »In mancherlei Hinsicht sind Sie wie ein Kind, Mr. Roma. Für Sie sind die Dinge entweder schwarz oder weiß. Es ist alles so einfach, wenn man die anderen Schattierungen auf der Farbskala nicht auch bestimmen muß. Wie ein Kind«, sagte sie noch einmal. »Wenn Sie Menschen mögen sollen, dann müssen Sie allem zustimmen können, was sie tun, ja, diese Menschen müssen vollkommen sein. Ich habe so das Gefühl, daß Sie mir Vorwürfe machen, weil ich fortging, um ein Glas Wasser für Billy zu holen.«

»Nein, ich bin nur verwirrt.«

Es herrschte ein langes Schweigen, bis sie sich endlich vom Fenster abwandte und wieder das Wort ergriff. »Die Flut läuft ab. Eine gute Zeit, um Jessie einen Seestern zu finden.«

»Sie steht bereit und wartet schon am Strand unten. Luisa ist auch dort.« Mit bedächtiger Miene sagte er dann: »Die Kette, die Sie Luisa geschenkt haben, ist sehr hübsch. Und sehr teuer.«

»Ich hatte ihr etwas mitbringen wollen, es dann aber vergessen«, sagte Mrs. Wakefield kühl. »Deshalb habe ich ihr die Kette geschenkt.«

»Wie soll sich Luisa dafür erkenntlich zeigen?«

»Überhaupt nicht.«

»Ich muß sie bitten, sie Ihnen zurückzugeben.«

»Warum das?«

Er sah angestrengt zu Boden, als erwarte er, dort eine Antwort lesen zu können, welche weniger verschwommen und schwer zu fassen wäre als jene, die er in seinem Kopf hatte. »Nun, es ist zunächst einmal ein viel zu teures Geschenk für ein so junges Mädchen.«

»Aber es ist doch mein Geld. Wenn ich es gern in Form einer Kette verschenken möchte, dann ...«

»Das ist nicht recht«, sagte Mr. Roma. »Ich fühle in mir drinnen, daß das nicht recht ist.«

»Sie stecken auch bald so voll von Vorahnungen und abergläubischen Mutmaßungen wie Carmelita.«

Die Wörter, die da auf dem Fußboden geschrieben standen, wurden deutlicher erkennbar. »Luisa könnte meinen, die Kette wäre irgendwie so was wie eine Bezahlung.«

»Das wäre sehr töricht von ihr. Es gibt nichts, was ich von ihr kaufen möchte. Ich habe ihr gesagt... sie bloß *gebeten*, ein bißchen zurückhaltend bei dem zu sein, was sie den Banners erzählt. Das geht die nichts an, das mit John und Billy. Es könnte sie eher beunruhigen«, sagte sie ernst. »Verstehen Sie? Es ist zum Besten aller, wirklich.«

»Ich verstehe.«

»Es wäre für die arme Luisa eine Tragödie, wenn sie die

Kette jetzt wieder herausrücken müßte. Sie ist so hingerissen von ihr.«

Der Sieg war der ihre. Er konnte Luisa zwar dazu zwingen, die Kette zurückzugeben, aber er wußte auch, daß das Schmuckstück gar nicht mehr von Belang war – was wirklich zählte, das war die Macht, die Mrs. Wakefield Luisa gegeben hatte. Dadurch, daß sie sie so dringend gebeten hatte, diskret zu sein, hatte sie ihr die Waffe der Indiskretion an die Hand gegeben. Luisas Macht würde durch den Unmut über den Verlust der Kette lediglich vergrößert und befestigt werden.

»Ich werde nicht von ihr verlangen, die Kette an Sie zurückzugeben«, sagte er.

»Ich bin sehr froh, daß Sie das so sehen wie ich.«

»Ich *sehe* das nicht so wie Sie, Mrs. Wakefield. Ich weiß nur, daß ich nichts machen kann, das ist alles.«

Sie verließ das Zimmer ohne eine Antwort. Wenig später sah er sie über den Rasen gehen – sie hatte einen Frotteebademantel über ihren Badeanzug gezogen und ein Deckelglas sowie Schwimmflossen bei sich. Als sie auf den Pfad einbog, konnte er ganz kurz ihr Gesicht sehen. Es sah aus, als müsse sie sich jeden Augenblick übergeben.

Sie hat Mut, dachte er, daß sie wieder ins Wasser geht.

Jessie lag bäuchlings auf dem großen Felsblock und blickte hinab in eine Pfütze, gänzlich gefangengenommen von der befremdlichen kleinen Welt, die die abgelaufene Flut dort hatte sichtbar werden lassen. In dieser Welt war alles möglich. Eine Feenkönigin lag zusammengerollt auf einem Kieselstein und schlief, und ein Schloß wuchs mit dem Dach nach unten aus einem Blumenwald. Wenn sie sich ganz weit vorbeugte und eine der Blumen mit dem

Finger berührte, dann zog sie sich zusammen und schloß sich, bis sie aussah wie ein Stück rötlicher Sandstein. Diese wilden Blumen hatten einen wunderbaren Namen – Jessie nannte sie Seefeinde, und manchmal abends, wenn sie sich selbst erschrecken mußte, um länger wach bleiben zu können, stellte sie sich die Feinde vor, wie sie ganz still in der Pfütze auf sie warteten, um ihr den Arm abzufressen.

»Hallo«, sagte Mrs. Wakefield.

Jessie rollte sich auf den Rücken und setzte sich auf. »Hallo.«

»Ich dachte, Luisa wäre hier unten und paßte auf dich auf.«

»Sie ist weggelaufen. Wir haben miteinander gekämpft, obwohl es eigentlich kein richtiger Kampf war. Ich hab sie nicht gekratzt oder gebissen«, sagt Jessie tugendhaft, »auch nicht gekniffen.«

»Ich kann mir gar nicht vorstellen, daß du irgend jemand kneifen könntest.«

»Oh, das hab ich oft. Aber ich glaube, ich werd das von jetzt an lassen.«

»Na komm, ich heb dich runter.«

»Nein danke.« Sie ließ sich auf dem Rücken vom Felsen gleiten und landete dann mit einem sauberen Purzelbaum im Sand. Diese Darbietung brachte ihr etliche neue Kratzer auf Armen und Beinen ein, aber der Ausdruck staunender Bewunderung auf Mrs. Wakefields Gesicht war ihr das wert. »Ich hab nachgesehen, wo Sie gesagt haben, aber keinen Seestern gefunden. Ich hab nur einen kleinen Krebs entdeckt und den in meinen Badeanzug getan, aber das kitzelte zu sehr. Da ließ ich ihn wieder laufen.«

»Wir werden schon einen Seestern finden, keine Bange.«

Mrs. Wakefield zog den Bademantel aus und band ihr Haar zurück. »Ich bin schon ewig nicht mehr geschwommen.«

»Wie lange?«

»Über ein Jahr.«

»Haben Sie Angst, daß Sie vergessen haben, wie's geht?«

»Nein.«

»Sie sehen aber so aus, als wenn Sie Angst hätten.«

»Wirklich?« sagte Mrs. Wakefield munter. »Hab ich aber nicht. Ich kenne das Meer hier in dieser Gegend sehr gut. Es ist wie mein Garten, verstehst du? Ich weiß, was hier alles wächst und wo die Felsen sind und die besten Stellen zum Schwimmen. Und wie in einem Garten gibt's da auch Sachen, denen man besser aus dem Weg geht. An einem ruhigen Tag wie dem heutigen treiben sich die Stachelrochen gern im flachen Wasser nahe am Ufer herum. Wir müssen sehen, daß wir ihnen unser Kommen rechtzeitig ankündigen, damit sie wegschwimmen.«

»Ich könnte ja schreien.«

»Da weiß ich was besseres.«

Mrs. Wakefield nahm Jessie bei der Hand und dann wateten sie langsam in das kalte Wasser hinein, das sie vor jedem weiteren Schritt ordentlich in Bewegung versetzten. Die Wellen klatschten gegen Jessies Bauch, und es brannte in den Kratzern an ihren Beinen, aber sie war viel zu aufgeregt, um das zu spüren.

Sie bewegten sich so behutsam wie Diebe hinein in Mrs. Wakefields dunklen Garten, in dem alle Blumen lebendig waren und sich der Tang um ihre Beine schlang wie Efeu auf der Suche nach einer Wand, an der er emporwachsen könnte.

Mrs. Wakefield holte einen Strang Seetang aus dem Wasser und legte ihn Jessie um den Hals. »Siehst du, jetzt hast du einen *Lei*, eine Blumengirlande.«

Der Tang lag kalt und ölig auf ihrer Haut. Sie zitterte und sagte: »Eigentlich möchte ich's nicht.«

»Na gut.« Mrs. Wakefield warf den Tang ins Wasser zurück, und er trieb langsam davon. »Du brauchst dich vor gar nichts zu fürchten, Jessie.«

»Ich fürchte mich ja vor *gar nichts*!« Sie ließ Mrs. Wakefields Hand los, warf sich nach vorn ins Wasser und schrie: »Ich kann schwimmen! Schaun Sie mal, ich kann schwimmen!«

Die nächste Welle ergriff sie und rollte sie auf den Strand zurück wie ein Stück Holz.

Mrs. Wakefield stand reglos da, fest verwurzelt in ihrem Garten. Es war, als sei eine Lähmung über die Zeit und über sie gekommen und als müsse sie nun ewig dort stehen und eine Szene beobachten, die sie schon einmal beobachtet hatte, und dabei auch die gleichen Geräusche hören. Das Wasser schlug gegen ihre Hüften, eine Möwe schrie wie ein Kind, die Sonne glühte am Himmel wie ein teuflisches Auge. Ein Kormoran fuhr wie ein schwarzer Blitz von seinem Nistplatz in der Felswand hinab und über das Wasser hin. Jessie setzte sich auf, schnappte nach Luft und rieb sich die Augen. Mrs. Wakefield sah zu dem Haus empor, das mit wissendem Blick über den Rand der Klippe zu spähen schien.

9

Billy?«

Ihre eigene Stimme stieg aus der Tiefe der Jahre empor und zog vergangene Augenblicke hinter sich her, welche keineswegs vergessen waren, sondern nur in einem Hinterhalt auf ihre Rückkehr gelauert hatten.

»Sei jetzt mal ein lieber Junge und antworte mir, Billy. Du hast dich doch nicht wieder versteckt, oder?«

Manchmal, wenn er sich versteckt hatte, verriet er sich dadurch, daß er antwortete oder einfach vor Freude darüber zu kichern anfing, daß er sie an der Nase herumgeführt hatte.

Sie lief durchs ganze Haus und rief ihn – sehr leise, um Miss Lewis nicht zu stören. Miss Lewis hatte ihren freien Tag und schlief noch in ihrem Zimmer, das über dem Billys lag. Miss Lewis konnte schon aufwachen, wenn nur eine Stecknadel zu Boden fiel, und mit ebensolcher Leichtigkeit auch einschlafen, jederzeit und allüberall, als sei ihr ganzer Körper darauf geeicht, unverzüglich auf das Schließen oder Öffnen ihrer Augenlider zu reagieren. Ich schließe meine Augen – und schon schlafe ich. Ich öffne meine Augen – und sofort bin ich wach und ganz da für Aktivität, Wettstreit, Unheil, Tod oder auch schlicht einen sonnigen Tag.

»Billy...« Der Name kroch wie Rauch durch das

Haus, und Miss Lewis setzte sich im Bett auf und kratzte sich in dem dünner werdenden Haar über ihrer linken Schläfe. Neun Uhr, ein sonniger Tag. Viel zu schön, um ihn zu vergeuden.

Sie begann sich anzukleiden – wohl wissend, daß es nur eine Frage der Zeit war, bis Mrs. Wakefield in Erscheinung treten und ihrer Hilfe bedürfen würde. Immer, wenn Billy mal für kurze Zeit verschwand, wurde Mrs. Wakefield sehr unruhig. Das zeigte sich nicht daran, daß sie die Hände rang oder übermäßig aufgeregt war, sondern daran, daß ein Ausdruck in ihr Gesicht trat, den Miss Lewis sich selbst gern mit dem Wort »weggetreten« beschrieb. Mrs. Wakefield schien sich nie daran erinnern zu können, daß Billy noch jedes Mal wiedergefunden worden war – sei es in der Spielzeugtruhe in seinem Zimmer oder hinter dem großen Ledersofa oder in der Besenkammer. Verstecken war Billys Lieblingsspiel, und wenn Miss Lewis ihn fand, dann sah er immer so komisch erfreut aus, daß sie lachen mußte.

Miss Lewis hatte schon andere Kinder wie Billy betreut und war niemals von ihrer Erscheinung abgestoßen worden wie so viele andere Menschen. Sie fand Billy sogar recht anziehend – er sah immer so lebhaft interessiert aus und hatte eine kleine Knopfnase, deren Spitze leicht gerötet war wie die eines Clowns.

Ein sonniger Tag.

Miss Lewis zog die Vorhänge beiseite und blinzelte in das plötzliche Sonnenlicht. Als sie die Bürste aufnahm, um sich zu frisieren, war der Blick, den sie in den Spiegel auf dem Toilettentischchen warf, unpersönlich und kritiklos, als begrüße sie einen neuen Patienten und wolle sich dabei mit einem Urteil noch zurückhalten.

»Billy ... jetzt sag doch mal was, sei ein braver Junge, Billy. Versteckst du dich?«

Natürlich versteckt er sich, antwortete Miss Lewis stumm durch die geschlossene Tür. Unter den heftigen Strichen der Bürste sprühte ihr Haar elektrische Funken und stand ihr weit vom Kopf ab wie ein Strahlenkranz aus feinem grauen Draht. Natürlich versteckte sich Billy. Das sollte sie inzwischen doch *wissen*. Jedes Mal wieder geriet sie in helle Aufregung. Eine sehr ruhige Form der Aufregung, die in gewissem Sinne schlimmer war als die kreischend-zapplige. Zutiefst emotional, aber ja doch, trotz ihres so beherrschten Auftretens. Gefühle waren ja notwendig, das gestand Miss Lewis zu, aber sie hielt ihre eigenen wohlverwahrt – wie ihre besten Handschuhe und die Taschentücher, die, mit einem Duftkissen voller Rosenblätter bedeckt, in einer alten Pralinenschachtel ruhten.

»Ich komme«, sagte sie forsch wie ein General, der mit frischen Einheiten und Nachschub eintrifft, um eine arg dezimierte und geschlagene Division zu entsetzen.

Sie öffnete die Tür, und Mrs. Wakefield, die einmal mehr ziemlich »weggetreten« aussah, sagte: »Es tut mir leid, daß ich Sie geweckt habe.«

»Ich bin nicht gerade ein Langschläfer«, sagte Miss Lewis, die geschlagenen Truppen zurechtweisend, die die Schlacht nur zu leicht dadurch hätten verloren gehen lassen können, daß sie zu lange in den Federn lagen oder aber Gefühle aus Schachteln hervorkramten. »Ich hörte Sie rufen. Aber Sie wissen doch, Sie *wissen*, wie sehr er es *liebt*, wenn er gerufen wird. Erinnern Sie sich noch an das eine Mal, als er in der Besenkammer steckte? Das waren Stunden. Und einfach nur deshalb, weil alle einen solchen Wind machten und nach ihm riefen.«

»Er ... er hat sich noch nie so versteckt.«

»Das ist nur ein neues Spielchen von ihm. Mir gefällt das eigentlich ganz gut, denn es zeigt eine gewisse Entwicklung, einen Schritt nach vorn. Er wird unabhängiger. Sie müssen es unter diesem Aspekt sehen.«

»Ich habe nur solche Angst, daß er sich wehtut.«

»Das war bislang noch nie der Fall«, sagt Miss Lewis. Angsterfüllt. Ja, das war die richtige Bezeichnung für Mrs. Wakefields Gesichtsausdruck, nicht weggetreten. Eine unausgesetzte Angst, die ihr so genau paßte wie ihre Haut.

Miss Lewis verspürte einen scharfen kleinen Schmerz in ihrer unter dem gestärkten, bunten Baumwollkleid verborgenen Brust, ein Zucken der Offenbarung. Hatte Mrs. Wakefield wirklich nur Angst davor, daß Billy sich verletzen könnte, oder saß diese Angst viel tiefer, war sie viel häßlicher? Ich habe Angst, weil in den tiefsten Tiefen meines Herzens, dort, wo ich nackt und vollkommen allein mit mir selbst hause, Billy tot ist, ertrunken, nie existierte.

Miss Lewis wußte, daß niemand, wenn es denn eine solche Angst gab, dies jemals herausbekommen würde (außer sie zeitigte konkrete Resultate), und am wenigsten Mrs. Wakefield selbst. Sie wäre gar nicht dazu in der Lage, sie zu erkennen, war diese Angst doch bereits in kleine, leicht verdauliche Stückchen zerlegt. Für eine Mutter war es nur natürlich, Angst davor zu haben, daß sich ihr Kind verletzte. Ein Schnitt, ein Kratzer, ein Sturz – das waren durchaus berechtigte Anlässe zu Besorgnis, wenn man sie alle für sich genommen betrachtete. Wenn Miss Lewis an sie jedoch als Bestandteile der großen Angst dachte, dann lief es ihr kalt den Rücken hinunter.

Miss Lewis sagte milde, als wolle sie sich für ihre Gedanken entschuldigen: »Haben Sie mal unter den Betten nachgesehen?«

»Ja. An allen Stellen, die mir so einfielen.«

»Er steckt vielleicht bei Mr. Roma und Carmelita.«

»Nein, die arbeiten im Garten.«

»Wo haben Sie ihn denn zuletzt gesehen?«

»Er spielte mit seinen Bauklötzchen auf der Terrasse«, sagte Mrs. Wakefield. »Er war sehr ruhig. Da dachte ich mir, ich könnte mal eben nach oben springen und mir was Leichteres anziehen.«

»Das war wahrscheinlich genau die Gelegenheit, auf die er die ganze Zeit gewartet hat, Klötzchen hin, Klötzchen her.« In der Stimme von Miss Lewis lag keinerlei Tadel – sie schien sich im stillen viel eher darüber zu amüsieren, daß Billy genug Grips gehabt hatte, um seiner Mutter zu entwischen und sich zu verstecken. Billy hatte jüngst große Fortschritte gemacht, und wiewohl Miss Lewis das Verdienst daran in der Hauptsache dem Schilddrüsenpräparat zuschrieb, nahm sie ein klein bißchen davon doch auch für sich selbst in Anspruch. Merkwürdig war in jedem Falle, daß weder Mr. noch Mrs. Wakefield diese Fortschritte bemerkten oder sich dazu äußerten. Aber vielleicht wagten sie einfach nicht, genau hinzuschauen oder zu hoffen – aus Angst, er könne wieder rückfällig werden.

»Langsam wird er so schlau wie ein Fuchs«, sagte Miss Lewis.

Sie durchsuchten noch einmal das ganze Haus und gingen dabei so systematisch vor, daß Billy keine Gelegenheit gegeben war, von einem Zimmer ins andere zu schlüpfen und ihnen auszuweichen. Miss Lewis fand einen lange schon vermißten Knopf von ihrem besten Kleid wieder, nicht aber Billy.

»Vielleicht ist er bei seinem Vater«, sagte sie schließlich. »Du meine Güte, daß wir daran nicht schon viel eher gedacht haben.«

»John ist unten am Strand. Er weiß, daß Billy dort nicht ohne mich hin darf. Es ist zu gefährlich.«

»Wir sehen trotzdem mal nach.«

Sie überquerten den Rasen – ein Stück grüner Satin, mit Margueriten gesäumt. Es hatte während der Woche geregnet. Das Spalier hinter der Terrasse war zu einer dichten Wand aus weißen, scharlachroten und malvenfarbenen Gartenwicken geworden. Die gerippten Blätter der Japanischen Mispel verbargen fast die goldenen Eier ihrer Früchte. Die Oleanderbüsche erstickten förmlich unter ihrer Blütenfülle, und der Kamelienbaum stand da wie eine Fürstin, rosig und vollkommen nach dem erfrischenden Bad.

»Ein Jammer, daß sie nicht duftet«, sagte Miss Lewis. »Die Kamelie.« Sie schnupperte aber trotzdem daran, als sie vorbeigingen, um sich zu vergewissern, daß es wirklich so war.

Die Sonne ließ die Feuchtigkeit auf dem Dach des Hauses und auf den Felsblöcken oben am Rande der Klippe verdampfen. Der Dunst stieg in der windstillen Luft gerade und zielstrebig auf, als wolle er den Kreislauf der Verwandlung ohne die geringste Verzögerung vollenden – Wolke, Regen, Dunst und wieder Wolke.

Ihre Augen mit der Hand gegen die Sonne abdeckend, kniete Miss Lewis am Rand der Klippe nieder und suchte den Sandstrand unter sich ab.

»Natürlich. Grad wie ich's mir gedacht habe. Er ist bei seinem Vater, sehen Sie?«

»Ja.« Mrs. Wakefield kniete ebenfalls nieder und sah

dabei irgendwie ein bißchen demutsvoll aus, so als kniee sie nicht nur da, um leichter über den Klippenrand hinwegblicken zu können, sondern auch, um ihre Dankbarkeit gegenüber einem namenlosen und unberechenbaren Gott zu bekunden.

»Na also«, sagt Miss Lewis munter. »Alles in Ordnung mit ihm. Lehnen Sie sich lieber nicht zu sehr auf diesen Stein da. Er ist ein bißchen wackelig, habe ich neulich festgestellt.«

»Es ist Zeit«, sagte Mrs. Wakefield. »Zeit für Billys Orangensaft.«

»Das macht nichts, wenn er ihn erst ein wenig später bekommt. Aber ich hole ihn rauf, wenn Sie das wünschen.«

»Es ist gefährlich dort unten«, sagte Mrs. Wakefield unbestimmt. »Die Flut, Felsen... wirklich gefährlich.«

»Ich hole ihn.«

»Ja.«

Die sich entfernenden Schritte von Miss Lewis pochten in ihren Ohren wie der Pulsschlag der Erde.

Unter der Klippe Vater und Sohn. Ihre Stimmen stiegen so gerade in die Höhe wie der Dunst, hatten sich aber schon aufgelöst, bevor sie sie noch erreichten, sich im Kreislauf der Natur in irgend etwas anderes verwandelt.

»Siehst du, Billy? Das ist doch schön, oder nicht? Steck mal deinen Fuß hinein und fühl es. Ist das nicht fein? Nimm meine Hand. So. Du mußt es *versuchen*, Billy, ganz fest versuchen. Du wirst bald ein großer Junge sein.«

Er war schon ein großer Junge, aber er zögerte und barg sein Gesicht an der Brust des Vaters.

»Wir wollen deine Mutter überraschen, ja? Sie wird vielleicht Augen machen, wenn sie erfährt, daß du rumpaddeln und auf dem Wasser liegen und am Ende vielleicht sogar schwimmen kannst. Würdest du sie nicht gern mal überraschen, Billy?«

Ja, ja, aber es muß doch noch andere Möglichkeiten geben als nur dieses kalte und furchteinflößende Wasser. Sich zu verstecken und dann gefunden zu werden, zur rechten Zeit abzuführen, seinen Teller leerzuessen, einen Turm aus Bausteinen zu errichten – andere Möglichkeiten, weich wie Haar, warm wie Kakao.

»Du mußt es *versuchen*, Billy.«

Ja, ja. Er hob und senkte den Kopf an der Brust des Vaters, bereit, den Versuch zu wagen und für Überraschungen zu sorgen, ja. Die Wellen aber waren Tiere mit kalten, nassen Schnauzen.

John und Billy, in der Sonne zu Gold geworden, schritten in einen Spiegel aus geschmolzenem Blau hinein, der ihre goldene Haut Stück für Stück in sich aufnahm.

Wartet, dachte Mrs. Wakefield, *wartet auf mich. Wir wollen alle zusammen einen Spaziergang im Meer machen, in meinem Garten. Wir müssen zusammenbleiben, wir drei. Wartet auf mich.* In den Garten, den Spiegel, die kalte, nasse Schnauze.

»So ist's recht, mein Großer. Macht das nicht Spaß? Als wenn man ein Bad nähme.«

Ja, aber die Wanne war so groß wie die Ewigkeit, das Wasser so eisig wie der Tod, und Miss Lewis war nicht da, Miss Lewis mit ihrem dampfenden Haar und ihren weichen, schmeichelnden Händen. Miss Lewis, Miss Lewis!

»Jetzt kannst du alles mit Wasser bespritzen, was du willst. Siehst du? Bespritz erst mal mich, Billy. Los, spritz mich voll, Billy.«

»Ich kann nicht.«

Er stieß sich ab, versetzte wie ein Ziegenbock seinem Vater einen kräftigen Stoß mit dem Kopf. Er versuchte zu rennen, aber das Wasser war schwer, es zog an seinen Beinen, zog sie nach unten, es rollte ihn zu einer Kugel zusammen und trieb diese Kugel bis auf den Strand hinauf.

Im sicheren Sand entrollte er sich wieder wie ein riesiger Wurm, langsam und stumm, während der Schrei, den Mrs. Wakefield ausgestoßen hatte, gegen die Felswände prallte.

Miss Lewis hob ihn auf, drückte seinen triefenden Kopf gegen ihren gestärkten Baumwollbusen und beruhigte ihn nicht mit Worten, sondern mit tiefen, leise singenden Lauten, die sie schon vor tausend Jahren gelernt und niemals ganz vergessen hatte.

Unter der Last leicht schwankend, trug sie ihn höher hinauf auf den trockenen Sand, den die Sonne schon erwärmt hatte. Er ließ sich gern tragen, schwang im Rhythmus der Körperbewegungen von Miss Lewis mit und fühlte ihren warmen, schnellen Atem in seinem Nacken. Er weinte, als sie ihn auf den Boden setzte, und streckte die Arme nach ihr aus wie ein Baby. Im nächsten Augenblick hatte er jedoch schon wieder vergessen, warum er weinte. Die Tränen trockneten auf seinen Backen und hinterließen dort kleine Fleckchen aus Salz.

Nun, da Miss Lewis wieder bei ihm war, fühlte er sich sicher und angenehm berührt von den merkwürdigen Lauten, die sie von sich gab, aber auch vom Anblick der Mutter, die die Klippe heruntergeklettert kam und dabei seinen Namen rief. Das war noch schöner, als wenn man sich versteckte und dann gefunden wurde.

Er fühlte sich nun gänzlich in Sicherheit, aber er war

noch nicht in der Lage, seinen Vater anzusehen, der aus dem Rachen des Meeres gestiegen kam.

»Er ist in Ordnung«, sagte Miss Lewis. »Er ist ein großer, tapferer Junge. Und er hat uns alle reingelegt, nicht wahr, Billy? Wir hatten ja keinen Schimmer, daß du hier unten beim Schwimmen warst. Na sowas aber auch!«

Er hatte sie schließlich also doch noch überrascht. Miss Lewis bebte vor lauter Staunen, und seine Mutter war so weiß wie Papier. Selbst sein Vater, der die Überraschung doch arrangiert hatte, schien davon nicht ganz unberührt geblieben zu sein.

Alles triefte – sein Haar, das Badezeug seines Vaters, die Augen seiner Mutter. Bei so viel Nässe mußte er einfach in den weichen Sand pinkeln.

»Gehen wir, uns was Trockenes anziehen«, sagte Miss Lewis. »Auf, auf.«

Er hob die Arme, um sich wieder tragen zu lassen, aber sie sagte mit einem halben Lachen: »Du bist mir zu schwer, Billy, mein Junge. Du wiegst ja eine Tonne.«

»Ich werde ihn tragen«, sagte Mr. Wakefield.

Billy schüttelte den Kopf und griff so heftig nach dem Rock von Miss Lewis, daß diese beinahe hingefallen wäre. Sie half ihm auf die Beine, und dann gingen sie beide Hand in Hand auf die Klippe zu.

Mr. Wakefield sah ihnen nach – besiegt und zitternd, verspürte er auf Rücken und Schultern nicht die Wärme der Sonne, sondern die kalten Augen des Gewissens.

»Er ließ so plötzlich los«, sagte er endlich. »Er stieß mich so heftig, daß mir die Luft wegblieb. Ich hatte ja keine Ahnung, was er vorhatte.«

»Du hättest ihn gar nicht erst mit hier herunter nehmen dürfen.«

»Ihm ist nichts passiert.«

»Es hätte ihm aber etwas zustoßen können. Ich mache dir keine Vorwürfe, nein, das tue ich nicht. Ich habe alles mit angesehen und weiß, wie es passiert ist. John ...« Billy und Miss Lewis hatten die Steinstufen erreicht, und sie zeigte ihm, wie man sich am Geländer festhielt. Aus der Ferne sahen die beiden so klein und verletzbar aus wie zerbrechliche Puppen.

»John, bring ihn nie wieder hier herunter, versprich mir's.«

»Ich dachte, es würde ihm Spaß machen. Ich dachte ... na ja, es schien ihm so viel besser zu gehen, er war fast ... fast wie normal. Ich dachte, es wäre vielleicht eine angenehme Überraschung für dich, wenn ich ...« Seine Stimme löste sich in seiner Kehle auf und kristallisierte tiefer unten, dünn und brüchig wie Glas. »Miss Lewis meinte, er hätte unverkennbare Fortschritte gemacht. Ich wollte ... nun, seinen Erfahrungsschatz vergrößern. Ich habe ihn wohl überfordert, nehme ich an. Es tut mir leid.«

»Du mußt mir's versprechen.«

»Ja. Ja, ich verspreche es.«

Manchmal hatte er das Gefühl, hinter Mauern aus lauter Versprechen zu leben und nicht mehr atmen zu können – ein Gefängnis aus Versprechen. Versprich mir, daß du ihn nie fortschicken wirst auf eine Schule oder irgend so etwas. Versprich, daß er immer bei uns bleibt und fern von anderen Menschen, nur uns hat, damit er nie merkt, daß er anders ist. Versprich, daß du an ihm wiedergutmachst, daß er je geboren wurde. Versprich Geduld, Glaube, Zurückhaltung, Liebe, Fürsorge, Kraft, Mitgefühl. Versprich Versprechen.

Er wandte sich zu ihr um und sah, daß sie mehr litt als

er. Es war ihr Leib gewesen, aus dem Billy hervorgegangen war, ihr Sohn, ihre Mißgeburt. Mißgeburt, Mißgeburt. Er bohrte sich dies Wort wild in sein Herz und zog es wieder heraus, stach es abermals hinein, bis es endlich von seinem Blut erweicht wurde.

Daran trug niemand die Schuld, nicht er, nicht sie, nicht irgendein obskurer Ururgroßvater. Es war der Wille Gottes. Da ließ sich keine Schuld verteilen, keine Gerechtigkeit erwarten.

»John.« Ihre Hand lag jetzt warm auf seinem Arm. »John, manchmal siehst du aus, als haßtest du mich.«

»Dich hassen? Ich könnte dich niemals hassen, mein Liebling.«

Das war die Wahrheit. Er würde sie immer lieben – es war dies das einzige Versprechen in der Mauer, das sich nicht lockern ließ, das nie zerbröckeln und herausfallen würde.

Eine Möwe schrie wie ein Kind, die Sonne glühte am Himmel wie ein teuflisches Auge. Ein Kormoran fuhr wie ein schwarzer Blitz von seinem Nistplatz in der Felswand hinab und über das Wasser hin.

10

Sie fanden einen Seestern, der sich an der Unterseite eines großen, im flachen Wasser liegenden Steins festgesetzt hatte. Mrs. Wakefield entdeckte ihn als erste, sah nur die Spitze eines seiner Arme, die von einer ablaufenden Welle bloßgelegt worden war, aber sie sagte: »Du siehst dir besser mal diesen Stein da an, Jessie. Ich scheine ja heute überhaupt nichts finden zu können.«

Und so fand Jessie einen Seestern für sich, und er war von Anfang an ganz allein der ihre. Er war nicht so süß und zart wie das Seesternbaby, dafür aber sehr viel prächtiger. Seine fünf Arme waren dick und stark, bläulichviolett, mit silbernen Perlen besetzt. Er war so groß, wie es ihr Mr. Roma versprochen hatte, nämlich so groß wie ihr Kopf, und er klammerte sich mit großer Kraft an ihre Hand, wobei er einen seiner Arme in würdevoller Entrüstung einrollte.

»Sieh mal«, kreischte Jessie ekstatisch. »Er denkt, ich bin ein Stein, sieh mal!« Und sie fühlte sich tatsächlich wie ein Stein, ein Fels, eine Festung – sie, eine Beschützerin aller Seesterne, ihre Freundin, Jessie Banner.

»Er kann überhaupt nicht denken«, sagte Mrs. Wakefield.

»Ein klein bißchen aber.«

»Nein, nicht einmal ein klein bißchen.«

»Aber er muß!« Die Vorstellung war ungeheuerlich, daß er so lebendig und schön sein sollte, aber nicht in der Lage zu wissen, daß er in den Händen einer Freundin war.

»Er hat auch kein Gefühl. Oder doch nur sehr wenig.«

»Er kann mich aber wohl fühlen. Er tut's gerade.«

»Ja, aber er kann nicht so fühlen wie wir. Wenn wir ihm einen Arm abschnitten, würde ihm das nicht so viel ausmachen. Er würde halt einfach einen nachwachsen lassen.«

»Er kann *mich* aber fühlen«, wiederholte Jessie trotzig.

»Er wird's nicht spüren, wenn er stirbt, das wollte ich sagen.« Mrs. Wakefield nahm den Seestern, legte ihn flach auf ihre Hand und zog den eingerollten Arm gerade. »Seesterne sind nicht so wie wir, Jessie. Sie sind kaum richtig lebendig. Nicht einmal einen Laut können sie von sich geben.«

»Muß er sterben?«

»Wir alle müssen das, irgendwann einmal.«

»Aber kleine Mädchen doch nicht, oder?« sagte Jessie. Alte Leute, die ja, und sehr alte Hunde ohne Zähne. Fliegen und auch Bienen, die ihren Stachel verloren hatten, Leute, die sich greuliche Krankheiten geholt hatten, weil sie sich vor dem Essen nie die Hände wuschen, Fische am Haken und alt, blind und taub gewordene Pferde, und auch kleine Jungs, die nicht schwimmen konnten. Aber kleine Mädchen doch nicht!

»Kleine Mädchen nicht«, sagte Mrs. Wakefield.

»Natürlich nicht.« Sie hatte das ja schon immer gewußt, na klar, aber es war doch gut, wenn man es bestätigt bekam. Sie sagte ernst: »Wenn er sterben muß, dann werde ich ihm, glaube ich, keinen Namen geben. Obwohl ich sicher hundert Namen wüßte. Ein paar davon muß ich aufheben, wenn ich mal Kinder habe und für kleine Hunde und Katzen und Kaninchen, aber einen hätte ich schon übrig.«

»Nein, wir wollen ihm keinen Namen geben.«

Der Seestern wurde, anonym, stumm, ohne Gedanken und Gefühle, hinauf in die Küche getragen, wo Mrs. Wakefield Carmelitas Spaghettitopf mit Wasser füllte und auf den Herd setzte.

Der Seestern lag still auf einer Zeitung am Boden und hatte einen Arm zögernd gehoben – wie ein schüchternes Kind in der Schule.

Auf einem Stuhl neben dem Herd stehend, sah Jessie hinab auf das Wasser im Topf und beobachtete, wie es immer wärmer wurde, bis es schließlich langsam zu brodeln begann und Dampf aufstieg, der ihre Brauen und Lider benetzte und ihr einen feuchten, perligen kleinen Schnurrbart machte.

Der Dampf roch eigentlich nicht ganz so wie normaler Dampf. Auch wenn der Seestern noch gar nicht mit dem Wasser in Berührung gekommen war, roch der in Schwaden durch die Küche ziehende Dampf doch ganz leicht nach Fisch.

Auch Carmelita bemerkte das.

»So Gestänke«, sagte sie und hielt sich die Nase zu, um ihre große Pein anzudeuten. »Im ganzen Haus werden Gestänke sein, Gestänke.«

»Unsinn«, antwortete ihr Mrs. Wakefield auf spanisch. »Es wird überhaupt nicht riechen. Ich hab das schon so oft gemacht.«

»Ich riech's schon.«

»Das bildest du dir nur ein.«

»Erst meine Glasschüssel und jetzt der Spaghettitopf.

Bald hab ich gar nichts mehr zum Kochen, und wir leben nur noch von gebackenen Kartoffeln. Nichts als gebakkene Kartoffeln, morgens, mittags und abends.«

»Ich mag gebackene Kartoffeln«, sagte Mrs. Wakefield ruhig. »Sie sind sehr nahrhaft.«

»Die spricht so komisch«, bemerkte Jessie. »Warum spricht sie nicht wie wir?«

»Das könnte sie durchaus, wenn sie wollte, aber sie ist eine sehr dickköpfige Frau.«

Carmelita widersprach dem dadurch, daß sie zur Tür stapfte. Sie begab sich auf die Veranda und atmete die frische Luft mit übertriebener Erleichterung tief ein.

Jessie kletterte von ihrem Stuhl herunter, denn sie fühlte sich vom Beobachten des lebhaft sprudelnden Wassers ein wenig schwindlig. Sie war sich nicht ganz sicher, warum das Wasser heiß gemacht wurde – sie vermutete, daß der Seestern warm gebadet werden sollte, um ihn ordentlich sauber zu machen.

»Es ist jetzt heiß genug für ein Bad.«

»Es muß richtig kochen.«

»Kochen ist sehr *heiß*«, sagte Jessie ängstlich. »Er wird sich verbrennen.«

»Er hat kein Gefühl, Jessie, wie ich dir schon sagte. Und er muß ... fixiert werden, wenn du ihn behalten willst. Wir müssen ihn ein paar Minuten kochen und dann an der Sonne austrocknen lassen. Danach bestreichen wir ihn dann mit Formaldehyd und lassen ihn noch ein bißchen in der Sonne liegen. Erst dann ist er fertig, ganz leicht und haltbar, und du kannst ihn für immer behalten.«

»Aber dann kann er sich ja nicht mehr *bewegen.*«

»Nein, natürlich nicht.«

Für immer der ihre, aber tot.

Der Dampf stieg auf, ein Leichentuch aus Chiffon, das nach Tod roch.

Mrs. Wakefield beugte sich über den Seestern und drückte seinen erhobenen Arm flach auf die Zeitung.

»Wir wollen doch einen ganz gleichmäßigen Stern haben«, sagte sie. »Wenn er erst gekocht ist, dann ist es zu spät, um ihn noch zu richten.« Jessie wandte die Augen ab. Sie hatte das Gefühl, daß es überhaupt zu spät war, noch irgendwas zu richten. Aber sie war ja durch ihre eigenen Worte in diese Falle hineingeraten: Ich möchte einen Seestern haben. Zwischen dem Wunsch und seiner Erfüllung standen dieser Raum, dieser dampfende Hexenkessel und die Hexe selbst.

Mrs. Wakefield nahm den Seestern vom Zeitungspapier auf und ließ ihn von ihrer Handfläche in das kochende Wasser gleiten.

Jessie hielt angestrengt den Atem in ihrer Brust zurück und erwartete einen Schrei, einen Protest. Vielleicht schrien ja im Augenblick des Todes die Stummen ihr Entsetzen heraus, litten die Fühllosen, verstanden die Gedankenlosen.

Aber der Seestern versank still in den Wasserblasen, um auf immer Jessies zu werden. Da war kein Schrei, nur eine ganz plötzliche, schockierende Veränderung der Farbe. Die bläulichen Arme erblühten zu einem neuen, orangeroten Leben, nahmen die Farbe der untergehenden Sonne an.

»Zehn Minuten«, sagt die Hexe. »Zehn Minuten reichen.«

Jessie stieß die Luft aus, die einen schmerzenden Hohlraum in ihr hinterließ. Sie fühlte sich überhaupt gänzlich hohl – sie war kein Felsen, keine Festung mehr, sondern etwas sehr Brüchiges, das mit nach Fisch riechendem Dampf angefüllt war.

»Ich glaube, ich geh lieber nach draußen«, sagte sie recht kühl.

Auf den Stufen der Veranda setzte sie sich dicht neben Carmelita, die warm und braun war wie ein Bratapfel.

»Es stinkt«, sagte Carmelita.

Ihre Haut duftete reif. Die Fliegen saßen auf ihrer Stirn und auf ihren Armen und Beinen, so daß sie über und über mit zusätzlichen kleinen, schwarzen Augen bedeckt war, die alles sahen.

»Baby«, sagte sie, seufzte und strich mit der Hand über Jessies Blondhaar. »Hallo Baby.«

Sie hatte sich viele Kinder gewünscht, in allen Formen und Farben, blaßblonde Kinder und rotgesichtige mit Sommersprossen und auffallend schwarze, aber die Heilige Jungfrau hatte sie ihr versagt.

Sie wischte mit einer Handbewegung ihre Extraaugen fort und fächelte sich mit ihrer Schürze Kühlung zu.

»Du bist lieb und dick«, sagte Jessie ernst.

Carmelita lachte, wobei sie den Kopf zurückwarf und alle ihre Zähne zeigte, die weiß wie Kreide waren. Und auch Jessie lachte, bis ihr die Tränen wie kleine Silberraupen kitzelnd über die Backen liefen.

Den ganzen noch verbleibenden Vormittag lachte sie bei jeder Kleinigkeit verzweifelt und plötzlich auf. Ihr Vater, der mit gekreuzten Beinen vorn auf der Terrasse saß, sah ganz so aus wie ein lachhafter Froschmann. Luisa hatte ihr Haar hochgesteckt und einen ganz spitz zulaufenden Kopf. Mr. Roma war ein verbotenes Wort, war ein Nigger. Ja, ein Nigger, Nigger, Nigger. Alles war zum Schreien.

Nur ihre Mutter nicht.

»Was ist denn mit dir los?« fragte Evelyn, als sich Jessie einigermaßen erschöpft auf das Sofa warf.

»Nichts.«

»Du hast doch nicht wieder was angestellt, oder?«

In Jessies Gesicht arbeitete es – sie wollte der Mutter von dem Seestern erzählen, aber sie konnte die richtigen Worte nicht festhalten, die ihr wie kleine Fischchen immer wieder entschlüpften, sobald sie eins zu fassen bekommen hatte. *Ich bin schuldig. Ich habe gemordet.*

»Ich hoffe, es kommt hier nicht wieder zu irgendeiner Szene«, sagte die Mutter in warnendem Tonfall. »Vor allem nicht, nachdem sich Mrs. Wakefield all die viele Mühe gemacht hat, den hübschen Seestern für dich zu präparieren.«

Evelyn streckte die Hand aus – so als hoffe sie, Jessie werde durch eine zärtliche Berührung weniger schwer zu verstehen sein. Diese jedoch wich ihr aus, von unterdrücktem Lachen geschüttelt. Mrs. Wakefield war eine rotköpfige Hexe und Mr. Roma ein Nigger.

»Hör auf, Jessie.«

»Das ist alles ... so ... so ... ko ... misch.«

»Ich mag das nicht, diesen Krampf. Jetzt beruhige dich und benimm dich. Was hängst du eigentlich überhaupt hier im Haus herum? Warum gehst du nicht raus spielen?«

Rumhängen. Einfach wahnsinnig sich vorzustellen, wie man mit Leim an eine Wand geklebt war. Ihr ganzer Körper schmerzte vor Lachen, und ihre Augen waren so heiß und geschwollen, daß sie in jedem Augenblick zerplatzen zu wollen schienen.

Dieses Lachen war ein Hilfeschrei, aber es kam keine Hilfe.

»Wenn du damit nicht sofort aufhörst, gehst du in dein Zimmer hinauf«, sagte Evelyn, »und bleibst da, hast du mich verstanden?«

Jessie verstand. Sie rannte aus dem Haus und hinterließ eine Spur von Schluckaufs, die wie Blasen in der Luft hingen.

Auf einer Holzkiste lag der Seestern in der Sonne, aber sie sah ihn nicht an. Sie hielt ihren Kopf abgewandt und bewegte sich, wie ein Krebs seitwärts laufend, vorsichtig an ihm vorbei.

Seesterne, alte Männer, stachellose Bienen und kleine Jungen, die nicht schwimmen konnten. Aber nicht kleine Mädchen.

Nicht kleine Mädchen. Die Worte waren wie eine Steinmauer, hinter der sie ewig leben und nie älter werden würde. Aber der Augenblick war gekommen, wo sie groß genug geworden war, um über die Mauer hinwegsehen zu können, und was sie da sah, waren – ja, auch kleine Mädchen.

Sie sah Jessie Banner in einem weiten Feld kleiner Mädchen. Sie lagen alle wie Blüten da, die ins Gras gesunken waren. Ertrunken, erfroren, totgeschlagen wie Fliegen, zerdrückt wie Mücken, verbrannt, erstickt, zerschmettert, zum Trocknen in der Sonne liegengelassen. Sie sah sich selbst in dieses Feld voll kleiner Mädchen hineingehen, um dort mit ihnen zu sterben.

Aber die Vision, die sie da jenseits der Mauer erblickte, war viel zu gewaltig und schwer, und deshalb fiel sie auf den Grund ihres Herzens hinab wie ein Stein in einen Teich, und die einzigen Spuren, die sie hinterließ, waren die in Unordnung geratenen Moleküle, die Blasen des Lachens, der Schluckauf, die geschwollenen Augen.

»Halt die Luft an und schluck neunmal runter«, sagte Luisa, die träumend auf der Schaukel am Pfefferbaum saß.

»Aber was schluck ich denn dann?«

»Spucke«, sagte Luisa. »Man stelle sich das vor, in dem Alter noch zu heulen.«

»Ich hab gar nicht geheult, ich hab gelacht.«

Es war sehr schwer, genug Spucke für ein neunmaliges Runterschlucken zusammenzubekommen, aber sie schaffte es dadurch, daß sie so tat, als lutsche sie eine Zitrone.

Der Schluckauf ging weg, und die Welt war plötzlich wieder so schön normal wie zuvor. Das Seil der Schaukel scheuerte an der Baumrinde, Luisa war herablassend und brummig, die Kolibris flitzten wie wahnsinnig in dem Blattwerk des Eukalyptusbaumes umher und stürzten sich auf Jessies Kopf herab. In der Sonne spazierten Spinnen herum, und Ameisen marschierten den Pfefferbaum hinauf und hinunter.

Alles war lebendig, alles bewegte sich und fühlte und dachte. Jessies Herz schlug voller Liebe für diese ganz normale Welt. Ja, sie liebte sogar Luisa.

»Ich glaube, du bist kein Stinker«, sagte sie.

11

Vor und zurück schwang Luisa auf der Schaukel, und auch die Kette aus Topasen schaukelte an ihrem Hals.

Sie konnte einfach nicht die Finger davon lassen – sie ließ die Kette durch sie hindurchgleiten wie einen Rosenkranz, und dank der göttlichen Kraft der Steine verwandelte sie sich in ein wunderschönes Mädchen mit blonden Haaren, das in ein Mikrofon sang. Alle Männer drängten sich um sie, und selbst das Orchester hörte zu spielen auf, um sie besser hören zu können. Nur noch ihre bebende Stimme war zu vernehmen. Unter den Männern war vor allem einer, nämlich der reichste und schönste der ganzen Welt, der zu ihren Füßen niedersank – ›Luisa, schau mich an, Luisa, nur einen Blick, zeig mir nicht die kalte Schulter, Luisa!‹ Langsam und verächtlich wandte sie sich von ihm ab ...

»Du siehst aber komisch aus«, sagte Jessie. »Was ist denn mit dir?«

»Unterbrich mich nicht.«

»Du hast doch aber gar nichts gemacht.«

»Hab ich, hab ich!« Sie schloß die Augen wieder, aber der reiche und gutaussehende Mann ließ sich nicht zu neuem Leben erwecken. »Nicht eine Minute lang hab ich mal meine Ruhe.«

»Luisa...«

»Was willst du denn jetzt schon wieder?«

»Ich könnte dir was für die Kette eintauschen.«

»Du hast doch gar nichts, was so wertvoll ist.«

»Hab ich wohl. Das ist ein Geheimnis. Niemand außer mir weiß davon.«

»Wieviel hat's gekostet?«

»Weiß ich nicht. Aber es ist aus Gold. Echtes Gold. Wahrscheinlich hat's eine Million Dollar gekostet«, sagte Jessie verwegen.

»Und warum verkaufst du's dann nicht und schaffst dir hundert Ketten dafür an?«

»Hm, vielleicht nicht ganz eine *Million*.«

»Zeig's mal her, wenn's so wertvoll ist.«

Jessie zögerte. »Schwör mir beim Blute deines Bruders, daß du's niemand weitersagst.«

»Klar doch.«

»Ich hab's in meinem Zimmer.«

»Ich werde meine Kette nie eintauschen, aber ich will mir dein Was-auch-immer halt mal *ansehen*.« Es bestand ja immerhin die winzig kleine, äußerst unwahrscheinliche Möglichkeit, daß Jessie die Wahrheit sagte und was gefunden hatte, was wirklich eine Million Dollar wert war. Nicht Gold, sondern vielleicht Radium.

Natürlich war's Radium! Was sonst? Jessie hatte wie gewöhnlich herumgeschnüffelt und durch einen wunderbaren Zufall ein Stück Radium auf der Erde gefunden.

Einmal auf der Fährte des Radiums, wurde Luisa plötzlich sehr lebhaft. Sie hüpfte hinter Jessie her den Weg entlang, ein reiches Mädchen, eine Erbin – Fürsten machten ihr den Hof, sie ritt mit einer Meute hinaus zur Jagd, sie flog ihr eigenes Flugzeug...

»Ach, mein Gott«, sagte Luisa enttäuscht und ließ sich auf Jessies Bett fallen, als sei sie von hinten niedergeschlagen worden. »Bloß eine *Uhr*!«

Eine ganz gewöhnliche Herren-Taschenuhr, das Glas kaputt und die Goldkette schmutzverkrustet.

»Aber es ist echtes Gold«, sagte Jessie, »und sie geht auch noch. Sie zeigt die Zeit an.«

Sie zog die Uhr auf, und tatsächlich – sie lief, machte ziemlich laut tick-tick-tick. Es war schwierig, durch das zersplitterte Uhrglas hindurch die Zeiger zu erkennen, aber Jessie begnügte sich mit dem Wissen, daß sie vorhanden waren. Wie spät es war, war ganz gleichgültig – es war die Zeit selbst, wie sie da vor sich hintickte, die allein wichtig war. Jessie hielt die Minuten und die Jahre in ihrer Hand!

Luisa stöhnte und verdrehte die Augen. »Eine lausige alte Uhr. Aber ehrlich. Wo hast du die denn her?«

»Irgendwoher.«

»Vielleicht hast du sie ja geklaut, oder was weiß ich.«

»Nie«, rief Jessie. »Ich hab sie gefunden. Und das Gefundene gehört dem Finder.«

»Gib sie mir mal einen Augenblick her.«

»Wozu?«

»Ich möchte sie mir halt mal anschaun, nur so. Ich würde nicht für eine Milliarde Dollar tauschen, aber wenigstens ansehen kann ich sie mir doch mal, oder nicht?«

»Das ist mein Geheimschatz, und du hast schmutzige Hände.« Sie zögerte, Luisa die Uhr zu überlassen – nicht wegen der schmutzigen Hände, sondern weil die Uhr ihr ja noch nicht so ganz gehörte. Sie hatte sie gefunden, gewiß doch, und das Gefundene gehört dem Finder, aber ihr Besitz war trotzdem, das wußte sie sehr wohl, nur ein vorübergehender, war er doch von keinem Erwachsenen abgesegnet worden. Sie hatte keinen festen Zugriff auf die Uhr, sie konnte ihr jederzeit und aus den verschiedensten Gründen wieder abgenommen werden.

Luisa bemerkte mit Schläue: »Stell dir das vor, findet da einfach so ne Uhr auf der Straße.«

»Nicht auf der *Straße*.«

»Wo denn?«

»Du sagst's nur weiter.«

»Beim Blute meines Bruders, das würde ich nie tun.«

Sie hörten Schritte draußen auf dem Flur, und dann kam Evelyn herein, im Arm einen Stoß frisch gebügelter Sachen von Jessie.

»Hallo«, sagte Evelyn. Sie lächelte Jessie zu, und in ihrem Lächeln war etwas Schmeichelndes und Unsicheres, so als ob sie Jessie gegenüber etwas gutmachen wolle, aber nicht sicher sei, was. Die Kleider über ihrem Arm waren noch warm vom Bügeln. Sie waren, so ganz ohne Jessie, irgendwie süß – sie beschworen das Bild einer Jessie ohne Fehl und Tadel herauf, das Bildnis eines schlafenden Kindes von himmlischer Unschuld. Es war wie ein Schock, so unerwartet der wirklichen Jessie zu begegnen, die ein wenig verdrossen dreinblickte, die die Arme hinter den Rücken hielt und deren Augen voll waren von dunklen Geheimnissen.

»Mach mir bitte mal die zweite Schublade auf, Jess«, sagte sie freundlich.

Luisa ließ sich vom Bett herunterrollen. »Ich muß los.«

»Ich will euch nicht stören. Ich tu nur diese Sachen weg, dann verschwinde ich wieder.«

»Ich muß aber sowieso jetzt gehen.«

Nun, da Luisa fort war, vergingen die Minuten und Jahre sehr laut. Man konnte sie nicht überhören.

»Was hast du wieder für ein großes Geheimnis, Jessie?«

»Gar keins.«

»Ich höre da eine Uhr ticken.«

»Ist eben nur eine Uhr«, sagte Jessie.

»Vaters?«

»Gehört niemand. Nur mir.«

»Wie kommst du denn an eine Uhr?«

»Hab sie gefunden.«

»Du solltest sie mir besser mal zeigen, meinst du nicht auch?«

Der Augenblick war da, ganz wie sie es vorausgesehen hatte. Das war das Schreckliche daran, wenn man wichtige Dinge fand – irgend jemand mußte sie erst einmal verloren haben.

Sie händigte ihrer Mutter die Uhr aus, plötzlich fast erleichtert darüber, sie wieder los zu sein, hatte sie doch auf unbestimmte Weise etwas mit dem toten Mann im Wald und mit dem ertrunkenen Jungen zu tun.

»Sie sieht ziemlich wertvoll aus«, sagte Evelyn. »Wo auf Erden hast du sie gefunden?«

»Da, wo die Vögel auf den Klippen wohnen. Ich bin raufgeklettert, weil ich dachte, ich würde da Babyvögel finden. Nicht um sie zu erschrecken oder ihnen Eier wegzunehmen oder irgend sowas, nein, nur um sie zu streicheln.«

»Jetzt schweif mal nicht vom Thema ab, mein Engel, *bitte*. Alles, was ich hören will, ist ein kurzer, einfacher Bericht.«

Aber für Jessie gab es so etwas wie einen kurzen, einfachen Bericht nicht. Alle Einzelheiten waren doch gleichermaßen bedeutsam. Wie konnte sie den Fund der Uhr beschreiben, ohne von den Babyvögeln zu erzählen, nach denen sie gesucht hatte, und zu erklären, warum und ob sie sie gefunden hatte, und wie die Kormorane lebten?

»Sie essen Fisch«, sagte Jessie. »Wie Adler. In der Schule steht in einem Buch eine Geschichte über Adler und daß ihre Nester tausend Pfund wiegen. Aber nicht bei diesen Vögeln da. Die haben nur Löcher, in denen sie wohnen. Ich hab keine Eier oder Babys gefunden, aber dafür die Uhr. Überall auf der Klippe war da so Vogeldreck, auch auf der Uhr. Den hab ich aber abgewischt.« Nachdenklich fügte sie hinzu: »Vielleicht hat sie ja jemand da *versteckt.*«

»Das glaube ich nicht. Fang nur nicht an, dir Dinge einzubilden. Wahrscheinlich hat sie jemand auf der Klippe verloren.«

»Das geht nicht. Ich schmeiße oft kleine Steinchen über den Rand, und sie fallen immer bis runter, bis auf den Strand.«

Evelyn zögerte, denn sie wußte, daß Jessie recht hatte und daß die Klippe an der Stelle, wo die Kormorane nisteten, leicht überhing. Ein Gegenstand, der von oben herabfiel, konnte wirklich nicht auf einem der Felsvorsprünge landen.

»Ich könnte ja mal Daddy fragen«, sagte Jessie. »Oder auch Mrs. Wakefield.«

»Eine Uhr?« sagte Mrs. Wakefield. »Das ist ja seltsam. Nein, ich weiß nichts von einer Uhr, nichts ...«

»Was ist da in der Truhe drin?«

»Billys Spielsachen und ein paar Kleidungsstücke von

ihm.« Ein Bilderbuch, auf Leinen gedruckt, eine Puppe mit einer wuscheligen gelben Perücke, ein Teddybär mit nur einem Auge und einem Ohr, ein gestreifter Pullover, zwei Schlafanzüge ohne Bänder und Kordeln – Billys Sachen. »Ich weiß noch nicht so recht, was ich damit machen soll.«

Du könntest alles mir geben, dachte Jessie. Ich könnte dann damit spielen und mich verkleiden. Aber die Worte blieben unausgesprochen – der Tod lag in den Falten der Kleidungsstücke wie Mottenkugeln.

Die Truhe starrte sie mit weit aufgerissenem Maul an, das sich ganz plötzlich mit einem lauten Zähneklappern schloß. Sie sprang zurück, als hätten die Zähne sonst ihre Hand oder ihren Fuß erwischt.

»Ein paar der Sachen könnte ich ja auch dir geben«, sagte Mrs. Wakefield. »Hättest du Spaß daran?«

»Nein, danke«, sagte sie schwach. »Ich selbst gebe immer wieder Sachen von mir weg, an die Leute in Europa.« Sie zog sich in Richtung Tür zurück. »Ich muß jetzt gehen. Meine Mutter wartet auf mich.«

Mrs. Wakefield verschloß die Truhe. »Sag ihr ... sag ihr, daß ich nichts weiß von dieser Uhr da. Was mich anbetrifft, so kannst du sie behalten.«

Ich hasse es, ein Kind zu belügen, dachte sie. Aber es ist ja ihretwegen, daß ich's tue.

Mit einem klagenden Laut lehnte sie sich an die Truhe. Der Schlag ihres Herzens war laut und hart, als wenn dieses Herz selbst zu einem äußeren Organ geworden wäre, an einer Kette aufgehängt zwischen ihrer Haut und ihrer Kleidung. Sie fühlte sich von der Anstrengung des Lügens und von dem plötzlichen Schock geschwächt, den es bedeutet hatte, die Uhr wiederzusehen – nicht in Johns

Tasche, sondern aus Jessies Hand herabbaumelnd und noch tickend. Noch tickend nach all der Zeit, nach all dem Wind und dem Wetter, den Seenebeln und der heimtückischen Sonne.

John hatte sie stets in seiner Tasche bei sich getragen, und manchmal saß Billy auf seinem Schoß, hielt die Uhr an sein Ohr und lauschte dem Wunder der Stunden, dem Verstreichen der Minuten, die ein für allemal vergingen.

Billy saß still und schwer da und trug die Uhr wie einen goldenen Ohrring. Er besaß eine eigene Uhr, eine dicke, silberne, und sie tickte viel lauter als die Uhr seines Vaters, aber kälter. Es war so viel schöner, sich an die Brust des Vaters zu schmiegen und neben dem Uhrticken die pumpenden Bewegungen eines Herzens, das leise Rumpeln eines Magens zu hören, Tabak und Schweiß und Rasierwasser zu riechen, winzige, drahtige Barthaare zu spüren, die piekten, wenn man sie fester berührte.

»Du steigst jetzt besser wieder runter, Billy. Du wirst so schrecklich schwer. Warte. Vorsicht mit der Uhr.«

Er wollte den Schoß des Vaters, diesen warm sich bewegenden Leib, nicht verlassen, aber er wurde hinausgestoßen in die Geburt. Haßerfüllt blickte er auf die Hände, die ihn vorwärtsstießen. Diese Hände mit ihren krausen blonden Härchen waren feindselig. Sie hatten ihn in den Rachen des Meeres hineingezogen, und jetzt stießen sie ihn weg, rissen die Uhr von seinem Ohr. Haß, Haß!

»Kletter jetzt runter, Billy. Sei lieb. Nein, Billy, nein! Los, steig runter... ach, Janet, hilf mir doch mal.«

Sie half ihm. Die Bisse an seinem Handgelenk waren nicht tief, aber sie bluteten innerlich wie eine tödliche Wunde.

»John...«

»Nein, ich bin okay. Ich ... du bringst ihn besser in sein Zimmer.« Sie nahm Billy auf, und er hing in ihren Armen wie ein Sack.

»Er hat's nicht so gemeint, John. Du weißt, daß er's nicht so gemeint hat.«

»Bitte, bring ihn raus.«

Sie trug Billy in sein Zimmer und schützte ihn mit ihren starken Armen. Ihr Baby. Ein großer Junge, viel zu groß, um noch getragen zu werden, und doch noch ein Baby, das nicht wußte, welchen Schaden es anzurichten vermochte.

Als sie wieder runterkam, sah sie die Uhr mit dem Zifferblatt nach unten auf dem Teppich liegen. Sie tickte noch.

»Er weiß einfach nicht, was für Kräfte er hat, John«, sagte sie.

»Nein.«

»Vielleicht ist das eine neue Phase, Teil des Fortschritts, von dem Miss Lewis spricht. Er könnte ... nun, er könnte damit vielleicht seine Unabhängigkeit geltend machen wollen. Er braucht uns einfach nicht mehr so sehr.«

Ihr fiel ein Dutzend Erklärungen ein, aber sie kam nicht auf den Gedanken, daß es Billy verhaßt sein könnte, geboren worden zu sein. Mit großem Widerstreben aus dem Mutterleib herausgeholt, konnte er Befriedigung einzig und allein darin finden, sich ihm wieder anzunähern. Und je älter er wurde, desto weniger Gelegenheit bot sich zu solcher Befriedigung. Er war zu groß, um getragen zu werden, um bei Miss Lewis zu schlafen, um länger auf einem Schoß sitzen zu können. Immer mehr wurde von ihm erwartet, immer weniger ihm gegeben. Die Zeit war sein Feind. Er war jetzt acht Jahre alt und entfernte sich immer mehr von der warmen Geborgenheit, dem sanften Wiegen.

»Mag sein, daß er sich entsetzlich langweilt«, sagte sie. »Schließlich verhalten sich auch andere Kinder so, wenn sie im Begriff stehen, einen weiteren Schritt nach vorn zu tun.«

»Was nützt das ganze Gerede, der Versuch, die Dinge zu erklären?«

»Ich möchte nur...«

»Wir werden mit ihm nicht mehr fertig, Janet. Wir müssen ihn in eine entsprechende Schule geben.«

»Nein, nein. Du hast es mir versprochen!«

»Es ist ein Versprechen, das ich nicht halten kann«, sagte er schwer. »Wir leben jetzt schon so lange hier, ohne jeden Freund. Ich fange an, mich... mich mehr als einsam zu fühlen, fast schon ein bißchen seltsam... Ich kann dir gar nicht sagen...«

»Er ist unser Sohn, wir können ihn nicht einfach fortschicken. Niemand würde ihn so verstehen können, wie ich das kann. Sie könnten leicht grausam zu ihm sein.«

»Vielleicht sind wir diejenigen, die grausam sind.« Die Bißwunden an seinem Handgelenk hoben sich deutlich von seiner blutlosen Haut ab. »Neuerdings scheint er mich zu hassen. Und manchmal habe ich das Gefühl, daß... daß ich anfange, seinen Haß zu erwidern.«

Sie konnte vor lauter Schmerz kaum noch atmen. »So etwas zu sagen, das ist ganz entsetzlich.«

»Noch schlimmer, so etwas zu fühlen«, entgegnete er. »Viel schlimmer.« Er bückte sich und hob die Uhr auf, die unbeschädigt geblieben war.

»Du brauchst mal eine Abwechslung, John. Du könntest doch eine Reise machen, vielleicht eine Kreuzfahrt.«

Er aber ging auf keine Kreuzfahrt. Seine Abreise war schließlich die zu einer endgültigen Fahrt auf einem nicht wieder zurückkehrenden Schiff.

An die Truhe gelehnt, sah sie einen Augenblick das Muster ihres Lebens vor sich, die mit unzerreißbarem Faden und von stählerner Hand hineingenähten Flecken des Todes. Obwohl sie sie Schicksal nannte, war diese stählerne Hand doch ihre eigene.

Draußen läutete Mr. Roma die Glocken – zuerst das silberne Schlittenglöckchen und dann die Kuhglocke – um Jessie und Luisa aus dem Wald zum Mittagessen zu rufen.

Mrs. Wakefield richtete sich mühsam auf – sie fürchtete all die Fragen, die man ihr wegen der Uhr stellen würde, und dachte sich schon Antworten aus, die einigermaßen vernünftig klangen.

Das Thema wurde jedoch während des ganzen Essens aufs sorgfältigste vermieden, und sie war sich nicht sicher, ob man ihre Lüge als die Wahrheit oder aber als einen entschuldbaren Ausrutscher wie etwa einen Rülpser aufgenommen hatte.

12

Vor Marks Fenster lärmten die Schwalben in der Kalifornischen Eiche.

»Schließlich kann man von uns als zivilisierten Menschen erwarten, daß wir ein wenig tolerant sind«, sagte Mark. »Sie hat also gelogen, na und?«

»Ehrlich, Liebling, ich habe kein Aufhebens davon gemacht. Ich habe lediglich die Tatsache erwähnt, daß sie eine Lügnerin ist und ich wünschte, sie reiste wieder ab. Wir schulden ihr nichts.«

»Außer dem Haus.«

»Dafür bezahlen wir Miete«, sagte Evelyn. »Mehr noch, *ich* bin nicht zivilisiert. Ich würde gern zu ihr gehen und ihr ins Gesicht sagen, na los, Schätzchen, jetzt erklär dich mal.«

»Das würdest du gerne, wirst es aber nicht tun.«

»Nun...«

»Und sie kann vielleicht gar nichts erklären. Ist dir *der* Gedanke schon mal gekommen?«

»Sie kann. Jeder kann, in gewissem Maße.«

»Na schön, dann erklär du dich mir mal in gewissem Maße.«

Evelyn hob eine Augenbraue. »Ich halte das für nicht sehr komisch.«

»Es war mir durchaus ernst.«

»Ich kann mich sehr leicht erklären, wenn du's wissen willst. Es sind die anderen, die kompliziert sind. Du«, sagte sie düster, »und Jessie und Mr. Roma, praktisch alle.«

Mark lächelte. »Wir sind ein wenig meschugge, klar.«

»Das erinnert mich – wenn du wirklich mit diesem albernen Schlauchboot da rausfahren willst, dann nimmst du besser etwas Sonnenöl mit.«

»Was ist da so albern dran? Das war ein Sonderangebot, noch vom Krieg übrig. Komplett mit zwei Paddeln für fünfundzwanzig Dollar.«

»Ich dachte, du wolltest es Jessie zum Geburtstag schenken.«

»Ich werde ihr halt was andres besorgen.« Er zog sich seine Badehose an, zog die Kordel fest und dabei automatisch den Bauch ein.

»Du hast recht hübsche Beine«, sagte Evelyn nachdenklich.

»Um besser die ...«

»Und eine schmutzige Phantasie.«

»Auch wieder klar, Mütterchen.«

Sie blickte ihn an, halb erfreut über seine gute Laune, halb argwöhnisch. »Was verbirgt sich eigentlich hinter dieser ganzen Hochform?«

»Du.« Er hob sie vom Boden auf und drückte ihr einen Kuß auf den Hals. »Du, mein Engel.«

»Ich und wer noch?«

»Lieber Himmel, da wären wir wieder. Gib mir mal das Öl rüber, bitte.«

»Komm, ich mach das.«

Sie rieb seine Schultern und seinen Rücken mit Sonnenöl ein. Seine Haut schälte sich noch immer ein bißchen, was auf den letzten Sonnenbrand zurückzuführen war, und sie berührte sie nur ganz sacht.

»Ändere deine Meinung und komm mit«, sagte er.

»Nein, danke. Du willst nur, daß ich dir beim Paddeln helfe. Weißt du noch, wie ich das letzte Mal in einem Boot mit dir rausgefahren bin? Bei der Feuerinsel? Alles, was du getan hast, war, Befehle zu schnarren wie Captain Bligh.«

»Es war windig und wir drifteten ab. Und ich habe nicht geschnarrt.«

»Captain Bligh war nichts als ein liebenswürdiger alter Herr, na klar.« Sie machte eine Pause. »Warum nimmst du nicht jemand anderen mit?«

»Wen zum Beispiel?«

»Na, Mrs. Wakefield würde wahrscheinlich Spaß daran haben.« Evelyns Stimme war so weich wie das Öl auf ihren Fingerspitzen. »Sie ist eine gute Schwimmerin. Du brauchtest dir also wegen des Abtreibens keine Sorgen zu machen. Sie könnte das Seil einfach zwischen die Zähne nehmen und den Kahn an Land ziehen.«

»Wahnsinnig komisch.«

»Das denke ich auch.«

»Was würdest du machen, wenn ich sie wirklich fragte?«

»Ich weiß nicht. Probier's halt aus.«

»Das werde ich.«

Evelyns Lächeln war unsicher, als sie den Verschluß wieder auf die Flasche schraubte. »Also vorwärts.«

»Ich wünschte, ich könnte dich verstehen. Ich weiß, daß du eifersüchtig auf diese Frau bist – wieso also drängst du mich dann, sie im Boot mit rauszunehmen?«

»Weil ich weiß, daß du das gerne möchtest. Da kann

ich ebensogut auch diejenige sein, die den Vorschlag macht, denn dann trifft's meinen Stolz nicht ganz so arg.«

»Ich möchte es aber doch gar nicht. Ich möchte viel lieber dich und Jessie mitnehmen.«

Sie überging das. »Ich fühle mich verdammt edelmütig, wenn ich meinen Mann mit einer anderen Frau zusammen auf die hohe See hinausschicke.«

»Hör mal, Evelyn, wenn dir das Verdruß bereitet, dann fahre ich nicht. Laß uns die ganze Sache vergessen.«

»Mich verdrießt's nicht im geringsten, ehrlich.« Sie wandte sich zur Tür. »Wenn du ein heißes, eifersüchtiges kleines Gesicht sehen solltest, das dich vom Fenster aus beobachtet, dann ist es nicht meins.«

»Wirklich nicht?«

»Viel Spaß.«

Sie ging nach unten, saß lange bei zugezogenen Vorhängen im Wohnzimmer und fragte sich, warum sie immer, wenn sie mit Mark sprach, so oberflächlich-frivole Worte benutzte, die den Sturm der Leidenschaft in ihrem Herzen niemals auch nur erahnen ließen.

Es war windstill, aber draußen, jenseits der Brandung, waren die Wellen lang und tief, und das Boot stieg empor und sank wieder herab wie ein gelber Ballon.

»Irgendwo ist ein Sturm«, sagte Mrs. Wakefield wie zu sich selbst. »Vielleicht tausend Meilen weit weg, aber man spürt's noch an der Dünung – das ganze Meer ist in Unruhe.«

Der Gummiboden des Bootes war dünn und flexibel – er bewegte sich, wie sich das Meer bewegte, und atmete unter ihren nackten Füßen. Sie stand auf, und es war, als ginge sie auf dem Wasser. Sie konnte den tausend Meilen weit entfernten Sturm in ihren Fußsohlen fühlen.

»Setzen Sie sich hin«, sagte Mark.

Seine Stimme ließ sie hochschrecken. Im Bug mit dem Rücken zu ihm sitzend, hatte sie seine Anwesenheit fast vergessen.

»Pardon«, sagte sie.

»Wenn Sie müde vom Paddeln sind, werfe ich mal den Treibanker aus.«

»Das wäre schön.«

Sie setzte sich, ihm zugewandt, das Paddel auf den Knien.

Er warf das trichterförmige Stück Leinwand aus, das ein Abdriften des Bootes verhinderte, und in wenigen Minuten schon straffte sich das Seil, und der Bug zeigte uferwärts.

Etwa zwanzig Schritte von ihnen entfernt saß ein Pelikan auf einem Bündel Seetang und beäugte neugierig und ganz ohne Scheu das dicke gelbe Monstrum mit seinen zwei Köpfen und vier Armen. Der Pelikan dachte offensichtlich nach, wobei er seinen Schnabel bewegte wie ein alter Mann, der auf seinen zahnlosen Kiefern herumkaut. Das Seeungeheuer ängstigte und überraschte ihn nicht – er war ein alter Vogel und kannte seine Feinde.

Sie hätte den Pelikan gern eingefangen und Besitz von ihm ergriffen, aber sie wußte, daß er stärker war als sie. Deshalb schrie sie zu ihm hinüber und schwenkte das Paddel in der Luft, um ihn zu verscheuchen.

»Lassen Sie ihn doch«, sagte Mark. »Stellen Sie sich vor, es wäre ein Albatros.«

Ihr Lächeln war schwach, flüchtig. »Sie sind noch nicht alt genug für einen alten Seemann.« Aber sie legte das

Paddel wieder auf ihre Knie, und der alte Vogel blieb wiederkäuend sitzen, bis das gelbe Ungeheuer langsam davontrieb, ohne daß sich seine vier Arme bewegten.

Sie konnte zwar den Pelikan nicht haben, aber das Unwetter war ganz allein das ihre. Aus einer Entfernung von tausend Meilen unter ihre Füße gleitend, gehörte es ihr – ihr gehörte das Wetter. Es war, als ob niemand sonst etwas von dem Sturm wisse oder ihn spüre – nur sie und Mark, den sie eingeweiht hatte. Nur sie beide ganz allein kannten ein Geheimnis ...

»Ihre ... Ihre Frau ist sehr nett«, sagte sie und sah ein wenig befangen aus. »Es ist sehr liebenswürdig von ihr, mich so in ihren Kreis aufzunehmen.«

»Aber das ist doch selbstverständlich.«

»Und Jessie ... ich hatte fast schon vergessen, daß es Kinder gibt, die ... Kinder wie sie.« Sie preßte ihre Hand gegen die Stirn. »Also, ich glaube, ich werde ein bißchen ... seekrank.«

»Wir können gern zurückfahren.«

»Nein, noch nicht. Es wird sich schon geben.«

»Atmen Sie so tief durch wie es nur geht.«

»Ich werd's versuchen.«

Sie atmete tief durch den Mund ein, und ihre vollen, reifen Brüste hoben und senkten sich. Er wandte die Augen ab, ein wenig verwirrt und auch ein wenig ärgerlich über sich selbst – er kam sich vor, als sei er dabei ertappt worden, wie er einer Frau in den Ausschnitt starrte.

»Fühlen Sie sich besser?«

»Ja, danke. Es wäre zu schade, jetzt umkehren zu müssen. Ich bin so gern hier draußen.« Ihr Arm trieb im Wasser wie ein bleich dahinschwimmender Aal. »John und ich ruderten manchmal hier raus und tauchten nach

Hummern. Aber Carmelita mochte sie nie kochen, sie hält sie für giftig, es sei denn, sie kämen vom Fischmarkt oder aus der Dose. Deshalb kochten wir sie uns jedesmal selbst, und Carmelita stand daneben und erwartete, uns jede Sekunde tot umsinken zu sehen.«

»Sie ist ein bißchen exzentrisch«, sagte Mark.

»O nein, sie hat lediglich ihre Überzeugungen.«

»So kann man es auch nennen.«

Mrs. Wakefield lächelte. »Sie ist trotz alledem eine glückliche Frau. Sie hat sich ihr eigenes Leben aufgebaut, es braucht keine Anbauten mehr. Kein einziger Ziegelstein ist mehr erforderlich. Vielleicht werden eines Tages Teile dieses Lebens fortfallen, beispielsweise ich, und Reparaturen notwendig werden. Aber in der Zwischenzeit... in der Zwischenzeit ist sie eine glückliche Frau.«

»Ich kann das Leben nicht als eine Reihe von Bauwerken ansehen, die der Mensch errichtet hat. Es ist flüssig.«

»Nein, starr und mechanisch. Ich habe auch einmal anders darüber gedacht, aber das ist lange her. Einige von uns«, sagte sie, »können wie Carmelita bauen, aber der Rest ist wie die Einsiedlerkrebse, die Sie am Strand beobachten können. Sie ziehen von einer gemieteten Muschel zur nächsten.«

»Und wo hausen Sie?«

Sie wandte ihren Blick den Klippen zu. »Das da oben ist mein Haus«, sagte sie ernst.

»Haben Sie es gebaut?«

»John und ich zusammen.«

»Warum? Warum dort, meine ich?«

Die Frage glitt von ihr ab wie Öl. »Warum überhaupt irgendwo? Das Wasser ist kalt hier draußen, kälter als die Brandung. Gehen Sie rein?«

»Ich bin zu faul.«

»Ich denke, ich werd's mal ein Weilchen versuchen.«

Sie schnallte sich die Schwimmflossen an ihre Füße und setzte die gläserne Taucherbrille auf, die ihre Nase und ihre Augen bedeckte.

»Sie sehen in dieser Aufmachung gräßlich aus«, sagte Mark.

»Ich weiß, aber das macht mir nichts aus.«

»Und was ist mit mir?«

»Sie brauchen ja nicht hinzuschauen.«

»Werde ich auch nicht.«

Aber er sah doch zu, wie sie über die Seite des Bootes ins Wasser glitt. Sie schnorchelte, und ihre Schwimmflossen schlugen das Wasser wie der Schwanz eines Hais. Mark kam das vor wie ein umgekehrter Schritt der Evolution, wie die Rückkehr der Amphibien ins Meer.

Als sie den Kopf wieder aus dem Wasser hob, fragte er: »Kalt?«

»Geradezu lähmend.«

»Gibt's was zu sehen?«

»Nicht viel, bisher.«

Sie tauchte und kam kurz darauf an der anderen Seite des Bootes wieder hoch. Ein Strang Seetang hatte sich im Träger ihres Badeanzuges verfangen.

Sie blieb lange im Wasser, wobei sie nicht herumschwamm, sondern pausenlos tauchte und wieder hochkam, um Luft zu schöpfen, als ob sie da unten nach etwas suche, was sie verloren hatte.

Als sie schließlich wieder ins Boot kletterte, waren ihre Lippen blau und ihre Haut rauh vor Kälte.

»Haben Sie's gefunden?« fragte er.

Sie zog sich die Taucherbrille vom Kopf und rieb sich

die Augen, bevor sie zur Antwort gab: »Ich habe gar nichts gesucht.«

Tränen liefen ihr übers Gesicht und hinterließen Spuren von Salz.

»Wonach sollte ich auch suchen?« sagte sie. »Und im übrigen ist das Wasser heute sowieso viel zu trübe. Ich konnte überhaupt nichts sehen.«

»Hier, ziehen Sie lieber meinen Pullover über.«

»Dann wird er aber ganz naß.«

»Macht nichts.«

Sie legte sich seinen alten grauen Pullover um die Schultern. Seine Farbe ließ sie bleich aussehen und betonte die Blässe ihrer vollen Lippen. Sie schien sich nicht viel aus ihrem Aussehen zu machen, und es verdroß Mark ein wenig, daß sie sich nicht die Lippen nachzog, das Haar kämmte oder mit irgendeiner der unzähligen weiblichen Gesten zu verstehen gab, daß sie sich in der Gesellschaft eines Mannes wußte. Am gestrigen Abend war sie schon fast kokett erschienen in ihrem Eifer, Gefallen zu erregen. Er fragte sich, was diese Veränderung bewirkt haben mochte.

Im Westen segelte eine vereinzelte Wolke über den Himmel.

»Ich hoffe nur, das Unwetter zieht auch hier bei uns durch«, sagte Mrs. Wakefield. »Wir haben jetzt schon drei trockene Jahre nacheinander gehabt. Wir konnten es uns nicht mehr leisten, die Pflanzen zu gießen und haben einige von ihnen nur dadurch am Leben erhalten, daß wir sie mit dem Badewasser und mit dem Spülwasser, das anfiel, wenn Carmelita Wäsche wusch, versorgten. Aber das reichte nie aus. Nur ein paar überlebten. Die Geranien – die geben ja nie auf – und natürlich das Unkraut.«

Sie hielt kurz ein, zog den Pullover enger um ihre Schultern. »Sie fragten mich vorhin, warum wir unser Haus ausgerechnet hier bauen wollten. Dafür gab es eine ganze Menge von Gründen, der wichtigste waren aber wohl, glaube ich, die Bäume. Das sind nicht alles wilde, wissen Sie. Viele wurden schon vor langer, langer Zeit von dem Mann gepflanzt, dem das Grundstück mal gehörte. Das war komisch – der besaß dieses wertvolle Stückchen Land hier an der Küste und lebte doch völlig allein in einer schäbigen kleinen Hütte. Die ist noch da. Und immer, wenn ich sie sehe, muß ich an den alten Mann denken, wie er darin lebt und seinen Bäumen beim Wachsen zuschaut und hofft, wie auch wir immer wieder gehofft haben, daß ein Unwetter hier vorüberziehen möge.«

Die Wolke teilte sich, wurde zerschnitten von einem Wind, den sie nicht spüren konnten.

»Das ist doch widersinnig, daß hier Dinge wegen Wassermangels sterben müssen, und das so direkt am Meer.«

Er sagte so unvermittelt, daß sich ihre Augen vor Erstaunen weiteten: »Wo kommen Sie her?«

»Aus einem Ort, von dem Sie noch nie gehört haben. Eine kleine Stadt in Nebraska.«

»Hat sie auch einen Namen?«

»Natürlich.«

»Warum verraten Sie ihn mir nicht? Sie brauchen wahrlich kein Geheimnis daraus zu machen – es fährt doch niemand nach Nebraska, um Ihre Vergangenheit zu überprüfen.«

»Es ist sehr schwer, zu einer Vergangenheit zu kommen«, sagte sie kühl, »dort in Broken Bow in Nebraska.«

»Broken Bow, Nebraska.«

»Dreitausend Einwohner. An der Burlington-Strecke

gelegen, ungefähr zweihundert Meilen von Thedford entfernt. Der Ursprung von ...«

»Schon gut.«

»Der Ursprung von *Beeman's Sandwich Bags*. Ich bin sechsunddreißig Jahre alt. Ich heiratete vor elf Jahren, vier Monaten und drei Tagen. Davor war ich Lehrerin in Omaha, was auch in Nebraska liegt, am Missouri, eine viertel Million Einwohner. Die wichtigsten Industrien ...«

»Okay, okay.«

»Zufrieden?«

»Zum Teil.«

»Wollen Sie noch mehr direkte Antworten auf direkte Fragen haben?«

»Vielleicht. Es ist ein weiter Weg von Broken Bow, dreitausend Einwohner, Heimat von *Beeman's Sandwich Bags*, bis hier raus. Was geschah unterwegs?«

Sie saß eine Weile schweigend da und wischte sich die Salzflecken von den Armen.

»Ich wollte nicht unhöflich sein«, sagte Mark entschuldigend. »So hat sich's vielleicht angehört, aber eigentlich war's der Versuch, komisch zu sein.«

»Wir fahren jetzt besser zurück.«

»In Ordnung.«

»Und was im übrigen das anbetrifft, was unterwegs passierte, so kann ich Ihnen das nicht sagen. Ich mag nicht an Orte zurückkehren. Ich bin nicht romantisch veranlagt.«

»Aber jetzt sind Sie doch zurückgekehrt.«

»Nur weil ich muß.«

Es kam Mark seltsam vor, daß sie ausgerechnet das Wort zurückgewiesen hatte, von dem er meinte, daß es sie überaus treffend charakterisiere – sie war romantisch. Im Rhythmus ihrer Stimme war das Echo von vergangener Musik, von verblaßter Liebe und von einer eigenständigen Begleitmusik des Todes zu vernehmen.

Er zog den Treibanker ein und warf ihn auf den Boden des Bootes.

Er sagte: »In welcher Verlegenheit sind Sie?«

»Sie meinen, in was für Schwierigkeiten ich stecke? In keinen. Überhaupt keinen.«

»Was vertuschen Sie dann?«

»Was ich gern vertuschen möchte.«

Ohne Anker und Führung wurde das Boot hin und her geworfen wie ein Korken. Mrs. Wakefield drehte sich auf ihrem Sitz um und ergriff das Paddel.

»Auf welcher Seite soll ich paddeln?«

»Welche Sie wollen.«

»Dann nehme ich die linke.«

»Auf Ihre Lüge wegen der Uhr ist niemand reingefallen, außer Jessie«, sagte Mark. »Für Jessie ist immer alles möglich – man kann eben einfach mitten im Central Park eine ganze Tonne Ambra finden oder hier eine goldene Uhr, die aus einer Felswand wächst.«

»Die Uhr gehörte meinem Mann«, sagte sie. »Ich weiß auch nicht genau, wie sie da auf die Klippe gekommen ist.«

»Sie haben Jessie gesagt, sie könne sie behalten.«

»Ja.«

»Warum das?«

»Kinder mögen Uhren. Und ich halte nichts von Erinnerungsstücken. Sie sind viel zu schmerzlich. Ich weiß, daß die Vergangenheit tot ist«, sagte sie verbittert. »Ich muß mich nicht ständig daran erinnern lassen.«

»Ich bin sehr froh, daß Sie keine Probleme haben.«

Sie schüttelte den Kopf, auch das kleinste Zeichen von Mitgefühl zurückweisend. Sie wußte, daß es das einzige war, was sie zerbrechen konnte – insbesondere Mitgefühl von seiten eines Mannes wie Mark, dessen Männlichkeit, stark und ein bißchen grob, sie sich ihrer Verwundbarkeit bewußt sein ließ.

»Behalten Sie Ihr verdammtes Mitgefühl für sich.«

»Wie Sie wollen.«

Eine Möwe umflog kreischend das Boot. Sie war jung und kühn und konnte schneller fliegen als der Wind.

Mark sagte mit unpersönlicher Stimme: »Ich hatte gehofft, daß wir einen Seelöwen zu Gesicht bekommen würden. Ich habe in der vergangenen Nacht einen gehört. Das klang sehr nah, obwohl Mr. Roma meinte, hier in dieser Gegend gebe es keine.«

»Er irrt. Ich habe ihn auch gehört.«

»Ganz schöner Lärm.«

»Ja, nicht wahr? Fast, als wenn eine Frau weint«, fügte sie hinzu. »Haben Sie schon mal einen Dugong gesehen?«

»Nicht daß ich wüßte.«

»Sie werden auch Seekühe genannt. Ich hab mal eine gesehen, vor sehr langer Zeit. Wir machten damals unsere Hochzeitsreise, John und ich, eine Kreuzfahrt. Es war bei Sonnenaufgang und das Schiff passierte gerade eins dieser Atolle da im Südpazifik. Wir sahen die Seekuh durch das Bullauge unserer Kajüte – sie saß auf einem Felsen und säugte ihr Junges. Es war schrecklich, sie war so riesig und unglaublich häßlich, und doch erinnerte sie in seltsamer Weise an eine Frau, wenn sie ihre dicken Lippen bewegte, als ob sie zu dem Jungen spräche, und es mit ihren Flossen streichelte. Das Junge hielt sich eng an sie, ganz unberührt von ihrer Häßlichkeit oder auch seiner eigenen.«

Manchmal kehrte sie bei Nacht zu diesem Felsen zurück, auf dem die Seekuh mit ihrem Jungen saß, aber dann hatte das Junge Hände am Ende seiner Flossen und Billys Gesicht.

Sie fing an, mit geradezu wütender Schnelligkeit zu paddeln, um der Seekuh und ihrem Jungen, dem Pelikan, der hochmütigen Möwe und dem Mann hinten im Boot zu entkommen.

Mark versuchte nicht, ihr Tempo mitzuhalten. Teils von ihrer plötzlichen Hast irritiert und teils amüsiert, nahm er sein Paddel aus dem Wasser. Das Boot fing an, sich im Kreis zu drehen.

Sie drehte sich halb zu ihm um. »Sollten Sie sich nicht irgendwie an der Arbeit beteiligen?«

»Ich wollte nur mal sehen, wohin Sie kommen, so ganz allein. Sie hatten es so eilig.«

»Jetzt, wo Sie's gesehen haben, könnten wir vielleicht weiterfahren?«

»In Ordnung.«

Als sie das Ufer erreicht und das Boot auf den Sand gezogen hatten, sagte Mrs. Wakefield: »Danke für die Fahrt. Sie war im großen und ganzen sehr schön.«

»Das ist gut.«

»Sie sind wirklich ziemlich neugierig, was meine Person anbetrifft, oder etwa nicht?«

»Leute, die so absichtsvoll vage sind wie Sie, machen andere Leute neugierig, das ist doch ganz natürlich.«

»Ich werde versuchen, fortan präziser zu sein«, sagte Mrs. Wakefield.

»Nein, bitte nicht. Ich mag Sie so, wie Sie sind.«

Sie schüttelte den Kopf, sammelte ihre Flossen und ihre Taucherbrille vom Boden des Bootes auf und ging fort.

»Ich habe nicht ein einziges Mal rausgeschaut«, sagte Evelyn. »Jetzt wünschte ich, ich hätte es doch getan. Du siehst so verärgert aus.«

»Verdufte, mein Liebling. Ich möchte ein Bad nehmen.«

»Willst du mir nicht mal Bericht erstatten?«

»Sichteten U-Boot, versenkten selbiges«, sagte er. »Nein, also ehrlich, da gibt's nichts zu berichten.«

»Ihr müßt doch miteinander gesprochen haben.«

»Da wir nicht zu den Taubstummen gehören, haben wir miteinander gesprochen, in der Tat.«

Sie hatte Angst, ihm weitere Fragen zu stellen, konnte es aber nicht unterlassen.

»Worüber?«

»Dugongs«, sagte er. »Über Dugongs.«

»Soll das ein Witz sein?«

»Nein.«

»Na schön«, sagte sie gequält. »Irgendwann mußt du mir mal von ihnen erzählen.«

»Evelyn, bei allem, was recht ist, du bist doch nicht eifersüchtig auf sie, oder?«

»Schrecklich.«

»Kannst du dich nicht beherrschen?«

»Ich nehme an, ich muß«, sagte sie. »Was sind Dugongs?«

»Seekühe. Amphibische Säugetiere, die lebende Junge zur Welt bringen.«

»Sie muß schon recht faszinierend sein, wenn sie dich zwei Stunden lang mit einem Gespräch über Dugongs fesseln kann.«

»Was soll ich dir darauf antworten? Daß sie recht faszinierend ist? Also gut. Ich sag's.«

»Abgesehen von einem Biologen könnte niemand zwei Stunden lang über Dugongs reden.«

»Auch andere Themen wurden angesprochen«, sagte er. »Das Wetter. Pelikane. Broken Bow, Nebraska. Die Uhr, die Jessie gefunden hat. Sie hat zugegeben, daß sie mal ihrem Mann gehört hat.«

»Warum hat sie das zugegeben?«

»Ich habe ihr gesagt, daß sie niemandem etwas vormachen könne. Nun, ist jetzt die Prüfung vorbei? Und was für eine Note kriege ich?«

»Gerade noch ein Ausreichend.«

Er ging ins Badezimmer und schloß die Tür. Wenig später hörte man ihn mit seinem schweren, unmusikalischen Baß »Oh my darling, Clementine« singen.

13

Mrs. Wakefield entschuldigte sich nicht bei Mark und Evelyn. Sie schickte lediglich Luisa mit der Botschaft, daß sie nicht mit ihnen zu Abend essen könne. Sie aß später mit den Romas in der Küche.

Sie tranken Rotwein und heißen, starken Tee mit reichlich Teeblättern in allen Tassen, damit Carmelita jedem die Zukunft vorhersagen konnte.

»Geld«, sagte Carmelita mit vom Wein lauter gewordener Stimme. »Schaut mal in meine Tasse, das viele Geld. Hoppla, ich bin ein Millionär!«

Sie las in allen Tassen, und sie alle hatten Geld, bekamen Briefe, begegneten großen, dunklen Männern und unternahmen Reisen zu entlegenen Orten.

Die Millionäre saßen da, die Ellbogen auf den Tisch gestützt, und grübelten über ihren Reichtum nach.

»Und die Nachrichten«, sagte Carmelita. »Dazu nur gute Nachrichten, für alle.«

Luisa blinzelte mit den Augen. »Was für ne Art?«

»Was immer du haben willst. Ja, es wird ein gutes Jahr werden.«

»Ach, es ist doch albern, an Teeblätter zu glauben, Mama.«

»Deine Mama *ist* albern«, stimmte Carmelita zu. Zur Feier des Abends hatte sie die Lockenwickler aus dem

Haar genommen und es gebürstet. Aber ihr Haar war die Freiheit nicht gewöhnt – es versuchte wie wild, ihrem Schädel zu entfliehen, und wollte sich absolut nicht in ordentlichen Löckchen niederlegen. »Das ist ja wie eine Party, bloß daß wir selbst abwaschen müssen.«

»Luisa wird abwaschen«, sagte Mr. Roma.

Luisa meuterte los: »Ich kann nicht, ich hab mir grad die Nägel gemacht. Jetzt kann ich meine Hände nicht in heißes Wasser stecken!«

»Dann nimm halt kaltes.«

»Das wäre gar nicht hygienisch. Ich meine, ehrlich, wenn ihr mal so durchs Mikroskop sehen könntet, wie wir das im Chemieunterricht machen – alles wimmelt nur so von Bazillen. Papa, du hast einfach keine Ahnung von Bazillen.«

»Dafür aber von kleinen Mädchen.«

»Du bist ganz schön frech zu deinem Papa«, sagte Carmelita, »und ich werde dir mit der Fliegenklatsche einen Klaps auf den Hintern geben.«

»Na schön, aber sagt hinterher nicht, ich hätte euch wegen der Bazillen nicht gewarnt.«

Luisa wusch ab und sie tat dies – wie alles andere auch – auf höchst eindrückliche Weise. Widerwillig trug sie das Geschirr zum Spülbecken. Mit langen Fingern spülte sie es ab. Die empfindlichen Augen gequält abgewandt, kippte sie die Speisereste in den Mülleimer. Und mit aufopferungsvoller Miene tauchte sie schließlich ihre Hände in das warme Wasser.

Hin und wieder durchdrang – dem Part des Waldhornes in einer Symphonie gleich – ihr Stöhnen die Konversation der Erwachsenen.

»Ein gutes Jahr«, sagte Mrs. Wakefield. Ihr Mund

fühlte sich innen schon ganz pelzig an von dem starken Tee, aber sie bat trotzdem um mehr. »Ich bin unersättlich. Ich möchte noch mehr Briefe und Reisen und gute Jahre haben.«

»Und mehr Männer«, sagte Carmelita und stupste sie angeheitert in die Seite. »Wie wär's damit? Mehr Männer?«

Mrs. Wakefield nahm die Teekanne und goß sich ein – die Flüssigkeit, die aus der Kanne floß, war dunkel wie Starkbier. »Nein, keine Männer, danke.«

»Ach, so eine Verschwendung, eine kräftige Frau mit einer so hübschen Figur wie Sie.«

»Lita«, sagte Mr. Roma, »du bist wohl schon betrunken.«

»Dann du auch.«

»Du wirst noch mal ne richtige alte Säuferin.«

»Eine Säuferin. Nun hört euch das an!« Sie wiegte sich entrüstet hin und her, und etwas Wein aus ihrem Glas schwappte auf ihre Hand. »Ich und ne alte Säuferin«, sagte sie und saugte an ihrer Hand. »Alles, was ich gesagt hab, war ja nur, daß sie ein gutes Jahr vor sich hat. Alles, was ich gesagt ...«

»Was macht ein Jahr zu einem guten Jahr, Carmelita?« fragte Mrs. Wakefield.

»Er.« Carmelita deutete mit ihrem Daumen auf ihren Mann. »Roma. Wenn er mich nicht kränkt.«

Mr. Roma grinste verlegen, streckte den Arm über den Tisch und täschelte ihren noch immer vom Wein klebrigen Handrücken. »Das ist keine Antwort.«

»Für mich schon. Du und Luisa, mein Baby.« Sie drehte sich zur Seite, um Luisa anzustrahlen, die ihren Blick aber mit unverhüllter Wut erwiderte. »Ist sie nicht hübsch, meine Kleine? Und klug. Klug wie ihr Daddy. Ich bin schon glücklich dran, was?«

»Sehr glücklich«, sagte Mrs. Wakefield. Der Wein hatte bei ihr keinerlei Wirkung gezeigt, und sie fühlte sich wie jemand, der erst spät zu einer fröhlichen Party kommt – ein bißchen ausgeschlossen und ein bißchen ablehnend.

»Sie werden auch glücklich sein. Hier, trinken Sie aus. Wir wollen mal sehen, was die Blätter diesmal sagen. Wir wollen auf Nummer sicher gehen.«

Mrs. Wakefield leerte die Tasse und ließ ihr zukünftiges Glück darin gestrandet zurück.

»Jetzt drehen Sie sie dreimal und wünschen Sie sich was.«

»Ich wünsche mir...«

»Nein, Sie dürfen das nicht laut sagen. Sich nur im stillen was wünschen.«

»Mir fällt sowieso kein Wunsch ein.«

»Kein einziger?«

»Nur ganz unmögliche.«

Carmelita nahm ihr die Tasse aus der Hand und blickte mit verschwommenem Ernst in sie hinein. »Ich sehe Kinder. Ganz viele Kinder, und sie gehören alle Ihnen. He, glauben Sie mir etwa nicht? Sehen Sie selbst.«

Die Fleckchen, die Kinder bedeuteten, am Boden der Tasse – größer als das Geld, kleiner als die dunklen Männer. »Teeblätter«, sagte Mrs. Wakefield barsch. »So ein Betrug. Ich fühle mich betrogen.«

Sie dachte an die alte Zigeunerin, die sie besucht hatte, als sie in Jessies Alter gewesen war – *»Dieses Kind wird ein langes und glückliches Leben haben.«* Sie fühlte sich betrogen, aber sie hätte auch gern damit weitergemacht, sich selbst zu betrügen: Hol die Karten hervor, Carmelita.

Bring deine Kristallkugel herbei, deine Wünschelrute, deinen Geigerzähler. Deute die Atome, entziffere mir die Sterne.

Aber das Spiel war vorbei. Carmelita stand unvermittelt auf, trug die Tassen zum Ausguß und spülte ihrer aller Glück fort.

»Ein Betrug«, murmelte sie. »Nein, nein. Ich bin nicht diejenige, die Sie betrügt. Sie sparen sich selbst auf wie ein Geizhals. Geben nichts und nehmen nichts. Was für eine Verschwendung!«

»Still«, sagte Mr. Roma. »Lita.«

Mrs. Wakefield gebot ihm mit einer Geste Einhalt. »Lassen Sie sie reden. Lassen Sie sie sagen, was sie auf dem Herzen hat.«

»Carmelita hat nicht die Absicht, Kritik an Ihnen zu üben. Sie erregt sich so, weil sie Sie liebt und gerne sehen würde, daß Sie ein erfülltes Leben haben, einen Mann, viele Kinder.«

Sie fühlte, wie sie unter dem Druck des Mitleids dieser Menschen in Stücke ging. »Was für ein Narr war ich doch, daß ich hierher zurückgekehrt bin und mir Ihr Gerede anhöre«, rief sie. »Was erwarten Sie denn von mir? Soll ich denn rausgehen und mir einen Mann kaufen, damit ich zu einem Kind komme? Zu noch so einem wie Billy?«

»Wie Jessie«, sagte Mr. Roma. »Ein kleines Mädchen, so hübsch wie Sie.«

»Mir so etwas Grausames zu sagen!«

Mr. Roma erhob keinen Einspruch. Er sah lediglich geduldig drein, als könne er nicht von ihr verlangen, daß sie verstand, wie notwendig Grausamkeit manchmal war. »Wir müssen alle von vorne beginnen. Diese acht Jahre waren wie eine Unterbrechung in unserem Leben, jetzt müssen wir es wieder aufnehmen, verstehen Sie? Carmelita und ich werden ein Restaurant aufmachen. Natürlich haben wir Angst davor, daß es schiefgeht, aber die Möglichkeit eines Erfolges läßt uns auch aufgeregt sein. Sie müssen ebenfalls lernen, an Möglichkeiten zu glauben. Das kleine Mädchen wie Jessie – es existiert noch nicht, nein, aber es könnte das vielleicht eines Tages.«

Sie dachte an den Tag, an dem sie den Dugong auf dem Felsen gesehen hatte, und dann an die Zeit später, als sie sich durch die Nebelschwaden der Narkose gekämpft hatte. Sie hatte ein Ziel vor Augen, aber der Äther ließ es immer verschwommener erscheinen – sie konnte sich nicht mehr erinnern...

»Es ist ein Junge, Mrs. Wakefield!«

Ein Junge. Das war das Ziel. »Ein Junge«, flüsterte sie. »Ist er... in Ordnung? Sind seine Beine und Arme... alles gesund?«

»Alles bestens.«

»Wo ist... John?«

»Mr. Wakefield ist draußen und denkt sich Namen aus. Er sagte, Sie hätten mit einem Mädchen gerechnet.«

»Beides... sowohl als auch.«

Die Mädchen: Miranda, Linda, Harriet, Jane. Die Jungen: William, Eric, Paul, David, Peter.

»Ich hab einen Namen«, flüsterte sie. »William.«

»Der ist hübsch. Ein guter, solider Name.«

»Billy als Kosename, solange er noch... klein ist.«

»Klar.« Es entstand eine Pause. »Manche von denen quatschen vielleicht was zusammen, wenn sie nur halb da sind. Übernehmen Sie mal bitte, Hilda. Meine Arme werden langsam müde.«

Neue Hände drückten hart auf ihren Unterleib, und eine neue Stimme, die Hildas, beantwortete ihre Frage:

»Sie können Billy später sehen, wenn Sie sich etwas besser fühlen.«

Sie sah ihn weder an diesem noch am nächsten Tage. Die Milch wurde abgesaugt, und ihre Brüste wurden so eng eingeschnürt wie die Füßchen der kleinen Chinesenmädchen, um sie nutzlos zu machen.

Sie erstickte ihre Ängste mit Fragen.

»Welche Farbe haben seine Augen, John?«

»Blau. Ziemlich hell.«

»Wem von uns beiden sieht er ähnlich?«

»Keinem.«

»Ich fände es schön, wenn er dir ähnlich sähe.«

»Vorläufig läßt sich dazu noch gar nichts sagen.«

Sie konnten natürlich sofort etwas sagen. Aber sie sagten ihr vier Tage lang nichts, und dann taten sie es ohne Worte. Sie hielt Billy an ihre trockene Brust gepreßt. Er sah wie all die anderen mongoloiden Kinder aus, die sie bislang zu Gesicht bekommen hatte – nur war dies ihr eigenes.

»Es ist schwer, neu anzufangen«, sagte Mr. Roma. »Aber Sie müssen wieder lernen, sich Dinge zu wünschen. Nichts haben zu wollen, das ist, als ob man tot wäre.«

»Ich wünsche mir ja so vieles – ich möchte es bequem haben, gut zu essen bekommen, gesund...«

»Das ist aber nicht mehr, als sich jedes Tier auch wünscht.«

Ich möchte ja auch noch andere Dinge, dachte sie. Ein Kind wie Jessie, einen Mann wie Mark. Statt dessen sagte sie: »Was werden Sie machen, wenn das mit dem Restaurant schiefgeht?«

»Uns etwas Geld leihen und von vorne anfangen.«

»Sie können sich stets an mich wenden.«

»Eigentlich möchte ich von einem Freund lieber kein Geld leihen.«

»Ein Freund«, wiederholte sie. »Bin ich das für Sie?«

»Sie sind unsere gute Freundin«, sagte Mr. Roma ernst. »Wir haben so viel zusammen erlebt.«

Ja, vieles, dachte sie. Viele Sonnenuntergänge, viele Gezeitenwechsel, all die Unwetter und trockenen Jahre. Aber letztlich waren sie doch keine Freunde, wie er sich das vorstellte. Sie begriff, daß ihre Freundschaft durch die Umstände bedingt war. Ginge sie so auf der Straße an ihm vorbei, dann wäre er für sie wohl nur ein farbiges Faktotum mit einer mexikanischen Frau, und sie für ihn bloß eine Fremde, die nach etwas suchte, das sie verloren hatte.

Seit jenem Tage in der Klinik, an dem sie Billy erstmals in ihren Armen gehalten hatte, war sie stets – ohne es selbst zu wissen – auf der Suche gewesen nach jenem unversehrten und glücklichen Baby, dessen Platz Billy eingenommen hatte. Es war dieses Baby gewesen, das in ihrem Leib herangewachsen war, das ihn hatte anschwellen, ihre Brüste hatte reifen lassen, dessen Bewegungen süß und geheimnisvoll gewesen waren. Das, das war ihr Baby – und nicht dieser Betrüger Billy.

Den Betrüger an ihre Brust drückend, hatte sie lautlos und voller Verzweiflung geschrieen: *Er gehört mir nicht! Sie haben einen Fehler gemacht. Sie haben die Babys vertauscht, das geschieht ja so oft, sie haben mir das falsche gegeben!*

Es war jedoch ihr Baby, und nach dem ersten, schrecklichen Verleugnen begann die Liebe zu ihm in ihr zu wachsen. Niemals aber konnte sie jenes andere Baby vergessen, das einmal in ihrem Körper gelebt hatte – jenes Kind, das wie Jessie war.

Die Tür zu Jessies Zimmer stand halb offen, und Mrs. Wakefield sagte leise in die Dunkelheit hinein:

»Bist du noch wach, Jessie?«

»Klar doch.«

»Es ist aber schon spät.«

Jessie seufzte. Erwachsene mußten ihr beständig und zumeist mit anklagendem Unterton sagen, daß es spät sei, als wenn sie sie persönlich für das Vergehen der Zeit verantwortlich machen wollten. »Ich weiß. Ich habe die Uhr unter der Decke. Ich tu so, als wär sie eine Grille, die zirpt.«

Mrs. Wakefield saß auf dem Rande von Jessies Bett und hielt eine ihrer Hände zwischen den ihren. Jessies Handflächen waren so schwielig wie die eines Arbeiters.

»Ich habe mir auch immer solche Sachen vorgestellt, als ich noch ein kleines Mädchen war.«

Es erstaunte Jessie immer wieder, daß Mrs. Wakefield und Carmelita und ihre Mutter auch mal kleine Mädchen gewesen waren, und ihr Vater ein kleiner Junge. Sie wußte, daß das stimmte, aber sie konnte sie sich nicht auf die Hälfte ihrer Größe verkleinert vorstellen, und auch nicht, wie sie in Schwierigkeiten kamen und Warzen bekamen.

»Haben Sie auch Warzen bekommen?«

»Manchmal.«

»Wurden Ihnen die dann weggezaubert?«

»Nein. Aber es gab in unserer Stadt eine alte Zigeunerin, die Dinge wegzaubern und wahrsagen konnte.«

»Wie?«

»Sie sah sich deine Hände an.«

»Hat sie Ihnen auch die Zukunft vorhergesagt?«

»Ja.«

»Und hat's gestimmt?«

»Das weiß ich noch nicht«, sagte Mrs. Wakefield. »Ein Teil davon ist wohl eingetroffen, glaube ich.«

»Ich wünschte, ich könnte meine Zukunft vorausgesagt kriegen. Können Sie das nicht?«

»Nein.«

»Sie könnten's doch aber mal versuchen«, sagte Jessie hoffnungsvoll. »Sie könnten doch einfach mal *raten.*«

»Es ist schon schrecklich spät.«

»Ja, aber *ich* hab's nicht so spät gemacht.«

»Das stimmt, das hast du nicht«, sagte Mrs. Wakefield und lächelte. Sie knipste die Lampe an, setzte sich wieder und nahm Jessies Hand mit der Handfläche nach oben in die ihre.

»Meine Hände sind nicht wirklich schmutzig«, erklärte Jessie. »Das ist nur so Restschmutz, der an meinen Schwielen da hängengeblieben ist und nicht abgeht. Wenn man meine Mutter reden hört, dann könnte man glauben, ich wäre *gern* schmutzig, aber das stimmt nicht.«

Ganz leise war im Zimmer das Geräusch der Brandung zu hören, eine ferne Drohung.

»Das ist die emsigste Hand, die ich je gesehen habe«, sagte Mrs. Wakefield. »An emsigen Händen sitzt immer ein wenig Restschmutz, da kann man gar nichts machen. Und sieh mal her, war für ein Glück du hast – der Anfangsbuchstabe von deinem Namen steht auf deiner Haut geschrieben. Siehst du das J hier?«

Wenn man angestrengt genug hinsah, konnte man mit gutem Willen ein langes, dürres J erkennen, mit einem X darüber.

»Was bedeutet das x?«

»Laß mich nachdenken. Es könnte ein Kuß sein, oder nicht? Ein Kuß für Jessie. Das ist auch ein großes Glück. Ich bin sicher, es bedeutet, daß du geliebt werden wirst.«

»Von wem denn?«

»Von allen denen, die du liebst.«

»Bloß Eltern und Tanten und solche Sachen?«

»O nein, jeder. Jeder, den du liebst, wird dich lieben.«

»Auch Tiere?«

»Auch Tiere.«

Jessie nickte. »Das ist schön. Können Sie auch sehen, was ich später machen werde, wenn ich erwachsen bin?«

»Nein. Nein, das kann ich wirklich nicht.«

»Vielleicht können Sie's aber, wenn ich Ihnen einen kleinen Tip gebe? Ich werde mal ein T. L. werden.«

»T. L. ... nein, ich kann ...«

»Das bedeutet Tier-Lehrer. Können Sie's jetzt sehen?«

»Aber natürlich!« rief Mrs. Wakefield aus. »Das hätte ich aber auch gleich sehen können. Das L ist wirklich deutlich zu erkennen.«

Und das war es auch, ein riesiges L, das ganz ohne Frage für »Lehrer« stand. Ein T war nicht zu finden, aber das war auch nicht so wichtig.

»Na, das wäre also geritzt«, sagte Jessie, recht befriedigt darüber, daß ihre Berufswahl bestätigt worden war, ja ihr sogar auf die Haut geschrieben stand, so daß ihre Eltern nichts dagegen einwenden und etwa von ihr verlangen konnten, so was schrecklich Trübseliges wie Pianistin oder Schriftstellerin zu werden. »Können Sie sehen, was für eine *Art* von Tieren?«

»Hm, nein. Nein, das kann ich nun wirklich nicht sehen.«

»Ist ja auch egal. Ich denke mir, daß es sowieso alle möglichen Arten sein werden, angefangen bei den ganz kleinen bis hin zu Elefanten und Adlern.«

Mrs. Wakefield lachte. »Du bist schon ein komisches Mädchen, Jessie. Wie willst du denn Adler dressieren?«

»Ich krieg sie, wenn sie noch ein Baby sind, und dann kümmere ich mich um sie und füttere sie, damit sie wissen, daß ich ihre Freundin bin. Und dann kann ich ihnen beibringen, mir Sachen zu tragen wie zum Beispiel meine Puppen.«

»Du hast dann aber gar keine Puppen mehr. Du bist dann ja eine Frau.«

Jessie kniff die Augen zusammen. Sie konnte sich die erwachsene und puppenlose Frau, die sie einmal sein würde, genauso wenig vorstellen wie das kleine Mädchen, das Mrs. Wakefield einmal gewesen war. Zeit war für Jessie formbar. Sie ließ sich so biegen und drehen, daß sie, Jessie, eine erwachsene Frau sein konnte, die Adler dressierte und die zugleich noch immer mit Puppen spielte und bei ihren Eltern lebte und noch genauso aussah wie jetzt, nur größer geworden.

»Ich hab ganz bestimmt eine schöne Zukunft vor mir«, sagte sie. »Und Sie mußten überhaupt nicht raten, oder?«

»Nein, es steht alles hier in deiner Hand. Da steht ... da steht, dies Kind wird ein langes und glückliches Leben haben.«

Die Worte hatten im Verlauf der Jahre Echos in sich aufgenommen, und es waren diese Echos, die Jessie mit dem scharfen intuitiven Gehör des Kindes vernahm. Es waren traurige Worte, ganz gleichgültig, was sie bedeuteten – sie schlugen in ihren Ohren ein trauriges Glockengeläut an.

»Aber das steht nicht *wirklich* da«, warf Jessie ein.

»Willst du das denn nicht?«

»Nein.« Sie konnte Mrs. Wakefield die Sache mit den traurigen Wörtern nicht erklären – sie wußte nur, daß sie sie nicht in ihrer vorhergesagten Zukunft haben wollte. »Ich wette, Sie haben das doch bloß geraten.«

»Ja, ich hab's nur geraten.«

»Dann muß ich's nicht mitrechnen. Ich werde den Tier-Lehrer rechnen und die Sache mit dem Geliebtwerden.« Sie zog ihre Hand fort und versteckte sie unter der Decke, als befürchtete sie, Mrs. Wakefield könnte zu viel aus ihr herauslesen. Zu viel und zu Trauriges.

Sie gähnte und legte sich hin. Das traurige Glockengeläut verklang, und die Uhrengrille fing unter der Decke wieder zu zirpen an – so laut, daß sie nicht sicher war, ob sie Mrs. Wakefiel wirklich hatte flüstern hören:

»Gute Nacht, Jessie. Gute Nacht, mein Baby.«

Sie spürte, wie Mrs. Wakefields Lippen ihre Stirn berührten, kühl und trocken wie Nachtfalter. Jessie murmelte: »Ich liebe Sie am neuntbesten auf der Welt.«

»Danke, mein Liebling.«

Der Schalter klickte – die Dunkelheit fiel von der Decke herab und sprang von den Wänden.

Gute Nacht, mein Baby. Sie trat auf den Flur hinaus und schloß die Tür. Sich umwendend, stand sie Evelyn gegenüber. Sie war einen halben Kopf größer als diese, aber sie fühlte sich doch – zumindest für einen Augenblick – ungewappnet und hilflos.

Sie senkte die Lider über ihre nackten Augen.

»Ich habe... habe gerade Ihrer Tochter gute Nacht gesagt.« Sie betonte leicht das »Ihre Tochter«, als wolle sie Evelyn bestätigen, daß Jessie noch ihr gehöre und daß sie,

Mrs. Wakefield, sie sich nur für ein Weilchen ausgeliehen habe.

»Sie sollte eigentlich schon lange schlafen«, sagte Evelyn.

»Sie war noch wach, als ich hineinschaute. Ich habe sie nicht aufgeweckt.«

»Das habe ich auch nicht angenommen, natürlich nicht.«

Unausgesprochene Worte hingen zwischen ihnen wie schwebende Messer, die jeden Augenblick herabsausen konnten.

Sie wollen meinen Mann und mein Kind.

Ja.

Sie haben die ihren verloren, jetzt müssen Sie die meinen haben.

Ja. Ich kann nicht auf ein Kind wie Jessie oder einen Mann wie Mark warten. Ich will Ihren Mann und Ihr Kind.

Evelyn sagte: »Wenn es irgend etwas gibt, was Sie haben möchten, dann sagen Sie es einfach.«

»Es gibt nichts, danke.«

»Mark ist noch unten und nimmt einen Schlaftrunk. Warum leisten Sie ihm nicht Gesellschaft dabei?«

»Das ist sehr freundlich von Ihnen, aber ich wollte gerade ins Bett und noch etwas lesen.«

»Na, dann gute Nacht.« *Ich hasse und fürchte Sie, Mrs. Wakefield.*

»Gute Nacht.« *Ich werde mit Ihnen kämpfen, Mrs. Banner.*

»Wir sehen uns dann morgen früh«, sagte Evelyn.

14

Gegen Morgen näherte sich der Seelöwe der Küste und brüllte.

Mark erwachte schon beim ersten Laut, als hätte er unbewußt auf das Signal gewartet. Es war noch nicht richtig Morgen, aber die Dunkelheit fing bereits an zu ergrauen, und die Luft im Zimmer war schwer von Feuchtigkeit.

Er zog die Vorhänge beiseite und bemerkte, daß der Nebel im Lauf der Nacht von der See hereingezogen war. Er wehte in leichten Schwaden durchs Fenster, aber draußen über dem Meer war er sehr dicht, erstickte dort den neuen Tag und dämpfte den einsamen Schrei des Seelöwen. Die Laute beunruhigten ihn. Sie klangen wie ein ferner Hilfeschrei, und er fragte sich, ob der Seelöwe vielleicht verletzt war oder nach einem verlorenen Jungen oder einer verirrten Gefährtin suchte.

Er zog sich den Morgenrock über und trat durch die Balkontür hinaus auf den schmalen Umgang, der um das gesamte Obergeschoß herumgebaut worden war und gleichermaßen als Balkon oder Sonnenterrasse wie als Wärmeschutz für die unteren Räume diente. Allerdings benutzte ihn niemals jemand als Sonnenterrasse, war doch der Ast einer Kalifornischen Eiche, weit ausholend, darübergewachsen und warf auf das Drängen des Windes hin stachelige Blätter und steinharte kleine Eicheln ab. Aber es war ein angenehmer Ort, um am Nachmittag da zu sitzen und zu lesen oder vor dem Schlafengehen noch eine letzte Zigarette zu rauchen.

Der alte Baum stand reglos im Nebel und wartete seine Zeit ab. Er würde die Trockenheit überdauern, den Wind besiegen, den Nebel aufsaugen. Er würde nicht rosten wie das eiserne Balkongeländer, auf das Mark seine Hände gestützt hatte und das naß war und schwielig vom Rost, den der Nebel vergangener Jahre begünstigt hatte.

Der Schrei des Seelöwen hing in der Luft, gefangen in der Falle des Nebels. Mark versuchte, sich den Seelöwen vorzustellen, aber das einzige Bild, das sein Kopf hervorzubringen vermochte, war das Bild von Mrs. Wakefield, wie sie mit einem Schlag ihrer schwarzen Schwimmflossen wegtauchte, an die Oberfläche zurückkam und wieder wegtauchte.

Im Aufflammen des Streichholzes zeigte sich kurz die Melancholie auf Marks Gesicht. Irgendwo auf dem unsichtbaren Meer bedurfte etwas Lebendiges der Hilfe, ein Wesen, dessen Herz so stark und dessen Blut so kostbar war wie das seine. Er verspürte ein nie zuvor erlebtes Gefühl des Mitleids und der Verwandtschaft mit diesem Tier da draußen.

Eine Tür öffnete und schloß sich.

»Mr. Banner?«

Er drehte sich um und erwartete fast, sie mit ihrer Taucherbrille und den grotesken Entenfüßen vor sich zu sehen, ihr nasses Haar hinter ihr wogend wie Seegras. Sie kam auf ihn zu, und ihr Kopf streifte den überhängenden Ast der Eiche. Eine Eichel fiel wie ein Stein herab, und die Blätter raschelten Unmut.

»Haben Sie es auch gehört?« fragte sie unsicher.

»Ja, ich bin davon aufgewacht.«

»Dann *ist* es ein wirklicher Seelöwe. Ich dachte ... Mr. Roma sagte, daß ... nun, das hat jetzt nichts mehr zu sagen, ich bin nur froh, daß er wirklich ist.«

Sie lehnte sich gegen das Geländer, einen Meter oder auch mehr von ihm entfernt. Aber der Nebel war so intim wie ein Bettuch und umhüllte sie beide, schirmte sie gegen die Außenwelt ab. Er konnte ihre Atemzüge hören, jedes Rascheln der Seide unter dem Kamelhaarmantel, den sie eng um sich gezogen hatte.

»Warum sind Sie froh, daß er wirklich ist?«

»Das kann ich nicht sagen. Sie würden mich dann vielleicht auslachen.«

»Ist in der Verfassung festgelegt, daß niemand über Sie lachen darf?«

Sie hob ihr Kinn. »Na schön, dann sag ich's eben. Mr. Roma hat den Seelöwen auch gehört, dachte aber, daß ich das wäre, die weinte. Er glaubte, das sei ich und ich weinte im Traum. Ist das nicht komisch?«

»Nicht sehr. Warum haben Sie ihm geglaubt?«

»Weil ich beim Aufwachen merkte, daß ich tatsächlich geweint hatte.«

»Worüber?«

»Daran kann ich mich nicht mehr erinnern.«

In der Vertrautheit des Nebels hatte er ein Gefühl, als könne er seine Hand ausstrecken und ihr Gedächtnis berühren und es würde sich in ihr öffnen.

»Könnte ich wohl eine Zigarette bekommen?« fragte sie.

Er reichte ihr eine und gab ihr Feuer. »Ich dachte, Sie rauchen nicht.«

»Tue ich auch nicht. Nur bei besonderen Anlässen.«

»Wieso ist dies ein besonderer Anlaß?«

»Oh, es ist der Nebel, nehme ich an«, sagte sie mit einer unbestimmten Handbewegung. »Und daß ich so früh auf bin und ... ach, eben alles.«

»Schließt das ›ach, eben alles‹ mich ein?«

Sie sah ihm gerade ins Gesicht, und die Zigarette glühte einen Augenblick lang in ihrem Mund auf wie ein drittes, feuriges Auge. »Was denken Sie?«

»Ich denke ja. Warum sind Sie mir hier heraus gefolgt?«

»Weil ich nicht schlafen konnte. Ich hörte Sie rausgehen und ich brauchte jemanden zum Reden.«

»Nun, dann fangen Sie mal damit an«, sagte er nüchtern.

»Ich hab ... ich habe vergessen, was ich sagen wollte.«

»Sagen Sie halt irgendwas. Ich möchte Sie sprechen hören.«

Sie wandte sich ab und schüttelte den Kopf.

Der Seelöwe schrie erneut, und sie blickten beide schnell in Richtung des unsichtbaren Meeres, als seien sie erschrocken, zugleich aber auch froh, einen Laut aus der Außenwelt zu vernehmen.

»Da ist er ja wieder«, sagte Mark mit offenkundiger Erleichterung in der Stimme. »Vielleicht ist er von einem Hai verletzt worden.«

»O nein, er spielt nur.«

»Eine verdammt unchristliche Zeit zum Spielen.«

»Ihm macht das nichts. Seelöwen sind sehr muntere Geschöpfe. Sie necken gern. Vor Jahren versuchten John und ich mal, einen zu fangen oder ihm doch zumindest nahe zu kommen. Er foppte uns mehr als eine Stunde lang, ließ uns ganz nah an sich herankommen, tauchte dann und kam hundert Meter weiter weg wieder hoch. Ich hätte schwören können, daß er uns auslachte. Sein Gesicht veränderte zwar nicht seinen Ausdruck, aber er schien innerlich zu kichern wie ein sehr alter, würdiger Herr im Yale Club, der sich Cartoons in *Esquire* ansieht.«

»Ich habe häufig im Yale Club *Esquire* gelesen.«

»Erzählen Sie mir nichts über sich.«

»Interessiert Sie das nicht?«

»Doch, aber ich mag nichts wissen. Ich möchte an Sie nicht als an jemanden denken, der ... der noch ein anderes Leben führt, der Clubs angehört, in einem Büro arbeitet und der am Abend heimkehrt zu seiner Familie.«

»Wie möchten Sie mich dann sehen?«

»Gerade so, wie Sie jetzt sind, wie Sie hier stehen, ohne jeden Hintergrund.«

»Ich kann aber nicht ewig hier stehen bleiben.«

»Nein, aber ich wünschte ... ich wünschte, Sie täten's.«

Er schwieg eine Weile. Der Nebel hatte angefangen, sich zu heben, und im Osten kündete ein schwacher rosiger Schimmer die aufgehende Sonne an.

»Ich bekomme langsam eine Vorstellung von Ihnen«, sagte er endlich. »Keine sehr schöne.«

»Sagen Sie mir's trotzdem.«

»Sie bedeuten Schwierigkeiten für mich. Schwierigkeit, ja, das ist Ihr zweiter Vorname.«

Ihre Augen sahen in dem fahlen Licht riesengroß aus. Sie zog den Kragen ihres Mantels hoch, als wolle sie ihren Hals weniger nackt und verwundbar machen. »Warum sagen Sie so etwas? Warum schauen Sie mich so an?«

»Ich begreife allmählich. Sie möchten Dinge gern besitzen, stimmt's?«

Seine Antwort schien sie zu erleichtern. »Oh. Oh, ist das alles?«

»Das ist doch genug. Warum lächeln Sie?«

»Ich bin glücklich.«

»Wirklich?«

»Ich unterhalte mich gern mit Ihnen, so wie jetzt, hier draußen im Nebel. Das ist viel schöner als im Bett zu liegen und zu grübeln.«

»Und zu weinen ...«

»Manchmal weine ich, ja. Nicht mehr sehr oft. Es bringt so wenig – und hinterher kriege ich keine Luft und meine Augen sind geschwollen.«

»Ich finde es schlimm, Sie mir weinend vorzustellen.«

»Sie sind schon ein merkwürdiger Mensch«, sagte sie lächelnd. »Eben noch sind Sie zynisch und hart, ganz der rauhe Mann, und im nächsten Augenblick ganz sanft.«

»Haben Sie diese Wirkung bei anderen Menschen noch nie gehabt?«

»Nein.«

»Nicht mal bei Ihrem Mann?«

»Nein. John war immer sanftmütig.«

»War er auch Ihr Eigentum?«

»Was ... ich verstehe Sie nicht.«

»Ich meine, in der Art, wie Mr. Roma und seine Frau Ihr Eigentum sind. Auf eine sehr damenhafte Weise natürlich ... Sie ziehen die Fäden so vorsichtig, daß die Marionetten nicht wild herumspringen, sondern ganz hübsch tanzen.«

Sie war nicht verärgert. »Das ist absurd.«

»Roma gehört Ihnen jedenfalls voll und ganz. Sie haben ihn sogar das Sprechen gelehrt. Merken Sie gar nicht, wie er sie kopiert?«

»Das kann ich nicht ändern.«

»Sagen Sie mir, hat er sich in dem Jahr, in dem Sie nicht da waren, verändert? Fanden Sie ihn vielleicht ein wenig anders als vorher?«

»Wieso? Ich verstehe nicht, worauf Sie hinaus wollen.«

»Die Mäuse tanzen nicht immer auf den Tischen, wenn die Katze fort ist, aber sie verändern sich. Sie verhalten sich freier, sind entspannter...«

»Verderben Sie nicht alles«, flüsterte sie. »Bitte, Mark.«

»O Himmel«, sagte er und rieb sich ungeduldig den Unterkiefer.

Sie empfand das rauhe, kratzende Geräusch als angenehm. Sie fragte sich, wie stachelig seine Barthaare wohl wären und ob sie ihre Haut verletzen würden, wenn er sie küßte. Aber dafür war es nun schon fast zu spät und zu hell. Der Nebel hing noch in den Wipfeln der Bäume, aber das Meer war nun sichtbar und glänzte silbern in der Dämmerung. Sie hätte sich gewünscht, der Nebel wäre wieder herabgesunken, hätte sich wie ein riesiger grauer Star über das Auge der Sonne gelegt. Sie wünschte sich einen ganzen langen, blinden Tag für sich und Mark.

Sie zitterte. Es war fast schon zu spät. Bald würde Mr. Roma aufstehen, und dann Jessie und Carmelita. Bald wäre jeder Raum des Hauses voller Menschen oder durch den Auftritt von Menschen bedroht. Die Minuten zerplatzten vor ihren Augen wie Blasen.

»Ich geh jetzt wohl besser rein«, sagte sie gequält.

»Dann versäumen Sie aber den Sonnenaufgang.«

»Ich habe schon früher welche gesehen.«

»Vielleicht ist dieser aber anders?«

Sie zog den Mantel fest um sich. »Das dachte ich auch eine Weile lang. Aber es ist immer der altbekannte.«

»Gehen Sie nicht hinein.«

Sie standen nebeneinander am rostigen Geländer und sahen zu, wie die Sonne langsam am Himmel höher stieg. Das Meer nahm eine rosige Farbe an, und der Kopf des Seelöwen war als schwarzer Punkt zu sehen, etwa eine viertel Meile vom Ufer entfernt. Er hatte aufgehört zu brüllen – der Übergang von der Nacht zum Tag hatte ihn verstummen lassen.

»Ich kann nicht hierbleiben«, sagte sie, »und ich kann nicht fortgehen. Geht Ihnen das auch manchmal so?«

»Just in diesem Augenblick.«

»Es ist albern, das jetzt zu sagen, aber ich wünschte, ich wäre Ihnen nie begegnet. Und das von ganzem Herzen. Es war der reinste Zufall, der mich mit Ihrem Leben in Berührung brachte, und jetzt kann ich's nie mehr vergessen. Ich glaube, ich könnte … ich könnte Sie fast töten.«

»Sagen Sie so etwas nicht.«

»Nicht aus Rache … nur, damit ich nicht von Ihnen fortgehen müßte und immer an Sie denken, wie Sie ein ganz normales Leben ohne mich führen, im Yale Club *Esquire* lesen. Ich will nicht, daß Sie am Leben sind, so ohne mich.«

»Das ist eine eigentümliche Liebeserklärung.«

»Wirklich?«

Ihre Hände klammerten sich ans Geländer. Sie waren ziemlich groß, und ein Knöchel ihrer rechten Hand stand weiter vor als die anderen, als sei der Knochen einmal gebrochen gewesen und dann schief wieder zusammengewachsen. Er nahm ihre Hand und drückte den mißgebildeten Knöchel gegen sein Herz.

»Ich könnte es nicht ertragen«, sagte sie, »in einer Stadt die Straßen entlangzugehen in der beständigen Erwartung, Ihnen zu begegnen. Immer zu den Flugzeugen hinaufschauen zu müssen und mich zu fragen, ob Sie da wohl drinsitzen. In jedes Fenster eines vorbeifahrenden Zuges zu blicken. Ist das eine so eigentümliche Liebeserklärung?«

»Nein.«

»Wenn ich wieder fort bin, wird es Ihnen dann auch so ergehen, so wie mir?«

»Ich weiß es nicht. Ich glaube nicht.«

Sie riß ihre Hand aus der seinen und wich vor ihm zurück.

Er sagte: »Wenn Sie es nicht ertragen können, die Wahrheit zu hören, dann fragen Sie nicht erst nach ihr.«

Sie spuckte ihm das Wort vor die Füße: »Wahrheit!«

»Das ist sie. Ich versuche nur, Ihnen gegenüber aufrichtig zu sein. Was wollen Sie denn? Ein paar schnelle Verführungen, gut für ein paar Tränen auf den Seiten Ihres Tagebuches? Oder wollen Sie mich in Ihrem Haus einsperren? So oder so, es führt alles nur zu gewaltigem Durcheinander. Waschen Sie sich die Träume aus den Augen und Sie werden es selbst sehen. Ich weiß, wovon ich spreche, denn ich habe ein solches Durcheinander schon einmal erlebt«, sagte er grimmig, »und ein bißchen was daraus gelernt. Ich hätte fast meine Familie verloren, und das um einer Frau willen, an deren Gesicht ich mich nicht einmal mehr erinnern kann.«

»Sie können sich nicht mehr an sie erinnern?«

»Ich weiß nur noch, daß sie drei Kinder hatte.«

»Und das ist alles?«

»Ja.«

»Ich hasse Sie«, flüsterte sie. »Ich *hasse* Sie.«

»Das ist besser als in Zugfenster zu starren«, sagte er.

Er klang vollkommen beherrscht. Aber er wußte, daß er, wenn sie jetzt zu ihm träte und ihn berührte, schnell seine eigenen Worte vergessen und auch sie sie vergessen lassen würde.

Sie ging ins Haus zurück, ihr sich in Tränen auflösendes Gesicht mit den Händen bedeckend.

Er rauchte eine weitere Zigarette, beobachtete den Sonnenaufgang und fragte sich, was wohl geschähe, wenn er das alles Evelyn erzählte.

15

Er sagte Evelyn nichts, es war auch gar nicht nötig. Obwohl ihr entgangen war, was sich auf dem Balkon zugetragen hatte, hatte sie doch, erfahren wie sie war, die Zeichen der Schuld erkannt – ein zu langes oder ein zu kurzes Schweigen, ein gezwungenes Lachen, ein Wegblikken, eine plötzliche Veränderung in einer alten Gewohnheit. Das letztere Zeichen war das auffälligste – zum ersten Mal, seit sie hier waren, hatte sich Mark schon vor dem Frühstück sorgfältig rasiert und angekleidet.

Sie behielt ihr Wissen für sich, ließ es in sich wachsen wie ein Geschwür, das sich zumindest zeitweilig unter einer unversehrten und gesunden Haut verbirgt.

Während des Frühstücks war sie sehr aufgeräumt und ließ Jessie besondere Aufmerksamkeit angedeihen, übersah dabei aber nicht das kleinste Zucken von Marks Augenlidern. Mrs. Wakefield hatte schon gefrühstückt und war mit ihren Notizbüchern wieder nach oben gegangen, um die Inventarlisten für die Schlafzimmer fertigzustellen.

»Klecker nicht so rum, Jessie«, sagte Evelyn. »Wir wollen doch nicht, daß alles in Hafergrütze schwimmt.«

»Mein Benehmen ist immer viel besser, wenn ich woanders esse.«

»Na, dann tu halt so, als wärst du ausgegangen. Tu so, als wärst du bei... wie wäre es mit *Schrafft's?*«

Schrafft's war gut. Sie stellte sich vor, wie sie ganz allein bei *Schrafft's* ein Porridge-Sorbet zu sich nahm – ihre Mutter und ihr Vater waren Fremde, und Luisa, die gerade mit dem Kaffee hereinkam, war die unfreundliche Bedienung, die kein Trinkgeld bekommen würde.

»Da ist der Kaffee«, verkündete Luisa und tat, als sei es ihr kaum möglich gewesen, die mörderische Reise von der Küche bis zum Eßzimmer zu überleben. »Mama sagt, er ist furchtbar heute morgen, weil das Wasser wieder anfängt zu riechen. Vielleicht haben wir bald schon kein Wasser mehr, wenn's nicht endlich regnet.«

»Ich bin sicher, es wird regnen«, sagte Evelyn. »Laß uns das hoffen.«

»Hier regnet's im Juni nie. Möchten Sie außer dem Kaffee sonst noch was haben?«

»Nein danke, Luisa.«

Die unfreundliche Bedienung verschwand, und die Fremden begannen miteinander zu reden.

»Hast du die Kette gesehen, die Luisa umhatte, Mark?«

»Tut mir leid, ich habe sie nicht bemerkt.«

»Sie sieht aus wie die, die Mrs. Wakefield an jenem ersten Abend trug, an dem sie mit uns gegessen hat.«

»Vielleicht war sie's. Was bekümmert's uns?«

»Es bekümmert mich nicht eigentlich, Liebling«, sagte Evelyn freundlich, »aber es erscheint doch seltsam, daß sie die Luisa tragen läßt. Sie sieht ziemlich teuer aus.«

»Mrs. Wakefield hat sie ihr *geschenkt*«, sagte Jessie und vergaß, daß sie ja eigentlich bei *Schrafft's* speiste. »Für immer.«

»Das erfindest du doch nicht wieder, mein Engelchen?«

Jessie erfand nie etwas und sagte auch etwas in diesem Sinne – mit der Entrüstung gekränkter Tugend. »Ich weiß es ganz bestimmt, weil sie sie mir beinahe gegen die Uhr eingetauscht hätte, aber nur beinah.«

»In jedem Falle«, unterbrach Mark, »ist das nicht deine Angelegenheit, Jessie. Und unsere im übrigen auch nicht. Reden wir von etwas anderem.«

»Aber wirklich«, sagte Evelyn und sah ihn mit großen Augen an. »Das ist ja nun wohl ein ziemlich harmloses Thema – es sei denn, du wüßtest mehr darüber als ich.«

»Ich weiß gar nichts.«

»Warum denn so empfindlich? Jessie, wenn du fertig bist, kannst du jetzt rausgehen, meine Süße.«

Sie war zwar noch nicht fertig, aber sie erhob sich trotzdem und rannte zur Tür. Sie wußte, was jetzt kam. Die Fremden waren keine Fremden mehr. Es waren ihre Mutter und ihr Vater, und die würden sich jetzt streiten.

»Na schön, also raus damit«, sagte Mark. »Reißen wir die schöne Fassade ein und schauen mal, was dahinter ist.«

»Nichts.«

»Du willst also das Spielchen auf diese Weise spielen, ja?«

Sie streckte ganz impulsiv die Hand nach ihm aus und berührte ihn am Ärmel. »Warum sprichst du eigentlich neuerdings immer so zu mir, als ob ich dein Feind wäre, Mark?«

»Wenn ich das tue, dann tut es mir leid. Ich bitte um Entschuldigung.«

»Wozu ist eine Entschuldigung schon gut? Ich würde viel lieber wissen, wo ich stehe.«

»Wo du auch die vergangenen zwölf Jahre gestanden hast. Du bist meine Frau und ich möchte dich gegen keine andere im ganzen Lande eintauschen.«

Sich auf die Lippe beißend, wandte sie sich ab. »Das

sind nette Worte, aber du sagst sie auf eine Art und Weise, daß ich heulen möchte.«

»Du hast keinen Grund zum Heulen, Evelyn«, sagte er ruhig. »Vielleicht spiele ich den tollen Liebhaber nicht mehr ganz so überzeugend wie vor zehn Jahren, aber ich liebe dich. Ich finde dich süß und klug und amüsant, und ich kann mir keinen anderen Menschen vorstellen, den täglich zu sehen ich schöner fände.«

»Aber... Laß uns jetzt mal über das *Aber* sprechen.«

»Ich wüßte kein...«

»Ich schon«, sagte sie. »*Aber* da kommt eine Frau daher, eine wie Mrs. Wakefield oder auch wie Patty, eine dieser Traumfrauen, die ihr eigenes Leben so richtig vermurkst haben – und was passiert? Du mußt sie unbedingt retten oder alles wieder in Ordnung bringen für sie oder was weiß ich. Und alsogleich fange *ich* an auszusehen wie sowas, was da unter den Dielenbrettern hervorgekrochen ist.« Sie zögerte. »Zum Teufel, Liebling, ich kann auch ganz schön traumhaft sein. Traum, Frau, zur Sau, verstehst du?«

»Ich bin dir noch nie untreu gewesen.«

»Du warst dem aber schon sehr nahe.«

»O ja.«

»Patty und Mrs. Wakefield?«

»Patty und Mrs. Wakefield, richtig.«

Sie schwieg einen Augenblick, bevor sie einen sonderbaren kleinen Schrei ausstieß. »Was sitze ich noch hier rum? Warum *unternehme* ich nichts dagegen? Könnte ich nicht... nein, wahrscheinlich nicht.«

»Was?«

»Dich davon abbringen. Sie irgendwie analysieren, weißt du, bis sie nicht mehr so gut aussieht für dich.«

Er lächelte, nur ein ganz klein wenig. »Ich finde gar nicht, daß sie so gut aussieht. Du bist schon ein komisches Mädchen.«

»Hör mal, Mark, zieht's dich wirklich so zu ihr hin? Ich meine, wenn du sie anschaust, möchtest du dann ... *begehrst* du sie dann?«

»Nein.« Es war das erste Mal, daß er log, und er tat es ebenso um ihret- wie um seinetwillen.

»Du würdest das ja sowieso nie zugeben.«

»Wahrscheinlich nicht.«

Nach einer Weile sagte sie: »Ich wünschte, du wärst nicht so aufrichtig. Manchmal glaube ich, daß Leute, die um jeden Preis aufrichtig sind, das nur ... nur aus Grausamkeit sind.«

»Wenn ich dich aber anlöge, dann würdest du mich mit noch härteren Wörtern als ›grausam‹ belegen.«

»Wahrscheinlich.«

»Es ist also schlimm, wenn ich lüge, und schlimm, wenn ich's nicht tue.«

Sie schenkte ihm Kaffee ein und schob ihm die Tasse zu. »Ich nehme an, daß du mich für unvernünftig hältst.«

»Nicht mehr als jede andere Frau auch.«

»Was würdest du tun, angenommen, die Sache wäre umgekehrt und ein großer, traumhafter junger Bursche mit Koteletten käme daher und zu der Ansicht, ich sei ein ganz schön süßes Ding?«

»Das haben schon viele gedacht, an einen mit Koteletten kann ich mich allerdings nicht erinnern.«

»Ich habe dir eine durchaus ernstgemeinte Frage gestellt.«

»Also gut. Ich würde ihn wahrscheinlich auffordern, woanders zu parken. Und wenn er dem nicht nachkäme und nicht zu groß und stark wäre, würde ich ihm wohl eine verpassen.«

»Die ganz subtile Methode, was? Mein Gott, Männer haben schon schlichte Gemüter!«

»Fällt dir was Besseres ein?«

»Ich werde mich mühen.«

Er sah leicht irritiert drein. »Mach dich bloß nicht zum Narren, ja? Er... erniedrige dich nicht selbst.«

»Wenn ich's nicht tue, tun's vielleicht andere für mich.«

»Also Evelyn, jetzt mach mal ne Pause, ja? Sie fährt morgen sowieso ab. Und es besteht nicht die geringste Aussicht, daß wir sie jemals wiedersehen.«

Aber während er sie noch aussprach, erschienen ihm seine eigenen Worte schon unglaubwürdig. Es erschien ihm gänzlich unvorstellbar, daß sie *nicht* irgendwo wieder in seinem Leben auftauchen würde.

Evelyn sprach zu ihm, aber die Worte, die er vernahm, stammten aus seiner Erinnerung und waren von Mrs. Wakefield gesprochen worden: *In einer Stadt die Straßen entlangzugehen in der beständigen Erwartung, Ihnen zu begegnen. Immer zu den Flugzeugen hinaufschauen zu müssen und sich zu fragen, ob Sie da wohl drinsitzen. In jedes Fenster eines vorbeifahrenden Zuges zu blicken...*

Evelyn fand Luisa in dem kleinen Gewächshaus hinter dem Schuppen. Sie saß auf dem staubigen Arbeitstisch und sang sich selbst etwas vor. Sie hatte eine volle und süße Stimme, die Stimme eines Chorknaben, und wenn sie sang, dann lächelte sie vor lauter Wohlgefallen an dem Klang, den sie hervorbrachte und der durch die Ritzen in den Wänden und im Dach hinausströmte. Sie sang sehr laut, um das Krähen des Hahnes im Hühnerhof und das unablässige Getratsche der alten Hennen zu übertönen.

Schon in früheren Jahren war das Gewächshaus einer von Luisas Lieblingsplätzen gewesen, wo sie gern saß und träumte. Die Luft war dann schwer gewesen vom Geruch feuchter Erde und der Erwartung des Wachstums. Überall wuchsen Setzlinge in Schalen und Kästen und Töpfen heran, der Gartenschlauch tropfte vor sich hin, und der lehmige Fußboden war kühl und feucht.

Der Gartenschlauch hing jetzt unbenutzt unter einem Schleier von Spinnweben an einem Nagel an der Wand. Unter Mrs. Wakefields alten Gartenhandschuhen schlief in dunkler Unschuld eine Schwarze Witwe. Der Boden war trocken und hart wie Stein, und das einzige, was hier noch wuchs, war eine an ihrer Entfaltung gehinderte Pelargonie in einem Blumentopf. Die Farbe ihrer Blüten paßte genau zu der Farbe von Luisas dunkelroten Lippen.

Luisa sang in der unfruchtbaren Trockenheit des Gewächshauses. Sie hörte nicht auf, als sie Evelyn erblickte. Sie sah vielmehr fort und sang ihr einfaches, trauriges Liedchen zuende.

»Das war hübsch«, sagte Evelyn.

Luisa schüttelte errötend den Kopf. Sie mochte es gar nicht, wenn man ihre Stimme hübsch nannte. Phantastisch oder super oder göttlich – das waren die Wörter, die Anklang bei ihr finden würden. Hübsch war eher eine Beleidigung.

Sie sagte: »Ich soll üben.«

»Ich wollte dich auch nicht stören.«

»Wenn ich nicht übe und das so, daß Mama mich hören kann, dann muß ich rein und abwaschen oder sowas.«

Das war eine Aufforderung an Evelyn zu gehen, aber diese ignorierte sie. Eine Kiste mit vertrockneten Blumenzwiebeln beiseiteschiebend, setzte sie sich auf die Bank an der Wand. Staub stieg wie ein Seufzer von den Blumenzwiebeln auf.

»Darf ich nicht zuhören?« fragte sie.

»Ich kann nicht singen, wenn jemand zuhört. Im letzten Jahr sollte ich bei der Weihnachtsfeier auftreten. Ich hatte ein Kostüm und alles, ein Engelskostüm ... aber im letzten Augenblick war meine Stimme weg. Ich hatte solche Angst, daß die Leute mich auslachen würden.«

»Warum denn?«

»Ich sah so komisch aus. Das Kostüm war ganz weiß, und ich sah aus ... sah darin aus wie so'n Nigger. Engel sind doch immer blond.«

»Das war aber töricht von dir. Du hast einen so schönen Teint. Du liebe Güte, manche Mädchen in deinem Alter verbringen Wochen bei dem Versuch, so eine Gesichtsfarbe zu bekommen, wie du sie hast.«

»Das ist kein Teint«, sagte Luisa steif. »Ich bin überall so, ich bin mit der Farbe geboren. Die anderen Mädchen werden im Winter wieder weiß, aber ich bleibe so.« Mit plötzlichem Stirnrunzeln fügte sie hinzu: »Sie verstehen das nicht. Sie reden zu mir irgendwie so wie zu Jessie. Ich bin aber kein Kind mehr. Ich bin schon alt genug, um zu heiraten und selbst ein Baby zu haben. Und wenn mir keine andere Möglichkeit einfällt, werde ich das auch machen.«

»Keine andere Möglichkeit, was zu machen?«

»Hier abzuhauen und in eine Stadt zu gehen.«

»Ich lebe in einer Stadt. Das hat auch so seine Nachteile.«

»Aber bei Nacht ist alles hell«, sagte Luisa. »Das ist das, was ich am meisten mag. Und die Leute! Stellen Sie sich doch bloß vor, jedes Mal, wenn Sie aus dem Haus gehen, treffen Sie andere Leute und sehen, was die anhaben und so. Hier draußen ist's so, daß ich manchmal sogar schon für Jessie dankbar bin.«

Das Dach des Gewächshauses war sechseckig, und die Sonne, die sich durch die Ritzen der Seitenwand zwängte, zerteilte Luisa in Streifen.

»Du wirst ja bald hier weggehen«, sagte Evelyn. »Das Haus steht doch zum Verkauf.«

»Kein Mensch wird es kaufen, wenn die erfahren, wie knapp das Wasser hier ist. Und selbst wenn's verkauft wird, glaube ich nicht, daß mein Vater jemals ein Restaurant in der Stadt aufmacht. Er versteht doch gar nichts von Restaurants. Alles, was er bisher war, war immer nur Hausmeister.« Sie trat mit dem Schuh in schnellem Rhythmus gegen das Tischbein – in dem schnellen Rhythmus der Abneigung, die in ihr pulsierte. »Vielleicht endet alles damit, daß wir mit ihr mitgehen.«

Evelyn zögerte. Ihr tat bereits im voraus leid, was sie zu tun im Begriff stand, aber nichts hätte sie davon abhalten können. Sie sagte: »Das wäre doch aber schön, oder nicht?«

»Ich würde es hassen.«

»Aber wieso denn? Ich dachte immer, du und Mrs. Wakefield, ihr wärt alte Freunde. Sie hat dir doch diese herrliche Kette geschenkt, oder nicht?«

»Nur damit ich nicht... nur aus geschäftlichen Gründen.«

»Luisa... nur damit du was nicht tun würdest?«

»Sie will nicht, daß irgend jemand etwas über Billy und Mr. Wakefield erfährt.«

»Und was ist mit denen?«

»Ich darf's nicht sagen«, sagte Luisa. »Ich habe Angst.«

»Hast du Angst, daß sie dir die Kette wieder wegnimmt? Oder daß sie vielleicht noch Schlimmeres macht?«

»Ich weiß nicht. Ich hab halt Angst. Sie macht mir Gänsehaut. Wie Billy. Ich mußte immer mit ihm spielen, bis Miss Lewis sagte, daß das nicht gut für mich wäre. Miss Lewis war die einzige, auf die Mrs. Wakefield hörte. Sie wußte, daß sie gar nicht anders konnte, weil sie ohne sie völlig aufgeschmissen gewesen wäre.« Sie brach mit einem scharfen Laut ab, der fast wie ein Auflachen klang. »Sie konnte Miss Lewis nicht reinlegen, und mich auch nicht, wenn sie uns auf diese süße, mitfühlende Art kam, wie Sie's vorhin auch versucht haben.«

»Ich bin froh, daß ich dich nicht reinlegen konnte«, sagte Evelyn, erhob sich und klopfte sich den Rock ab. »Es war aber immerhin den Versuch wert. Vielleicht weißt du eines Tages wieso.«

»Ich weiß es schon.«

Luisa glitt vom Tisch herab. Sie war so groß und so voll entwickelt wie Evelyn. Die siebzehn Jahre, die zwischen ihnen lagen, waren wie die Falten eines Fächers, die sich zwar öffneten und schlossen, die aber an ihrem unteren Ende immer miteinander verbunden blieben.

Was Evelyn und Luisa verband, war die Tatsache, daß sie zwei Frauen waren, die eine gemeinsame Gegnerin hatten.

»Er war komisch im Kopf«, sagte Luisa, an der Halskette herumfingernd. »Billy, meine ich. Er kam schon so auf die Welt. Er konnte kaum sprechen, jedenfalls nicht so, daß irgendwer viel verstehen konnte, außer Mrs. Wakefield und Miss Lewis. Er konnte sogar nicht mal allein aufstehen, bis er schon über drei Jahre alt war, und manchmal saß er stundenlang einfach nur so da mit irgendwie so herausgestreckter Zunge. Er war gräßlich. Ich hab's gehaßt, in seiner Nähe zu sein. Aber Miss Lewis hat das nichts ausgemacht. Die streichelte ihn und rief ihn mit Kosenamen wie Billyboy, altes Haus und sowas.«

Evelyn erinnerte sich an den ersten Abend, an dem Mrs. Wakefield von Billy gesprochen hatte: *Mein Sohn mochte Musik... Billy und ich waren viel auf Reisen...* Jede Erwähnung des Sohnes hatte den Anschein erweckt, als sei dieser ein wenig anders als gewöhnliche Söhne, ihnen ein bißchen überlegen.

»Mr. und Mrs. Wakefield zankten sich wegen ihm«, sagte Luisa. »Nicht am Anfang, als er noch klein war. Aber später, als ich groß genug war, mich in ihrer Nähe rumzutreiben und zuzuhören, hörte ich sie oft streiten. Mr. Wakefield redete immer ganz ruhig, aber sie heulte und machte so lange, bis er ihr recht gab.«

»Worüber haben sie sich denn gestritten?« fragte Evelyn und fühlte – vorerst jedenfalls – keinerlei Mitleid für Mrs. Wakefield. Der Knabe Billy war dazu noch viel zu schattenhaft, er war noch kein wirkliches Kind, das Nahrung, Kleidung, Überwachung und Zuwendung forderte.

»Mr. Wakefield wollte, daß sie Billy in eine besondere Schule fortgeben sollte, damit sie beide hier weggehen und an irgendeinem anderen Ort leben könnten wie ganz normale Menschen. Aber sie wollte nicht fort. Die ganze Zeit über, die sie hier gewohnt hat, ist sie nie weiter gewesen als bis zur Stadt, und auch dann hatte sie's immer so eilig, wieder nach Hause zu kommen, daß sie kaum die Hälfte der Sachen auf der Einkaufsliste besorgt hatte und mein Vater am nächsten Tag noch mal hin mußte.«

»Blieb auch Mr. Wakefield die ganze Zeit über hier?«

»Nein. Er hatte irgendwas mit Schiffbau zu tun und

fuhr manchmal nach San Francisco rauf oder nach Seattle. Aber es ist komisch – immer, wenn er wieder zurückkam, war was passiert. Zum Beispiel war Billy hingefallen und hatte sich am Knie verletzt, oder Mrs. Wakefield hatte eine Wurzelentzündung an einem Zahn, oder das Filtersystem war kaputt gegangen.«

Der Wind kroch durch die Ritzen und wirbelte den Staub auf.

»Jeden Abend, den er nicht zu Hause war, schickte er ein Telegramm«, sagte Luisa. »Sie hob die alle in dem Tischchen in der Halle auf. Als er dann starb, las sie sie alle noch mal durch und verbrannte sie danach im Ofen. Vor der gerichtlichen Untersuchung kamen ein paar Männer her und stocherten in allem rum, sogar in dem Ofen und in allen Schubladen und in dem Schreibtisch von Mr. Wakefield.«

»Was suchten sie denn?«

»Eine Nachricht. Der eine von den Männern sagte, es würde ihnen alles viel leichter machen, wenn sie eine Nachricht von Mr. Wakefield fänden, aus der man ersehen könnte, daß er sich selbst umbringen wollte.«

»Und fanden sie eine?«

»Nein. Es gab keine.«

Durch die Ritzen der Bretter sahen sie Mr. Roma mit den Eimern voll Hühnerfutter den Pfad entlang kommen. Er ging vorbei, ohne einen Blick in das Gewächshaus zu werfen. Als er das Tor zum Hühnerstall aufmachte, gakkerten und gluckstén die Hennen und machten nervöse kleine Luftsprünge wie dicke, alt gewordene Primaballerinen.

»Ich mache jetzt wohl besser mit meinen Übungen weiter«, sagte Luisa, »damit sie mich wieder hören kann.«

»Ich gehe gleich. Was kam bei der Untersuchung denn dann heraus?«

»Sie meinten, er hätte sich selbst getötet.«

Evelyn sagte von der Tür aus: »Danke, Luisa. Ich weiß nicht, ob das was nützt, aber ich danke dir trotzdem.«

»Ich hab's ja alles nicht für Sie getan«, sagte Luisa und runzelte die Stirn, »sondern gegen sie.«

»Das kommt aufs selbe raus. Du hast jetzt keine Angst mehr, nicht wahr?«

»Kein bißchen.«

»Das ist gut. Schließlich ist sie auch nur eine ganz gewöhnliche Frau. Ich glaube, es ist sehr töricht von uns beiden, sie so zu verabscheuen. Sie sollte uns wohl eher leid tun.«

Sie konnte Luisa aber nicht überzeugen – und auch sich selbst nicht.

Jetzt kannte sie also einige der Tatsachen, die Mrs. Wakefield vor ihnen verborgen zu halten versucht hatte – aber sie wußte nicht, wie sie ihr Wissen nutzen sollte. Es würde nicht leicht werden, Mark gegenüber einzugestehen, daß sie ihre Informationen aus einem verwirrten, pubertierenden Mädchen herausgeholt hatte. Und was die Fakten selbst anbetraf, so konnte sie nicht vorhersehen, wie er darauf reagieren würde – vielleicht schockierten sie ihn oder stießen ihn ab, vielleicht aber wurde seine Zuneigung zu Mrs. Wakefield durch Mitleid nur noch vergrößert.

Es war am Ende Luisa selbst, die eine diesbezügliche Entscheidung herbeiführte.

Luisa erkannte, daß ihr die gegebene Situation die einmalige Gelegenheit bot, ihre Rolle als ganz gewöhnliche Klatschtante gegen die der Märtyrerin zu vertauschen. In ihrem Zimmer die Kette ablegend, sah sie sich selbst nun als ein reines, nonnenhaftes Geschöpf, das vor dem Altar der Wahrheit kniete. Sie tat die Kette in eine Schachtel, die sie noch von Weihnachten übrig hatte, und händigte sie Evelyn aus, damit diese sie Mrs. Wakefield übergebe.

Sie fühlte sich den ganzen restlichen Vormittag über wunderbar heilig.

16

Die Schachtel lag ungeöffnet auf der Spiegelkommode, auf der Miss Lewis einst ihren Körperpuder, ihr Gesichtswasser und ihre keimfreien Kämme und Bürsten aufbewahrt hatte.

Mrs. Wakefield wußte, was in der Schachtel war, aber sie ärgerte sich nicht über Luisa, sondern nur über sich selbst, weil sie einen Fehler begangen hatte. *Arme Luisa*, dachte sie. *Nach meiner Abreise werde ich ihr die Kette wieder zuschicken. Vielleicht wird es ihr eine Lehre sein.*

Es war zwei Uhr und sie wurde langsam hungrig. Sie hatte nichts zu Mittag gegessen, teilweise um ihr Verzeichnis fertig zu bekommen, teilweise um Mark nicht im Kreise seiner Familie sehen zu müssen. Es gab keinerlei Möglichkeit, ihn allein zu sprechen – und sei es nur, um ihm Lebewohl zu sagen. Evelyn rauschte durch das Haus wie ein Wind, der in jede Ecke drang. Sie wischte Staub und fegte und lüftete die Bettdecken aus, wobei sie pausenlos vor sich hin trällerte, so daß es den ganzen Vormittag über kaum einen Augenblick gegeben hatte, in dem Mrs. Wakefield ihre Stimme nicht gehört hatte, oder ihre Schritte, die durch die Eingangshalle schallten wie die eines auf und ab marschierenden Wachtpostens.

Sie packte den Notizblock, der nun halb vollgeschrieben war, in ihren Koffer und ging hinunter in die Küche.

Mr. Roma stand am Spülbecken und wusch sich Hände und Unterarme mit einem Stück steinharter Seife, die er und Carmelita selbst herstellten.

»Es ist sehr heiß«, sagte er, »vor allem, wenn man den Morgennebel bedenkt.«

Wenn man den Morgennebel bedenkt, der sich nie hätte heben sollen. »Ich habe noch nichts gegessen. Ich dachte, ich mache mir ein Sandwich.«

»Es gibt leider keine Hühnerpaste mehr, jedenfalls nicht die Art, die Sie mögen.«

»Das macht doch nichts.«

»Wenn Sie noch warten wollen, dann könnte Mr. Banner Ihnen welche besorgen. Er fährt in die Stadt zum Friseur.«

»Wann?«

»Sehr bald schon, glaube ich.«

»Fahren Sie mit?«

»Heute nicht. Die Pumpe läuft nicht ganz einwandfrei, und ich muß nachsehen, was da los ist.«

»Ich werde Mrs. Banner bitten, die Hühnerpaste zu besorgen«, sagte Mrs. Wakefield. »Sie denkt wahrscheinlich eher daran.«

»Mrs. Banner fährt auch nicht mit. Der Jeep ist ihr zu unbequem.«

»Oh.«

»Soll ich ihm also sagen, daß er welche mitbringt?«

»Wenn's ihm möglich ist. Ich möchte ihm wirklich keine Ungelegenheiten machen.« Sie blieb an der Tür noch einmal stehen und sagte über ihre Schulter: »Ich habe das Inventarverzeichnis fertig. Ich denke, ich mache einen kleinen Spaziergang.«

»Eine gute Idee.«

»Das wird mein letzter Spaziergang hier sein«, sagte sie mit einem Lächeln, das er nicht verstand. »Ich möchte mich an jeden einzelnen Augenblick davon erinnern können.«

Als sie hinausging, sah sie, daß die Garage noch nicht geöffnet worden war, und sie wußte, daß sie, wenn sie sich beeilte und die Abkürzung durch den Wald nahm, noch rechtzeitig zur Straße gelangen konnte.

Der Ganter James kam mit seinem verächtlichen Gruß herbeigeschlendert. Sie ging wortlos an ihm vorüber. Er war es aber nicht gewöhnt, von den Menschen übersehen zu werden, weshalb er zischend hinter ihr her lief und den Hals wütend vor- und zurückbog. Je schneller sie lief, desto schneller watschelte er hinter ihr her – er benutzte schließlich seine Flügel, um ihr Tempo mithalten zu können.

Anfangs belustigte sie diese Verfolgungsjagd noch. Als sie sich jedoch in die Länge zog, vorbei an der Garage und an der Lebensbaumhecke, da fing sie an sich zu fragen, wie lange er ihr noch zu folgen gedachte und obwohl sein Gezische schon die Aufmerksamkeit der Menschen im Haus erregt hatte. Sie wollte nicht, daß irgend jemand mitbekam, wohin sie ging, und das Zischen des Ganters schien wie mit böswilligem, anklagendem Flüstern auf sie und ihr Ziel hinzuweisen.

Ihr war bewußt, wie absurd das aussehen mußte – wie sie da mit der Zeit und einem starrköpfigen Ganter um die Wette lief. Er war ihr noch nie weiter als bis zur Garage gefolgt, und sie hätte gerne gewußt, welche abartigen Teufel ihn heute vorwärtstrieben.

Sie hielt an und blickte haßerfüllt auf ihn zurück.

»Geh weg, James. Hau ab. Lauf jetzt zurück.«

Sie versuchte, trotz ihrer Eile geduldig zu klingen, aber der Ganter ließ sich nicht übertölpeln. Er lief im Uhrzeigersinn um sie herum, und sein blindes, orangefarben eingefaßtes Auge funkelte wie ein Opal. In seiner männlichen Arroganz meinte er wohl, daß sie sein Opfer sei – und wenn sie wieder loslief, dann verkürzte er sofort die Entfernung zwischen ihnen. Das Schlagen seiner Flügel erschreckte die Vögel. Die Meisen flohen in die Baumwipfel, und die Eichelhäher zogen sich in den Schutz der Blätter zurück und schimpften.

Beim Pfefferbaum, da, wo der Weg zur Brücke hin abbog, hielt sie zum zweiten Mal an. Sie bückte sich, hob eine Handvoll Erde auf und schleuderte sie dem Ganter entgegen. Der Sand flog ihm mitten ins Gesicht.

Er hob seinen orangefarbenen Schnabel und schrie mit größter Lautstärke los. Das Geräusch war wie ein tönendes Erdbeben – es rüttelte an den Bäumen und durchschnitt die Luft. Alle Lebewesen im Wald reagierten auf dieses Kriegsgeschrei. Die Eidechsen schossen in Dekkung. Die kurzsichtigen Ziesel, die heraufgekommen waren, um an den Wurzeln des Teufelsgrases zu knabbern, hasteten zurück in ihre Katakomben, in den Ohren das Dröhnen der Gefahr. Alle Bäume erzitterten vom Wutgeschrei der Vögel, die Zuflucht in ihnen gesucht hatten. Sie schwenkte ihre Arme und schrie ihn ihrerseits an. Der Ganter stampfte mit seinen Füßen auf dem Boden herum, hob den Schnabel und trompetete erneut. Sie konnte ihn nicht zum Schweigen bringen – und sie konnte ihm nicht entkommen. Sie stand verzweifelt da, gewärtig, daß in jedem Augenblick Luisa oder Jessie oder ein anderer Hausbewohner angerannt kommen würde, um zu sehen, was da los war. Bis sie das dann erklärt haben würde, wäre es zu spät, wäre Mark längst an der Stelle vorbei, an der sie ihn abzupassen gedacht hatte. Es war, als hätte sich die gesamte Natur gegen sie verschworen – der Morgennebel, der sich nicht hätte heben sollen, der helle Tag, der nichts verbarg, die Vögel, die alles ausplauderten, einfach alles. Die Zeit und das Wetter, Mark selbst und der Ganter mit seinem Geschrei, das weitere von ihren Feinden aus dem Haus herbeirief.

Sie bückte sich und hob einen Stein auf.

»Geh weg«, sagte sie, als sei der Ganter kein Tier, sondern ein verhexter Mensch, der ihre Worte verstehen konnte. »Ich warne dich, geh endlich weg.«

Er trompetete wieder und schlug kraftvoll mit den Flügeln. Er sah dabei jedoch keineswegs wild aus, sondern viel eher neugierig – so als hätte er ein so seltsames Betragen noch nie erlebt und als sei er bemüht, seine Rolle in dieser Pantomime so gut wie möglich zu spielen. Er kannte diese törichte Frau nun schon so viele Jahre, sie hatte ihm Futter und Wasser gegeben, seine Federn gestreichelt und ihn von den Hühnern weggejagt. Wenn sie nun ein ganz neues Spielchen spielen wollte, so war er dabei. Er sprang vor Aufregung in die Luft und lauschte den vollen, befriedigenden Tönen, die aus seinem eigenen Halse kamen.

Der Stein traf ihn unmittelbar über seinem Opalauge.

Er fiel anmutig auf die Seite. Das Opalauge zeigte keine Veränderung, aber das andere Auge wurde fast augenblicklich glasig. Seine Beine staken so steif aus seinem Körper hervor wie Holzleisten.

Er lag in dem abgefallenen Laub der Bäume und sah viel kleiner aus als zu seinen Lebzeiten. Sie trat zu ihm und rief seinen Namen: »James?« Sie fühlte in seinen Federn nach seinem Puls. Es war kein Blut zu sehen, nicht das geringste

Anzeichen dafür, daß der Stein ihn getroffen hatte, außer der Exkretion im Augenblick des Todes.

Sie wäre gern weggerannt und hätte ihn da liegengelassen, wo er lag. Irgend jemand würde ihn schon finden und annehmen, daß er aus Altersschwäche eines natürlichen Todes gestorben wäre. Sie hatte aber Angst, daß Jessie der Finder sein könnte. Jessie vermochte ja noch nicht zu verstehen, daß der Tod auch ihre Freunde heimsuchen konnte.

Sie beschloß, James ein Stück vom Weg wegzubringen und ihn mit Laub und Zweigen zuzudecken. Es gab keine andere Möglichkeit, ihn zu transportieren, als ihn bei den Beinen zu fassen. Die gelbe Haut fühlte sich an wie die Haut eines alten Mannes – trocken und rissig. Sie hob den Ganter vorsichtig hoch, darauf bedacht, daß die austretenden Exkremente ihr Kleid nicht beschmutzten. Er war erstaunlich leicht. Seine grimmigen Schwingen und sein riesiger Körper hatten sie fast vergessen lassen, daß er schließlich und endlich nur ein Vogel war – sein ganzer Körper bestand ja nur aus Fett und Federn, und die Knochen waren so dünn wie Zweige.

Fünfzig Schritte neben dem Pfad fand sie eine Mulde unter einem Eukalyptusbaum, der beständig seine Blätter und seine Rinde abwarf. Ganz gleichgültig, wie oft der Wind alles davonwehte – der Boden war stets mit Laub und Rindenstücken bedeckt. An den Stellen, wo die Rinde schon abgeblättert war, war der Stamm so grau und glatt wie ein alter Knochen.

Sie legte den Ganter in die Mulde und deckte ihn mit trockenen Blättern und Rindenstücken zu. Seine graubraunen Federn machten es leicht, ihn zu verstecken. Als sie zum Pfad zurückkehrte und sich noch einmal umblickte, konnte sie die Stelle nicht mehr erkennen, an der sie ihn begraben hatte. Niemand würde ihn je finden. Er würde dort liegen, bis er ein Teil der Erde geworden war – ganz so, wie Billy ein Teil des Wassers geworden war. *Kein Tod*, dachte sie, *nur Verwandlung*. Verwandlung, schnell und heftig und erschreckend wie eine Hand, die einen in der Dunkelheit von hinten packt. Es brauchte Zeit, sich darauf einzustellen und zu begreifen, daß die Hand selbst, obgleich von unnachgiebigem Druck, eine freundliche war. *Nur Verwandlung, nichts wird vernichtet.*

Da war keine spontane Reue, daß sie den Ganter getötet hatte. Wie Billy oder der Seestern hatte auch er keine andere Zukunft als den Tod, und daß er diesen aus ihrer Hand – der Hand im Dunkeln – empfangen hatte, hatte nichts zu sagen. Sie war lediglich ein Werkzeug im ewigen Kreislauf des Wandels. Der Ganter war vor Krankheiten, der Bratpfanne und den Rädern von Autos bewahrt worden, um durch einen ihn über seinem Opalauge treffenden Stein zu sterben.

Sie durchquerte die Schlucht und suchte sich ihren Weg zwischen den Felsblöcken hindurch, nun nur noch verfolgt von ihrem eigenen vierschrötigen, schwarzen Schatten, der sich immer wieder hinter Bäumen versteckte, um sie dann auf der Lichtung, dort, wo das Schwimmbecken war und der alte versiegte Brunnen, erneut anzuspringen. Nach weiteren hundert Metern kam sie an den Zaun, an dem Mr. Roma einmal im Jahr neue »Betreten verboten«-Schilder aufstellte, um jene zu ersetzen, welche von der Sonne ausgebleicht, vom Winde zerfranst oder von den Seenebeln aufgeweicht worden waren. Sie hob den untersten Draht des Stacheldrahtzaunes an und kroch darunter durch. Der Saum ihres Kleides blieb an einer der Stacheln hängen, aber sie befreite sich mit einem Ruck und hinterließ ein Stückchen grüner Seide, das einem unternehmerischen Kleiber zur Ausschmückung seines Nestes dienen mochte.

Sie setzte sich am Straßenrand nieder. Sie atmete schwer und fühlte sich ziemlich schwach in der großen Hitze.

Es dauerte gut fünfzehn Minuten, bis sie den Jeep die Straße entlangkommen hörte. All ihre Befürchtungen und ihre Hast, der Tod des Ganters, das übereilte Begräbnis – das alles war umsonst gewesen. Sie sah auf die freundlichen Hände hinab, die zu hastig zugepackt hatten.

Das kann einfach nicht wahr sein, dachte sie. *Wenn ich zurückkomme, wird James so wie immer unter der Magnolie stehen.*

Eine Staubfahne hinter sich herziehend, kam der Jeep um die Kurve.

Sie stand auf und wußte dabei plötzlich, wie er sie sehen würde – eine nicht mehr junge Frau, das Gesicht gerötet und schweißnaß, das Kleid zerrissen und die weißen Schuhe voller Schmutzflecken. Sie strich sich nervös das Haar zurück und wischte sich mit dem Taschentuch den Schweiß von der Stirn.

Er stoppte am Straßenrand.

»Was machen Sie denn hier?«

»Auf Sie warten. Ich dachte, ich könnte ... mit Ihnen in die Stadt fahren.«

»Sie halten das für eine gute Idee, was?«

Er trug eine dieser Sonnenbrillen, die die Augen ganz verdecken, auch von der Seite her. Deshalb vermochte sie nicht zu sagen, welchen Ausdruck sein Gesicht hatte. Seine Stimme klang kühl.

»Mir fiel nichts Besseres ein«, sagte sie. »Ich möchte mit Ihnen reden.«

»Je mehr wir reden, desto weiter kommen wir.«

»Es gibt da ein paar Dinge, die ich Ihnen sagen muß. Wenn ich's nicht tue, dann tut's Luisa oder jemand anderes. Ich würde Ihnen das alles schon lieber selber erzählen, damit Sie es aus erster Hand erfahren.«

»Was aber, wenn ich es gar nicht hören möchte?«

»Sie müssen, Mark«, sagte sie hilflos. »Sie müssen.«

Er nahm die Sonnenbrille ab und rieb sich die Augen, als ob sie schmerzten. »Warum lassen Sie mich nicht in Ruhe?«

»Morgen werde ich fort sein. Dann können Sie mich vergessen.«

»Himmel ja«, sagte er, stieg aus dem Jeep und kam auf ihre Seite herüber. »Also dann – reden Sie, erzählen Sie's mir.«

»Hier? So? Könnten wir uns nicht irgendwo hinsetzen? Sehen Sie, wir können doch da rübergehen.« Sie zeigte in südlicher Richtung auf ein Feld von wildem Senf, dessen gelbe Blüten hell leuchteten. »Ist das nicht schön, Mark?«

»Wahrscheinlich.«

»Oh, es *ist* schön. Ich frage mich, wer eigentlich entscheidet, was Unkräuter sind und was Blumen. Haben Sie mal die wilden Winden da an dem Schuppen gesehen? Sie sehen so zart aus, daß es einen fast schockiert, wenn man entdeckt, wie zäh ihre Wurzeln sind und wie tief sie reichen.«

»War's das, wovon Sie mir erzählen wollten? Vom Unkraut?«

»Lassen Sie mir Zeit.«

Sie überquerten die Straße nebeneinander, hielten aber

einen Abstand von etwa einem Meter. Das Feld mit dem wilden Senf war nicht eingezäunt. Die Blüten reichten ihnen bis zum Knie.

»Das ist aber kein sehr guter Platz, um sich niederzulassen«, sagte er. »Es gibt zu viele Bienen hier.«

»Mögen Sie Bienen nicht?«

»Nicht sehr.«

»Sie stechen nicht, solange sie nicht erschreckt werden.«

»So sagt man.« Ihn überkam das gleiche Gefühl, das er schon gestern im Boot gehabt hatte, nämlich daß alles, was sie sagte, persönliche und philosophische Implikationen haben sollte. Ihre im Gespräch fallen gelassenen Nebenbemerkungen – der Dugong und sein Junges, der tausend Meilen entfernte Sturm, der alte Mann, der die Bäume gepflanzt hatte – das waren nicht nur allgemeine Beobachtungen. Das waren vielmehr Analogien, vielleicht unbewußt, vielleicht aber auch bewußt gewählt. Und jetzt kamen da noch weitere hinzu – die Bienen, die nicht stachen, solange man sie nicht aufstörte, und die zarten Winden mit den zähen Wurzeln. Nach nur drei Tagen trug selbst das Wetter schon ihr Monogramm.

Er trampelte den Senf mit den Füßen nieder, bis der so geschaffene Raum groß genug war, daß sie sich beide hinsetzen konnten. Auf einem Hügel, eine halbe Meile entfernt, weideten zwei Pferde.

»Sie müssen mir eigentlich gar nichts erzählen«, sagte er, die Pferde auf dem narbenbedeckten Hügel betrachtend. »Jemand ist Ihnen um eine halbe Stunde zuvorgekommen.«

»Wer?«

»Evelyn.«

»Was hat sie Ihnen erzählt?«

»Die Tatsachen, nehme ich an. Sie hatten einen geistig behinderten Sohn, und Ihr Mann hat sich anscheinend das Leben genommen.«

»Warum... warum *anscheinend*?«

»Es wurde nie eindeutig bewiesen, oder? Er hätte ja auch ermordet worden sein können.«

»Aber es war niemand da, der ihn hätte ermorden können.«

»Und Sie?«

»Warum«, flüsterte sie, »warum sagen Sie so etwas zu mir?«

»Weil's das ist, was ich denke.«

Sie bedeckte das Gesicht mit den Händen. »So häßliche Dinge. Sie haben kein Recht dazu.«

»Die ganze Geschichte ist häßlich, einschließlich der Art und Weise, in der Sie versucht haben zu vertuschen, zu belügen und zu bestechen.«

»Ich hatte nichts zu vertuschen. Nur meinen Stolz.«

»Janet...«

»An jenem ersten Abend, da haben Sie mich so angeschaut... als wenn ich eine richtige Frau wäre und nicht nur die Mutter eines Idioten, die Witwe eines Selbstmörders. Ich konnte den Gedanken nicht ertragen, daß Sie das herausfinden würden. Aber Sie wollten nicht begreifen. Sie sind viel zu hartherzig, um Mitleid zu haben.«

»Bin ich das?« fragte er kalt.

»Sie haben kein Herz. Sie wollen nur ständig alles herausfinden, alles in Worte fassen.«

»Die Dinge müssen auch in Worte gefaßt werden. Warum hat er sich umgebracht, Janet?«

Sie hob nicht den Kopf. Er zog ihr die Hände sanft vom

Gesicht, damit sie sich nicht mehr verstecken konnte, sondern ihn ansehen mußte.

»Warum?« wiederholte er.

»Ich weiß es nicht. Ich glaube, er war einfach müde. Sie kennen doch diese tiefe und schreckliche Müdigkeit, die Tag für Tag da ist, als sei man nie zu Bett gegangen...«

»Janet! Um Gottes willen, romantisieren Sie nicht schon wieder alles. ›Die tiefe und schreckliche Müdigkeit‹ – das klingt ja ganz schön, aber was zum Teufel bedeutet es? Hören Sie auf damit. Wir sprechen jetzt über einen Mann, ein reales menschliches Wesen. Sie beleidigen seine Intelligenz und die meine mit dieser hübschen Melodie über das Thema Müdigkeit. Auch andere Menschen werden müde. Und wenn das der Fall ist, dann gähnen sie, knipsen das Licht aus und gehen ins Bett. O Himmel, mit Ihnen zu reden, was soll's überhaupt?«

»Dann reden Sie nicht, Mark.«

»Sie sind wie all die anderen Romantiker auch, diese Shelley-Schule, diese Anhänger von ›Wie wunderbar ist doch der Tod, der Tod und sein Bruder, der Schlaf‹. Mir ist egal, wessen Bruder der Tod ist. Ich weiß nur, daß er etwas ist, dem es solange wie nur möglich auszuweichen gilt, und nicht etwas, das man in seiner Phantasie ausschmückt und in das man sich verliebt, wie Sie das getan haben. Das ist bei Ihnen wie eine fixe Idee und hat absolut nichts mit den Tatsachen oder mit der Empirie zu tun. Versuchen Sie's noch mal, Janet. Warum hat er sich umgebracht?«

»Ich habe Ihnen doch gesagt...«

»Na klar. Er war müde.«

»Sie sind so grausam. Warum wollen Sie mich verletzen?«

»Das will ich gar nicht.« Eine herumschwirrende Biene

streifte seine Backe, und er schlug ungeduldig nach ihr. »Ich versuche nur, mich selbst zu retten.«

»Wovor?«

»Vor Ihnen. Vor dem Brenneisen.«

»Ich hasse das, wenn Sie so daherreden. Es ist nicht wahr.«

Er sah zornig aus, aber auf eine melancholische Art, als sei der Zorn nur sichtbarer Ersatz für eine ganz andere Empfindung. »Sie haben ein schlechtes Gedächtnis. Erinnern Sie sich nicht mehr daran, was Sie noch heute morgen zu mir gesagt haben, nämlich daß Sie mich lieber töten als mich hier weggehen und bei meiner Familie bleiben lassen würden?«

»Das habe ich nicht so gemeint.«

»Nein? Es paßt aber ganz gut zu Ihnen. Sie würden mich gern tot sehen. Natürlich nicht als entstellten Leichnam, denn das würde Ihrer fixen Idee zuwiderlaufen. Nein, eher als etwas säuberlich Konserviertes – wie der Seestern, den Sie gestern für Jessie präpariert haben. Es würde Ihnen einen Riesenspaß machen da bei Madame Tussaud, Janet. All die hübschen Wachsleichen voller wächserner Eingeweide und wächsernem Blut.«

Ein Flugzeug flog über sie hin, ein silberner Fisch im Meer des Himmels.

»Ich dachte, Sie hätten mich ganz gern«, sagte sie ungläubig. »Ich ahnte gar nicht, daß Sie so schreckliche Dinge über mich denken. Hätte ich's gewußt, wäre ich nicht hergekommen. Ich hätte nie...« *den Stein geworfen, der den Ganter tötete, der jetzt dort unter dem Eukalyptusbaum ruht.*

Er sagte mit einem häßlichen Lächeln: »Erzählen Sie mir endlich, wie er sich umgebracht hat.«

»Er stürzte von der Klippe.«

»Er sprang hinab, meinen Sie?«

»Ich weiß nicht, was von beidem. Ich war nicht dabei. Wie sollte ich das also wissen? Er ging eines Abends raus und kam nicht wieder.«

»Ahnten Sie, was er vorhatte?«

»Ich ... ja. Er hatte es schon mal versucht.«

»Was haben Sie dagegen unternommen?«

»Nichts. Es gab nichts, was ich hätte tun können.«

»Vielleicht wollten Sie nur nicht.« Er war über seinen Sadismus entsetzt, konnte aber die Worte nicht zurückhalten. Sie waren seine Verteidigungswaffe, seine einzige Verteidigungswaffe gegen das Wissen, daß er sich in sie verliebt hatte. »Sagen Sie, wie reagierten Sie, als Sie entdeckten, daß er tot war? Daß es ihm nun besser ging, so befreit von dieser kalten, grausamen Welt? Wie viele beschönigende Ausdrücke kamen Ihnen in Ihren Romantikerkopf?«

»Hören Sie auf«, rief sie. »Sie haben kein Recht, sich über mich lustig zu machen und sich in meine Angelegenheiten einzumischen.«

»Ich habe ein Recht darauf zu erfahren, was mit Ihrem Mann passiert ist und warum. Sie haben mir dieses Recht dadurch eingeräumt, daß Sie mich dazu ausersehen haben, seinen Platz einzunehmen.«

»Sie machen, daß alles schmutzig und billig klingt.«

»Das muß ich. Sie haben solange Beschönigungen in sich hineingeschlungen, daß Sie mal ein Brechmittel brauchen. Das Problem des Beschönigens ist doch, daß es zur Gewohnheit wird. Man gewöhnt sich so sehr daran, die Dinge zu verschleiern, daß man am Ende ganz die Übersicht darüber verliert, was unter welchem Schleier steckt.«

»Vieles von dem, was Sie sagen, verstehe ich nicht. Ich weiß nur, daß Sie mich hassen ... ja, Sie hassen mich ...«

Sie warf sich auf die Erde und trommelte mit den Fäusten auf den Boden.

»Hören Sie auf damit, Janet, Sie tun sich weh.«

»Das ist mir doch egal.«

Er ergriff ihre Handgelenke und hielt sie fest. »Hören Sie auf. Es ist ja alles gut.«

Sie drehte sich mit einem kleinen Schrei herum und preßte ihren Mund auf seinen Handrücken. »Mark ... sag, daß du das alles nicht so gemeint hast.«

»Ich habe das alles nicht so gemeint.«

»Ich habe noch nie jemanden so geliebt.«

»Sag jetzt nichts, Liebling.«

Der Wind hatte aufgefrischt, und der wilde Senf schwankte und verneigte sich, als er darüber hinging. Im Osten, jenseits des Hügels, auf dem die zwei Pferde weideten, hatten sich Wolken aufgetürmt.

Ihr Haar wurde gegen seine Wangen geweht und roch nach Sonne und Meer.

»Mir erscheint jetzt alles so schön«, sagte sie. »Dir auch, Mark?«

»Auch die Ameisen?« fragte er und wischte ihr eine von der Stirn fort.

»Auch die Ameisen. Alles.«

Sie hatte sich die Schuhe ausgezogen. Ihre Füße waren groß, aber vollendet geformt, und die Haut war überall ganz weich, so als hätte sie niemals den Druck von Schuhen zu spüren bekommen.

Er umspannte ihre Fessel mit einer Hand. »Du hast große Füße.«

»Nicht wahr? Die Füße einer Schwimmerin.«

»Du magst das Wasser, was?«

»Besonders das Meer. Weißt du, ich habe das Meer nie gesehen, bis ich erwachsen war, und doch hatte ich, als ich es zum ersten Mal erblickte, das Gefühl, in seiner Nähe geboren worden zu sein. Ich erkannte es wieder – ist das nicht merkwürdig? – ich erkannte es so wieder wie manche Menschen ein Haus wiedererkennen, in dem sie mal als Kinder gewohnt haben. Aber es war mehr als nur ein Wiedererkennen. Ich verspürte so etwas wie Schicksalsmacht. Ich erinnere mich noch, daß ich damals dachte: *Das ist mein Schicksal, hier ist die Erklärung, das ist der Ort, an dem ich geboren wurde.*«

Die Rückkehr der Amphibien, dachte er wieder, die umgekehrte Evolution, das langsame Aussterben. Er sagte: »Du bist ein Rückschlag, Janet. Ein Mutationsprodukt. Was macht dir das Meer verständlich?«

»Alles«, sagte sie. »Alles außer der Liebe. Das ganze schreckliche und komplizierte System des Lebens und des Todes ist im Meer enthalten, nicht aber die Liebe.«

Er blickte auf sie hinab und dachte flüchtig, welche verzweifelte Gerechtigkeit doch in der Tatsache lag, daß sie ein Kind zur Welt gebracht hatte, das ein Mutationsprodukt war. Er fragte sich, wie viele Billys es wohl nach dem Atomkrieg geben mochte. Die Bombe hatte das Zeitalter der Vernichtung angekündigt, und vielleicht hatte ja bereits die gesamte menschliche Rasse die langsame Wanderung zurück ins Meer angetreten. In diesem Falle wäre sie dann kein Rückschlag, sondern eine Vorläuferin, in ihrem Leib das befleckte Ei, das unvollkommene Gen, welches zum Untergang der Welt führen würde.

Sie spürte, wie er sich ihr entzog, und versuchte, ihn

zurückzurufen. »Fang nicht wieder an zu denken, ja? Fang nicht an zu versuchen, mich aus deinem Leben wieder hinauszureden. Ich bin drin. Du kannst mich nicht mit Worten daraus vertreiben.« Sie hängte sich an seinen Arm, als hätte er eine kaum wahrzunehmende Bewegung gemacht, die darauf deutete, daß er aufstehen und fortgehen wollte. »Ich werde dir alles sagen, Mark, alles, was du über mich wissen möchtest. Nach dem, was geschehen ist, will ich keine Geheimnisse mehr vor dir haben. Ich will dir mein ganzes Leben öffnen.«

»Besser nicht. Du fühlst dich im Augenblick mir ergeben, aber das hält nicht an.« Er nahm ihre Hand und bog einen Finger nach dem anderen um, bis sie eine Faust bildete. »Halt an deinen Geheimnissen fest. Behalt sie noch vierundzwanzig Stunden geschützt hier drinnen, und du bist in Sicherheit. Vielleicht kommt nie wieder einer so nahe daran heran, dich zu durchschauen.«

»Du bist entsetzlich eitel.«

»Du willst mich vernichten«, sagte er. »Ich könnte mir dessen selbst dann nicht sicherer sein, wenn du eine Pistole in der Hand hättest.«

»Warum läufst du dann nicht weg?«

»Ich kann nicht. Ich hänge fest wie ein Schildfisch – dieser Fisch, der sein Leben der Tatsache verdankt, daß er sich am Bauch eines Hais festsetzt. Du magst doch Analogien. Wie findest du diese?«

»Sie ist äußerst interessant.«

»Das meine ich auch. Der Schildfisch ist solange vor dem Hai sicher, solange er an seinem Bauch sitzt. Andererseits aber ist der Hai wiederum nicht vor dem Schildfisch sicher, weil die Fischer ihn manchmal als Köder verwenden. Sie binden den Schildfisch an eine Schnur, werfen ihn über Bord, und schon macht er sich auf die Suche nach dem Bauch eines Hais. Obwohl nur so klein, hat der Schildfisch eine so starke Saugkraft, daß der Hai mit ihm zum Boot gezogen und erlegt werden kann.« Er fügte hinzu: »Wir haben mal ein Buch über Fischerei herausgebracht. Das ist das einzige, was bei mir davon hängengeblieben ist, und das nur, weil ich mich damals schon fragte, wie man zu einem lebenden und nicht an einem Hai festsitzenden Schildfisch kommt. Hast du da irgendwelche Ideen parat?«

»Nein.«

»Du könntest ja mal das Meer um eine Erklärung bitten.«

»Scher dich zum Teufel mit deiner Ironie«, sagte sie, »und mit deinen billigen Horoskopen. Scher dich selbst zum Teufel!«

»Mit einer kleinen Ausnahme, die wir nicht nennen wollen?«

»Der Teufel soll dich holen, verdammt noch mal.« Sie barg ihren Kopf an seiner Schulter und weinte. Aber die Tränen kamen nur aus ihren Augen, sie benetzten nicht ihr vertrocknetes Herz.

Er machte keinerlei Anstalten, sie zu trösten. Als sie endlich den Kopf wieder hob, sah sie, daß er sie nicht einmal anblickte. Er beobachtete die Pferde auf dem Hügel. Von dem auffrischenden Wind in Erregung versetzt, galoppierten sie den Hang hinab und wirbelten Staub auf.

Sich ihr wieder zuwendend, bemerkte er ihren Unmut.

»Ich mag Pferde«, sagte er. »Du auch? Ich meine, nicht als Gegenstand von Wetten, sondern ich schaue sie gern an.«

»Ich möchte jetzt nicht über Pferde sprechen.«

»Na gut, wie du wünschst.«

Sie wußte, daß er zum Aufbruch drängte. Gegen seinen Arm gelehnt, konnte sie seine nervöse Angespanntheit spüren.

»Geh noch nicht, Mark, bitte.«

»Ich muß. Es gibt da noch ein paar Regeln, die einzuhalten sind. Ich sagte, ich wollte in die Stadt, mir die Haare schneiden lassen. Und das entsprach der Wahrheit, denn ich wußte ja nicht, daß ich dir begegnen würde.«

»Bist du jetzt froh, daß es so gekommen ist? Bist du froh, daß ich herkam?«

»Froh, du lieber Himmel!«

»Dann tut es dir also leid.«

»Beides«, sagte er. »Ein bißchen von beidem.«

»Mark, mein Liebling. Ich werde dich wiedersehen, nicht wahr? Versprich mir das, sag's.«

Er schüttelte den Kopf und schaute düster aufs Meer hinaus. »Ich weiß es nicht.«

Sie blieb da sitzen, wo sie saß, inmitten des niedergetrampelten Unkrauts, bis sie den Jeep die Straße hinabfahren hörte. Dann fing sie langsam an, sich die Schuhe anzuziehen.

Die Pferde waren wieder zum Gipfel des Hügels zurückgekehrt. Sie dachte an Mark – und dann an den Mann, dem die Pferde gehörten. Es war ein Hilfssheriff namens Bracken, und sie hatte ihn vor einem Jahr kennengelernt, nämlich an jenem Abend, als man John am Fuße der Klippe gefunden hatte.

17

Er hatte es zweimal versucht. Beim ersten Mal schrieb er einen Zettel, den er zusammen mit dem Schlüssel zu seinem kleinen Tresor und einer Kopie seines Testamentes in seinem Arbeitszimmer hinterließ.

Janet, mir fällt kein anderer Weg ein als dieser. Gib dir nicht die Schuld. Mich hat in jüngster Zeit eine immer größer werdende Verwirrung ergriffen. Bitte vernichte dies und benachrichtige Roy Standish, der alles für dich erledigen wird.

John

Er ging die Treppe hinunter und nach draußen. Die Nacht war still. Das Rauschen des Meeres war zu einem Flüstern gedämpft, und selbst die unermüdlichen Spottdrosseln waren verstummt.

Er wußte nicht, wie spät es war – er wußte nur, daß es nach Mitternacht sein mußte und alle schliefen. Er hatte schon immer ein sehr ausgeprägtes Zeitgefühl gehabt – es war eine seiner Fähigkeiten, auf die er stolz war, und Janet hatte ihn darin bestärkt ... *»Nein, ich brauche keine Uhr, wenn John mit ist.«* ... *»Es ist wunderbar, wie John nur nach der Sonne zu sehen braucht und schon weiß ...«*

Heute nacht war keine Sonne da, und der Mond wanderte hinter Wolken dahin. Die Zeit war ihm aber auch ziemlich gleichgültig. Er überschritt ihre Grenzen, begab sich außerhalb ihrer Reichweite, entwich der unschuldigen Falle der Stunden.

Die Luft war kalt, und er hatte nur seinen Schlafanzug und Hausschuhe an. Er hatte im Bett gelegen und eigentlich gar nicht über das Sterben nachgedacht. Er hatte sich ungefähr zehnmal von seiner rechten Seite auf die linke und wieder zurückgewälzt, bis ihm der Gedanke gekommen war, was für eine Erleichterung es sein würde, am Morgen nicht mehr aufzuwachen. Als er seine Nachricht schrieb, tat er ihm leid – tat ihm dieser närrische Knabe auf eine distanzierte Weise leid, der da mit John unterschrieb und der so drastische Maßnahmen ergreifen mußte, weil er nicht stark genug war, um Zugeständnisse machen zu können.

Armer John, dachte er. *Armer Kerl. Es läßt sich aber nicht ändern.*

Er überquerte die Zufahrt. Er hatte eine Taschenlampe bei sich, aber es war noch nicht nötig, sie anzuknipsen. Seine Augen, ja, alle seine Sinne schienen klar und geschärft zu sein. Auch ohne Brille sah er die goldenen Scheiben der Ringelblumen und die roten Pompons des Wunderbaumes neben der Garage ganz deutlich. Der Seetanggeruch war geradezu überwältigend, und seine Schritte auf dem Kies klangen in seinen Ohren wie kleine Explosionen. Die Kieselsteinchen sprangen hoch wie Maiskörner beim Rösten.

Obwohl er keinerlei Plan gemacht hatte, lief anfangs alles vorzüglich. Das Garagentor war nicht verschlossen und ließ sich öffnen, ohne dabei zu quietschen. Der alte

Gartenschlauch hing aufgerollt an der Wand. Die Birne der Deckenlampe, die vor einer Woche durchgebrannt war, war ersetzt worden, und Janets Schlüssel steckte im Zündschloß des Lincoln.

Mit einer Heckenschere schnitt er ein langes Stück Schlauch ab, legte sich auf den Rücken und schob sich unter den Wagen, wobei das Schlauchstück auf seinem Bauch lag wie eine ihm freundlich gesonnene Schlange. Er knipste die Taschenlampe an und sah sogleich, daß der Schlauch zu eng war, um über das Auspuffrohr zu gehen. Er lag eine ganze Weile da und überlegte, womit sich Schlauch und Auspuffrohr verbinden ließen.

Es war recht angenehm, so unter dem Auto zu liegen, das Öl und den Staub und das Benzin zu riechen und emporzuschauen zu dem komplizierten Metallgebilde, Einblick zu haben in das Innere dieses schlafenden Riesen. Er dachte daran, den Motor anzulassen, sich dann wieder hinzulegen und die Gase einzuatmen, den Mund am Auspuffrohr wie ein säugendes Kind. Auf diese Weise würde alles sehr schnell gehen, aber irgendwie mißfiel ihm der Gedanke, am Boden liegend gefunden zu werden, am Boden liegend wie ein Opfer. Ihm war lieber, man fände ihn auf dem Fahrersitz, so daß die Leute (außer Janet, natürlich, und Roy Standish, sein Rechtsanwalt) denken konnten, sein Tod sei Folge eines Unfalls gewesen – der Wind habe etwa das Garagentor zugedrückt und er keine Chance mehr gehabt, den Wagen rechtzeitig rauszufahren. Aber das war albern – das Garagentor war viel zu schwer, um vom Wind zugeweht werden zu können, und außerdem hatte er ja seinen Schlafanzug an.

Er bedauerte, daß er sich nicht richtig angezogen hatte, aber wenn er sich die zusätzliche Zeit dafür genommen hätte, dann hätte er hinterher vielleicht nicht mehr die Nerven gehabt, sein Vorhaben auszuführen. Obwohl er sich ja aus dem Geltungsbereich der Zeit hinauszubegeben gedachte, war doch der allerletzte Schritt noch nicht getan. Ihm wurde bewußt, daß die Zeit immer noch Bedeutung hatte. Er brauchte noch immer Zeit zum Denken, Zeit zum Nachdenken über sein Ziel, Zeit für das Abwägen der Frage, ob er umdrehen oder einen Umweg machen sollte.

Er stand wieder auf und warf das Schlauchstück in eine Ecke. Es fiel gegen eine offene Schachtel Schneckenkorn, die umkippte, so daß einige der kleinen Giftkügelchen auf den Betonboden kullerten. Er sammelte sie fein säuberlich wieder auf, tat sie in die Schachtel zurück und versteckte diese dann auf einem ziemlich hoch an der Wand montierten Regalbrett hinter einer Dose Ölfarbe. Er fragte sich, wer so leichtfertig gewesen war, das Gift offen herumstehen zu lassen, hätte es doch sehr leicht auch Billy in die Hände fallen können. *Das Zeug ist schließlich giftig*, dachte er und wischte sich die Hände sorgfältig an seiner Schlafanzugjacke ab.

Er schloß das Garagentor. Dann setzte er sich hinter das Steuer des Lincoln, ließ den Motor an und drückte das Gaspedal ein Stück hinunter.

Der Wagen war allerdings schon eine Woche lang nicht mehr benutzt worden, so daß der Motor kalt und feucht war. Er mußte mehrfach auf den Anlasserknopf drücken, bis er endlich mit gewaltigem Lärm richtig ansprang.

Er atmete tief ein und wartete. Der Schweiß der Angst brach auf seiner Stirn aus wie kleine Bläschen, die dann platzten und ihren Inhalt kalt über sein Gesicht hinablaufen ließen.

Er versuchte, nicht an sich selbst und auch nicht an Janet zu denken. Stattdessen konzentrierte er seine Gedanken lieber auf die chemischen Vorgänge in der Luft. Er hatte zwar das meiste von dem, was er einmal in Chemie gelernt hatte, längst vergessen, aber die Annahme erschien ihm ziemlich einleuchtend zu sein, daß das Kohlenmonoxyd, das aus dem Auspuff kam, den in der Garage vorhandenen Vorrat an Sauerstoff aufbrauchen und sich dann in Kohlendioxyd umwandeln würde. Und wenn kein Sauerstoff mehr da war, würde das Kohlenmonoxyd schließlich ziemlich rein bleiben, und es war wohl dieses reine Zeug, das einzuatmen tödlich war. Aber vielleicht stimmte das alles so auch gar nicht. Vielleicht spielte sich alles ganz anders ab. Es war jetzt zu spät, das noch zu klären. Er atmete ruhig, ein und aus, die Augen leer und teilnahmslos.

Plötzlich war da ein Schwall frischer Luft. Im Rückspiegel sah er das Garagentor hochschwingen – in der Öffnung stand Mr. Roma in seinem alten, karierten Bademantel.

Er hatte gerade noch Zeit, den Motor abzustellen, bevor er ohnmächtig zur Seite fiel.

Abgesehen von dem tiefen Bedauern über sein Scheitern und einer leichten Rötung der Haut im Gesicht und an den Armen war ihm nichts passiert.

Alle gaben sich entschieden fröhlich, obwohl hinter dem professionellen Lächeln von Miss Lewis der Schock saß, und in Janets Augen Vorwurf und Verwirrung. Nicht eine Minute des Tages oder der Nacht war er ohne Aufsicht. Er konnte nicht am Strand spazierengehen, ohne daß es Mr. Roma nicht plötzlich notwendig gefunden hätte, Treibholz zu sammeln oder nach Muscheln zu graben. Und bei Nacht wachte Janet über ihn, bis sie die Augen nicht mehr offen halten konnte. Wenn er zu Bett ging, schloß er die Tür seines Zimmers hinter sich, aber am Morgen war sie stets wieder geöffnet. Sie hielten Billy von ihm fern und berichteten nur dann von ihm, wenn er nach ihm fragte.

Ein paar Tage später fuhr ihn Janet nach Marsalupe zum Arzt. Der gab ihm ein Dutzend Luminal-Tabletten und den Rat, weniger zu rauchen und dafür mehr frisches grünes Blattgemüse zu essen.

»Hervorragender Mann«, sagte John auf dem Heimweg.

»Wer? Der Doktor?«

»Ganz hervorragend, unbedingt.«

»Nun, du ißt tatsächlich zu wenig Gemüse.«

Als sie nach Hause kamen, spülte er die Tabletten in der Toilette runter – es waren sowieso nicht genug für eine tödliche Dosis.

Viel schwieriger war es, mit dem frischen grünen Blattgemüse fertig zu werden. Es erschien in allen nur möglichen Formen und Zubereitungen auf dem Tisch, und er aß es, um Janet einen Gefallen zu tun.

Sie hatte sich in jenen Tagen wunderbar in der Gewalt. Sie erwähnte die Episode in der Garage mit keinem Wort. Keine Fragen wurden gestellt und keine umstrittenen Zukunftspläne erörtert.

Gelegentlich ertappte er sie dabei, wie sie ihn halb hoffnungsvoll, halb verwirrt ansah. *Arme Janet*, dachte er dann. *Sie wartet darauf, daß das Gemüse seine Wirkung tut. Sie kann einfach nicht glauben, daß wirklich ich es war, der sterben wollte – für sie ist es eine Frage des Vitaminmangels.*

Sie tat ihm entsetzlich leid, aber er konnte sie durch die eigenartige Distanziertheit hindurch, die wie ein Nebel um ihn lag, nicht erreichen. Sie spürte den Nebel und versuchte, durch ihn hindurchzudringen, indem sie von Vorfällen und Menschen aus ihrer gemeinsamen Vergangenheit sprach und das »Erinnerst-du-dich-noch?«-Spiel spielte.

»Erinnerst du dich noch an das Paar, das wir auf dem aus Panama kommenden Schiff trafen, diese beiden, die den ganzen Tag in der Bar hockten und Rommé spielten?« – »Das war schon ulkig damals, als ich diese Masern bekam und du steif und fest behauptetest, das käme nur davon, daß ich zuviel Erdbeeren gegessen hätte...« – »Ich frage mich manchmal, was aus Nancy Howard geworden sein mag. Erinnerst du dich? Sie wollte immer zum Theater, hatte aber diese grauenhafte Stimme...«

Natürlich erinnerte er sich. Er erinnerte sich an alles. Tagtäglich kehrten Leute mit vergessenen Namen und Gesichtern, vergessene Leute, die vergessene Dinge sagten und taten, in sein Erinnern zurück. Es schien, als habe er das absolute Gedächtnis – als habe sein Kopf, der Zukunft enthoben, den so entstandenen Freiraum der Vergangenheit zugewiesen. Seine Erinnerungen waren lebhaft, aber frei von Nostalgie, ja, sogar frei von Selbstmitleid.

Eine Woche später feierte er seinen neunundvierzigsten Geburtstag. Janet schenkte ihm zu diesem Fest ein neues Fernglas, das sie bei Hammacher-Schlemmer in New York bestellt hatte.

»Ich danke dir, Janet. Das war sehr aufmerksam von dir. Ich brauchte wirklich mal ein neues.«

Er trug es hinaus zu den Klippen und blickte hindurch.

Es war ein sehr gutes Fernglas, aber das Meer war grenzenlos, der Himmel unendlich – es gab nichts zu sehen.

Zum Abendessen aß er ein Stückchen Geburtstagstorte und ging danach hinauf, um Billy gute Nacht zu sagen. Es war nun schon fast zwei Wochen her, daß er ihn zum letzten Mal gesehen hatte, es sei denn von weitem, wenn er mit Miss Lewis spazierenging.

Billy saß in seinem Bett und spielte mit einer Gummipuppe, die quietschte, wenn man auf sie draufdrückte.

»Gute Nacht, Billy, gute Nacht, altes Haus.«

Das Kind sah ihn über das Gitter seines Bettes hinweg an, als hätte es ihn noch nie gesehen.

»Aber Billy«, sagte Miss Lewis, »erinnerst du dich nicht an deinen Daddy? Das ist dein Daddy. Sag es doch mal, sag mal Daddy.«

Billy ließ die Gummipuppe quietschen.

»Kinder vergessen ja so leicht«, sagte Miss Lewis.

»Natürlich.«

»Aus den Augen, aus dem Sinn, so geht das halt.«

Er sah seinen Sohn Billy ein letztes Mal an und dachte: *Mein Sohn, meine Mißgeburt, mein Gefängniswärter. Auf Wiedersehen, auf Wiedersehen, mein Baby.*

Janet wartete unten auf ihn. Sie hatte mit Tannenholz ein Feuer im Kamin gemacht, und ein leichter Duft zog durch das Wohnzimmer.

»Hat er sich gefreut, dich zu sehen?« fragte sie.

»O ja, sehr.«

»Kann ich dir irgendwas bringen, John?«

»Nein, danke. Ich dachte mir, ich könnte vielleicht noch einen kleinen Spaziergang machen.«

Sie erhob sich augenblicklich. »Ich begleite dich.«

»Diesmal nicht.« Er ging zu ihr hinüber, nahm sie in die

Arme und strich ihr sanft über das Haar. »Diesmal nicht, Janet«, sagte er noch einmal und starrte über ihren Kopf hinweg die Nacht an, die draußen gegen das Fenster drückte. »Du bist müde. Setz dich hierhin und ruh dich ein bißchen aus.«

»Versprich mir aber, daß du nicht so lange fortbleibst.«

»Es ist mein Geburtstag, da verspreche ich nichts.«

»John...«

»Ja?«

»Wenn du wieder zurück bist, laß uns mal über alles miteinander reden. Wir werden schon irgendeine Lösung finden.«

»Gut.«

»Ich *weiß*, daß wir beide zusammen alles regeln können.«

»Aber natürlich.«

»Vielleicht können wir ja auch mal eine Urlaubsreise machen, nur du und ich. Wäre das nicht schön?«

»Sehr schön.«

Sich abwendend, nahm er seine Brille ab und legte sie auf den Kaminsims.

»Wenn du einen Spaziergang machen willst«, sagte sie, »dann behältst du die Brille aber besser auf.«

Er erinnerte sich an die Nacht, in der er zur Garage hinausgegangen war – wie wach seine Sinne da gewesen waren, wie klar er die hellen Scheiben der Ringelblumen und die roten Blüten des Wunderbaumes gesehen hatte.

»Bei Nacht kann ich ohne sie viel besser sehen.«

»Dann kann da etwas nicht stimmen, und wir müssen sehen, daß du mal eine neue verschrieben bekommst.«

»Morgen.«

Vielleicht war es sowieso ein Fehler, wenn man allzu

klar sah. Durch das Fernglas betrachtet, hatte ihn der Himmel auf die Unendlichkeit aufmerksam gemacht. Für das Riesenteleskopauge vom Mount Wilson waren die Konstellationen der Sterne weit rätselhafter als für die neugierigen, aber unkritischen Augen eines Kindes. Das größte Wunder lag nicht in der ungeheuren Weite des Sternenhimmels, sondern in der unendlichen Winzigkeit der Atome, aus denen sich das menschliche Gehirn zusammensetzte.

Er sah Janet an – ihr Gesicht war jetzt ein wenig verschwommen – und dann wieder zum Fenster hin. Unter dem schwarzen Horizont war das Morgen, aber er fühlte keinerlei Bedauern darüber, daß er es nicht mehr erblicken würde. Er kannte ja bereits seine Größe und seine Gestalt. *Wir werden alles besprechen, eine Entscheidung treffen, eine Lösung finden, Urlaub machen.* Das alles war ziemlich komisch, wie der Ratschlag des Doktors, mehr grünes Blattgemüse zu essen.

»Janet«, sagte er, »Janet, ich möchte dir noch mal sehr für das Fernglas danken. Ich wußte es wirklich zu schätzen.«

Er war sicher, daß sie den Fehler in der Wahl der Zeit nicht bemerkt hatte, und doch lag etwas Seltsames in der Art und Weise, wie sie ihn anblickte.

»Was siehst du mich so an?«

»Es ist nichts. Laß mich dir noch einen Drink mixen, bevor du aufbrichst.«

»Nein danke.«

»Versprichst du mir, daß du nicht so lange fortbleiben wirst?«

»Keine Versprechungen an meinem Geburtstag, du erinnerst dich doch.«

Er dachte, daß sie ihm im letzten Augenblick doch noch folgen wollte, aber sie setzte sich nur wieder vor das Feuer. Sie sah in die Flammen, das Kinn in die Hand gestützt. Ihr Gesicht war nebelhaft undeutlich, er konnte seinen Ausdruck ohne seine Brille oder das Fernglas oder das Riesenteleskop nicht erkennen.

Er ging durch die Hintertür hinaus und an der Garage vorbei. Die Tür hatte ein neues Schloß, und aus dem Jeep und dem Lincoln waren die Zündkerzen rausgeschraubt worden. Er hatte gesehen, wie Mr. Roma sie ausschraubte, und Mr. Roma hatte gesehen, daß er es sah, aber sie waren beide viel zu höflich, um ein Wort darüber zu verlieren.

Es war Flut. Am Rande der Klippe entlanglaufend, konnte er das Zischen der Gischt hören und die weißen, unregelmäßigen Linien der Brandungswellen sehen.

Er nahm seine Uhr heraus und sah auf dem beleuchteten Zifferblatt nach der Zeit. Es war fast neun.

Ich werde warten, bis es genau neun ist, dachte er.

Er stand da, bis der große Zeiger die Höhe des Zifferblattes erklommen hatte und sich an den Abstieg machte – aber er konnte immer noch nicht springen.

Die Uhr in der Hand, ging er weiter, blind von der Dunkelheit und seinen Tränen.

Um zehn Uhr dreißig fingen sie an, nach ihm zu suchen, Miss Lewis mit der Taschenlampe ausgerüstet, und Mr. Roma und Mrs. Wakefield mit den zwei Laternen, die schon seit Jahren unbenutzt im Schuppen hingen.

Die Lichter flackerten geisterhaft durch den Wald, durch die Schlucht und dann am Rand der Klippe entlang. Die Vögel, aus dem Schlaf hochgeschreckt, stießen im Schutz der Blätter schrille Notrufe aus. Die Brandung hörte sich an wie ein heftiger Wind, der durch einen Wald bläst, innehält und erneut einsetzt.

Dieses ganze Theater, dachte Miss Lewis. *Hier gibt's aber auch dauernd wegen irgendwas einen Riesenwirbel. Ich würde mich gern mal wieder ausgiebig in der Stadt erholen.*

Aber sie erhob ihre Stimme im Verein mit den anderen und rief laut: »Mr. Wakefield, Mr. Wakefield...«

Ihre Stimmen kamen kaum gegen die Brandung an, ihre Laternen kaum gegen die Nacht.

»Vielleicht geht er unten am Strand spazieren«, sagte Miss Lewis.

»Es ist aber noch Flut«, entgegnete Mrs. Wakefield. Sie zitterte, und ihr Arm schmerzte vom Gewicht der Laterne. »Da ist noch kein Platz zum Gehen.«

»Ich schaue trotzdem mal nach«, sagte Mr. Roma. »Wenn Sie zum Haus zurückkehren wollen, werde ich nachsehen, sobald die Flut etwas abgelaufen ist.«

»Ich habe Angst.«

»Ich weiß, ich weiß.«

»Er ist tot, ich spüre das.«

»Seien Sie vernünftig und gehen Sie zurück ins Haus. Trinken Sie einen Kaffee oder irgendwas, was Sie wärmt.«

»Kaffee klingt herrlich«, sagte Miss Lewis mit der forschen und festen Stimme, die sie auch Billy gegenüber benutzte. »Kommen Sie.«

Mr. Roma machte sich auf den Weg zur Steintreppe. Fast unten angekommen und gerade außerhalb der Reichweite der anbrandenden Wellen setzte er sich nieder und wartete, die Laterne neben sich, auf die Ebbe.

Als es soweit war, nahm er die Laterne auf und stieg hinunter auf den nassen Sand. Das Wasser lief ihm in die

Schuhe hinein, und als er vorwärtsschritt, machten seine Füße ein glucksendes Geräusch, das sein Unbehagen nur noch vergrößerte – es klang ganz so, als ob jemand hinter ihm ginge. Er zog seinen Mantel enger um sich gegen den überall eindringenden Wind, der aus allen Himmelsrichtungen gleichzeitig zu kommen schien und durch seine Ärmel hinauf und in seinen Halskragen hinein und durch seine Hosenbeine hindurch nach oben kroch.

Er bewegte sich langsam und vorsichtig vorwärts. Nach jeder Flut war der Strand verändert, Dinge kamen hinzu und andere wurden weggeschwemmt. Man konnte auf ihm nie so entlanggehen wie etwa auf einem Waldweg, nämlich mit der Gewißheit, daß er noch derselbe war wie am Tage davor. Immerfort kam es zu Veränderungen. Ein Stein war verschoben worden, ein gestrandeter Stachelrochen zappelte in einem Knäuel Seetang. Die Flut war stärker gewesen als normal, sie hatte eine etliche Zentimeter dicke Sandschicht fortgespült und Hunderte von faustgroßen Steinen bloßgelegt.

Er hielt einen Moment inne und versuchte zu entscheiden, ob er dem Rochen zurück ins Wasser helfen oder ob er ihn töten und vergraben sollte, damit sich niemand an seinem gezackten Schwanz schneiden konnte. Als er sich schließlich bückte, um ihn aus dem Seetang zu befreien, sah er Mr. Wakefield zerschmettert zwischen zwei Felsblöcken liegen, schlaff und knochenlos wie ein Schwamm, aus dem Wasser floß.

Der Hilfssheriff Bracken kam mitten in der Nacht und dann wieder am nächsten Tag und auch am übernächsten.

Er war von faßartiger Gestalt und trug einen riesigen Stetson und Cowboystiefel. Er hatte mal als ein Mann angefangen, der von hohen Idealen beseelt gewesen war. Aber dann hatte sich die Kluft zwischen diesen Idealen und der Wirklichkeit immer mehr vertieft, bis er sich eines Tags im Besitz einer Farm fand, die fast ausschließlich durch die Beiträge jener Mexikaner finanziert worden war, die auf illegalem Wege nach Marsalupe gelangt waren. Sie kamen mit dem Flugzeug, sie schwammen von Frachtschiffen aus an Land, sie kamen in Lastwagen mit doppelten Böden und in Heubündeln herüber – ja, sie gelangten auf so unterschiedliche und geniale Weise ins Land, daß selbst Bracken staunen mußte. Die Fremden wollten nicht von den Beamten der Einwanderungsbehörde aufgesammelt und nach Mexiko zurückgeschickt werden, und Bracken seinerseits mochte sich nicht für diese Aufsammelei hergeben, solange sich die Neuankömmlinge gut benahmen und ihre Messer stecken ließen. Nach ein paar Drinks war Bracken stets von neuem von tiefer Trauer erfüllt bei dem Gedanken daran, was für ein feiner Kerl er doch gewesen war, bis dieses Lumpenpack angefangen hatte, in die Stadt zu strömen.

Er kannte Mrs. Wakefield vom Sehen. Sie hatte nie das Wort an ihn gerichtet oder ihn auch nur mit einem Kopfnicken bedacht, und Bracken war Kränkungen gegenüber sehr empfindlich. Deshalb dachte er sich, daß dies eine hervorragende Gelegenheit sei, sie spüren zu lassen, daß sie um nichts besser war als er, ganz gleichgültig, woher sie ihr Geld hatte.

»Komische Sache«, sagte er, »daß wir die ganze Zeit über Nachbarn sind und uns doch bis zu diesem tragischen Vorfall nie zu einem Schwatz getroffen haben.«

Sie saß schweigend da, rieb sich die Knöchel ihrer linken Hand und fragte sich, warum dieser fürchterliche Mensch ständig wiederkam und andauernd die gleichen Fragen stellte. »Ich habe Ihnen alles gesagt, was ich Ihnen sagen kann«, hielt sie ihm schließlich vor.

»Klar. Klar haben Sie das. Wir müssen aber eine gerichtliche Untersuchung durchführen. Das ist nun mal Gesetz. Und Sie möchten doch nicht gegen das Gesetz verstoßen, oder?«

»Natürlich nicht. Aber diese endlose Herumschnüffelei in den Angelegenheiten meines Mannes... Er ist tot. Was macht es schon für einen Unterschied, ob es nun ein Unfall war oder Absicht?«

»Das Gesetz trägt uns auf, das herauszufinden. Ich muß Beweismaterial sammeln, verstehen Sie?«

»Aber Sie haben doch sicherlich schon ausreichend Beweismaterial beisammen.« *Genug Beweismaterial,* dachte sie, *und Bier und Kaffee und Schinkenbrötchen und alles, was du sonst noch in dein fettes Maul reinstopfen konntest.*

Billy kam an die Tür und starrte auf den Mann mit den komischen Schuhen.

Bracken sagte: »Schaffen Sie das Kind da weg, ja? Mir wird bei seinem Anblick ganz anders und ich kann nicht denken.«

Es war an diesem Tag, daß die Sensationsjäger anfingen, aus der Stadt herbeizueilen. Sie kamen in Autos die Zufahrt heraufgefahren und zu Fuß den Strand entlang – und sie taten so, als sammelten sie Muscheln oder bewunderten die Aussicht. Sie nahmen Mr. Romas »Betreten verboten«-Schilder und Jacarandazweige und Steinchen vom Strand als Souvenirs mit.

Obwohl Billy im Haus gehalten wurde, konnte er die Leute doch vom Fenster aus sehen und mußte so unweigerlich etwas von der allgemeinen Aufregung mitbekommen. Diese schreckliche und rätselhafte Erregung ließ seine Beine zittern und sehr schnell Tränen in seine Augen steigen. Keiner konnte ihm das alles richtig erklären, und niemand versuchte es. Er war in seiner Verwirrung gänzlich mit sich allein. Es war noch immer das gleiche Haus, wie er es seit jeher kannte, aber zugleich war es verändert – so wie der Strand nach der Flut.

Am Morgen der Gerichtsverhandlung blieb er mit Carmelita allein zurück. Er saß lange auf ihrem Schoß, während sie ihren Stuhl am Küchenfenster vor und wieder zurück schaukeln ließ. Sie schwiegen beide.

Im Gerichtssaal wurde im trüben Licht der von Fliegendreck gesprenkelten Lüster das Urteil gesprochen und es lautete auf Selbstmord.

Bevor Mrs. Wakefield die Zeit gefunden hatte, aus dem Gerichtsgebäude zu entfliehen, trat Bracken zu ihr und versicherte, daß es ihm ein großes Vergnügen gewesen sei, ihre Bekanntschaft gemacht zu haben.

»Nur eine Sache macht mir noch Kummer, Mrs. Wakefield. Und das ist die Sache mit seiner Uhr, daß die noch weg ist.«

»Ich weiß darüber nicht mehr, als ich Ihnen bereits gesagt habe. Er hatte sie bei sich, als er an jenem Abend das Haus verließ. Er war gerne ... er hatte ein sehr ausgeprägtes Zeitgefühl.«

»Gescheiter Kerl, was?«

Sie sah ihn voll Haß an. »O ja, sehr gescheit.«

»Einige von diesen Superschlauen drehen durch wie nix.« Er schnipste mit den Fingern. Seine Nägel waren allesamt abgekaut. »Na ja, falls die Uhr noch auftauchen sollte, lassen Sie's mich wissen. Ich bin ein neugieriger Bursche. Tatsachen, das ist's, was ich mag.«

»Ich verstehe.«

Sie wandte sich um und ging fort.

Sie sah Bracken nicht wieder. Vier Tage später war sie mit Billy und Miss Lewis im Lincoln davongefahren.

Sie sah jetzt zu den Pferden auf dem Hügel hinüber die Bracken gehörten, und fragte sich, was er wohl sagen würde, wenn sie ihn anriefe und ihm mitteilte, daß die Uhr gefunden worden war: Ja, am Felshang, Mr. Bracken, von einem kleinen Mädchen, das so neugierig ist wie Sie. Wie sie da hingekommen ist, in das Nest eines Kormorans? Ich verfüge über keinerlei faktische Anhaltspunkte, die Sie befriedigen könnten, Mr. Bracken. Aber er muß die Uhr in der Hand gehabt haben, als er oben am Rand der Klippe stand. Ich habe Ihnen doch gesagt, daß er stets auf die Zeit achtete, auf die Uhr sah, die Tage in seinem Kalender abstrich. Nun, für ihn nahm dort die Zeit ihr Ende. Er warf die Uhr im Fallen fort, er warf sie von sich, vielleicht hatte er genug von der Zeit... Ein ziemlich gescheiter Kerl, Mr. Bracken.

Aber diese Worte würden niemals ausgesprochen werden. Sie konnte sich nicht mehr wirklich über Brackens bäurische Dummheit ärgern. *Wir sind ja alle Opfer, dachte sie, Opfer unserer selbst und von uns allen. Bracken, John, Billy, ich selbst, und jetzt Mark, den ich liebe.*

Sie stand auf, blickte zum Himmel empor und dachte, wie lächerlich sie sich wohl alle in seinen Augen ausnehmen mochten, wie lächerlich und impotent und niederträchtig, des Lebens nicht wert.

18

Sehr langsam gehend und die Arme vor der Brust verschränkt, kehrte sie auf dem Weg durch den Wald nach Hause zurück. Ihre Augen waren noch vom Weinen geschwollen, und ihre Wangen brannten, als hätte sie sich in der Hoffnung, das Wasser werde sie erfrischen, das Gesicht an dem alten, versalzten Brunnen gewaschen und zu spät entdeckt, daß es ätzend scharf war, wie Säure.

Sie ging am Schwimmbecken vorbei, das sie selbst mit Brettern zugenagelt hatte wie einen Sarg. Niemand hatte davon gewußt außer Mr. Roma, der ihr dabei behilflich gewesen war, das Holz herbeizuschaffen (»Eine Plane würde es auch tun«, hatte Mr. Roma gesagt. »Da könnte er dann nicht mehr hineinfallen.« – »Nein, nein. Es muß mit Brettern abgedeckt werden. Ich hatte einen Traum, ja, ich träumte, er fiele…«). Was mochte da jetzt unter den Planken sein? Was für fremdartige, das Dunkel liebende Wesen hausten wohl in diesem Betonsarg, krochen durch den Staub und die von der Zeit überpuderten Blätter?

Am Ende einer der Holzplanken spann eine schwarze, haarige Spinne ungeachtet des Windes ihr Netz und lief mit ihren gekrümmten Beinen unablässig über die seidenen Fäden hin und her. Ihr altes Netz hing noch daneben, übersät mit den Überresten von Fliegen. Sie hielt an, um die Spinne zu berühren, aber sie rollte sich sofort vor

Angst zu einer Kugel zusammen. Da zog sie ihre Hand zurück und ging weiter.

Auf der anderen Seite der Schlucht sah sie Jessie und Mr. Roma den Pfad entlangkommen. Sie wußte, was beide suchten, noch bevor sie Jessie rufen hörte: »James, hierher, James, komm nach Hause!« Sie trat kurz hinter einen Baum und unternahm den vergeblichen Versuch, ihr Haar zu ordnen und die Blätter und Zweige von ihrem Rock zu bürsten, die sich wie Zeichen der Schuld daran geheftet hatten.

»James, hierher, James!«

»Er ist nicht hier«, sagte Mrs. Wakefield.

»Wir haben ihn schon überall gesucht. Vielleicht hat er sich ja verirrt, deshalb machen wir eine Spur aus Maiskörnern.« Jessies Hände und die Taschen ihrer Jeans waren mit Maiskörnern gefüllt, und Mr. Roma trug eine Papiertüte.

Mr. Roma sagte in andeutungsweise entschuldigendem Tonfall: »Er mag halt Mais, und wir dachten, es wäre auf alle Fälle...«

»Das ist eine sehr gute Idee«, sagte Mrs. Wakefield aufmunternd zu Jessie. »Vergiß nicht, auch durch die Schlucht eine Maisspur zu legen.«

»Bestimmt nicht.«

»Könntest du das auch alleine schaffen, während ich ganz kurz mal mit Mr. Roma spreche?«

»Ich bin doch kein Baby mehr!«

»Ich warte dann hier auf dich.«

»In Ordnung.«

Jessie ließ wieder Maiskörner aus ihrer Hand rieseln und setzte dabei ihren Weg durch die Schlucht fort.

»Vielleicht versteckt er sich ja«, sagte Mr. Roma. »Wie Billy.«

»Wie Billy, ja.«

»James mag den Wind nicht, er fürchtet sich vor ihm.«

»Diesmal wird er keine Angst haben.«

»Die hat er immer. Immer, wenn der Wind auffrischt, oder vor einem Sturm ...«

»Jetzt nicht mehr.« Sie streckte die Hand aus und berührte den Ärmel seines karierten Hemdes. »Mr. Roma, hören Sie zu. Ich konnte Ihnen das in Anwesenheit des Kindes nicht sagen, aber es ist alles in Ordnung mit James. Er ist vollkommen sicher.«

»Sie wissen also, wo er steckt?«

»Ja. Ja, und er ist in Ordnung. Er hat's besser jetzt so, wirklich *viel* besser.«

Mr. Roma neigte den Kopf. Er sah die goldene Spur der Maiskörner, die sich zwischen den Bäumen dahinzog, und er hörte Jessie noch immer nach dem Ganter rufen: »James, James!«

»Was haben Sie getan?« fragte er ernst.

»Er war so alt und hilflos und halb blind – ich habe ihn von seinem Elend erlöst.«

»Nein, aber nein, er war doch nicht hilflos. Er war nicht elend.«

»Es war doch sowieso nur noch eine Frage der Zeit. Ich fand ihn, wie er hier im Wald herumlief. Er hatte sich wohl verirrt.«

»Er lief aber nie in den Wald.« Mr. Roma preßte seine Handflächen gegeneinander, und sie dachte plötzlich, wie grotesk seine Hände doch aussahen – mit der braunen, ledrigen, wie Handschuhe auf dem Handrücken sitzenden Haut und den Handflächen, die so rosig waren wie Jessies Backen. »Niemals weiter als bis zur Garage, Mrs. Wakefield. Ich bin nur bis hierher mitgekommen, weil ich der

Kleinen einen Gefallen tun wollte. Ich weiß, daß James niemals in den Wald gelaufen ist.«

»Ist er aber doch. Warum beharren Sie auf Ihrer Ansicht? Glauben Sie mir etwa nicht?«

Er stand schweigend und mit gebeugtem Kopf da. Schweißperlen glänzten auf seiner Stirn und an seinen Schläfen wie Tränen.

»Wegen so eines Ganters hier in große Gerührtheit auszubrechen«, sagte sie bitter. »Haben Sie nichts Besseres, worüber Sie weinen können? Wir hätten ihn schon vor Jahren ordentlich mästen und dann in eine Bratpfanne stecken sollen. Ist's nicht so?« Er antwortete nicht. Sein Mund bewegte sich, aber er bildete keine Wörter, die ausgesprochen werden konnten. »Carl, hören Sie. Ich habe heute auch geweint. Wollen Sie wissen, warum? Es spielt keine Rolle mehr, ob's jemand weiß oder nicht.«

Er schien sie nicht gehört zu haben. »Hilflos und elend, nein, das war er nicht. Ein Auge, er hatte nur noch ein Auge, aber mehr brauchte er ja auch nicht.« Er hob den Kopf und blickte sie an, und sie sah keine Tränen in seinen Augen, sondern nur einen trockenen, entsetzlichen Schmerz, dessen Ursache sie zu sein schien, und nicht der Ganter.

»Sehen Sie mich nicht so an. Was habe *ich* denn schon getan?«

»Wie Billy«, sagte er.

»Was?«

»Vom Elend erlöst.«

»Dauernd reden Sie von Billy. Ich kann nicht ...«

»Der kleine Kerl hat Ihnen vertraut, und Sie ... Sie ...« Er konnte nicht weitersprechen. Er bewegte den Kopf in ohnmächtigem Zorn hin und her.

»Jetzt begreife ich, was in Ihrem Kopf rumspukt. Sie meinen, daß ich Billy mit Absicht da an Deck alleingelassen habe, daß ich absichtlich nachlässig war.«

»Sie... haben ihn vorher nie alleingelassen.«

»Ich habe Ihnen doch erklärt, wie es passiert ist. Er hatte Durst. Da ging ich, um ihm ein Glas Wasser zu holen. Als ich ihn verließ, spielte er mit einer dieser ledernen Puppen, die er in die Luft warf und dann aufzufangen versuchte. Sie fanden die Puppe später, sie trieb im Wasser. Sie haben sie sogar rausgefischt und mir zurückgegeben. Aufmerksam, nicht wahr? Ich meinerseits war auch sehr höflich. Ich sagte: ›Danke, danke, vielen Dank, ihr guten Leute.‹ Als es dunkel war, schmiß ich sie wieder über Bord. *Ich* bin doch das Opfer, begreifen Sie das denn nicht? *Ich* bin die, die gelitten hat, nicht Billy, nicht ein nutzloser alter Gänserich...«

Sie wandte ihren Blick dem Meer zu. Durch eine Lücke zwischen den Bäumen konnte sie ganz schwach ein Stückchen von der Insel sehen, einen kleinen kahlen, aus dem Wasser ragenden Berg, wo niemand lebte außer einer Herde Schafe, die in der Trockenheit verhungerten, und den schwarzen, bösartigen Raben, die der überreichliche Verzehr von Schafseingeweiden hatte fett werden lassen.

»Ich konnte es nicht mehr ertragen. Wo ich auch hinkam, schauten die Leute mich an und flüsterten, wandten sich dann ab und fingen an, befangen miteinander zu plaudern. Sie sahen in mir nie eine eigenständige Person. Für sie war ich immer nur die Mutter dieses Schwachkopfes, die Frau mit dem wunderlichen kleinen Jungen. Ich schämte mich, ja, das gebe ich zu. Wer hätte sich nicht geschämt? Als ich dann hierher zurückkam, traf ich Mark, und er sah mich an wie eine Frau, wie eine richtige Frau.

Und ich fühlte mich auch wie eine, zum ersten Mal wieder seit Jahren. Ich bin betrogen worden. Vielleicht hat mich das zum Ungeheuer werden lassen, ich weiß es nicht. Ich denke, daß ich von nun an auf all das ein Anrecht habe, auf das ich die Hände legen kann.«

»Meine Luisa ist auch betrogen worden – so halb als Mulattin und halb als Mexikanerin geboren zu sein. Aber wenn die so reden würde wie Sie eben, dann wäre ich sehr beunruhigt. Ich würde mir Sorgen machen über... über ihren Verstand.«

»Machen Sie sich keine Sorgen über den meinen. Der ist sehr klar. Ich bin überhaupt nicht mehr durcheinander.«

»Was werden Sie jetzt tun? Er... ich bin sicher, er wird seine Familie nicht verlassen. Er gehört zu ihnen.«

»Nur halb«, sagte sie leise. »Er wird ihnen nie mehr wirklich gehören. Und Jessie... Jessie gehört ganz mir.«

»Es ist nicht gut, so zu reden.«

»Sie müssen versuchen, mich zu verstehen, Mr. Roma. Schließlich kennen wir uns schon so lange, und Sie haben mich immer bewundert, stimmt's nicht? Sie haben immer gesagt, ich sei eine so feine Frau. Das waren Ihre Worte.«

»Ja.«

»Wir werden also in aller Freundschaft voneinander Abschied nehmen?«

»Ja, Mrs. Wakefield.«

Sie gaben sich die Hand, aber er schien bei der Berührung durch sie plötzlich kleiner zu werden – wie die Spinne, die sich vor Angst zu einer Kugel zusammengerollt hatte.

An der Biegung des Weges fing er an zu laufen. Sie sah ihm durch die Bäume nach und widerstand dem Impuls, ihm nachzulaufen und zu versuchen, sich ihm noch verständlicher zu machen, ganz am Anfang zu beginnen: *Ich wurde auf einer Farm in Nebraska geboren. Es war eine armselige kleine Farm und ich haßte sie. Ich war schon immer schrecklich ehrgeizig. Ich wollte es zu etwas bringen ...*

So, sehr einfach und logisch. Aber Mr. Roma war vor ihr davongelaufen wie John und wie Mark. Es war niemand mehr da, dem man das alles erklären konnte – nur die tauben Bäume und die unbekümmerten Eidechsen, die selbstsüchtigen, schwatzenden Vögel und die von den Stürmen vergangener Jahre geglätteten Felsen.

Plötzlich fuhr sie herum und rief laut: »Jessie? Wo steckst du, Jessie?«

»Hier.«

»Ich kann dich nicht sehen.«

»Na hier.« Am Rande der Schlucht tauchte erst Jessies Kopf und dann der Rest auf. Blätter hatten sich in ihrem blonden Haar verfangen, und Halme des Stechgrases hatten sich vorn in ihren Pullover gebohrt.

»Da bist du ja«, sagte Mrs. Wakefield. »Du bist wieder da, na klar. Laß dich mal ein bißchen abputzen, Darling.«

»Sie klingen aber komisch. Wie meine Mutter, wenn sie geheult hat. Irgendwie so zittrig.«

»Weint denn deine Mutter?«

»Manchmal.« Jessie fing an, sich das Stechgras aus dem Pullover zu ziehen. »Ich hab die Spur zu Ende gelegt. Ich hoffe, er findet sie und kommt nach Hause.«

»Das wird er ganz sicherlich.«

»Vielleicht ist er ja auch losgezogen, um irgendwo ein Ei zu legen, was?«

»Das kann er nicht, weil er doch ein Ganter ist, weißt du?«

»Ich weiß, hab's nur eben vergessen.«

»Vielleicht sind wir ihm langweilig geworden, und er ist gegangen, um nach anderen Gantern und Gänsen zu suchen, mit denen er sich unterhalten kann.«

»Aber er wird doch zurückkommen?«

»O ja, eines Tages wird er das.« Sie löste ein Blatt nach dem anderen aus Jessies Haar, und sie flatterten im Wind davon wie braune Schmetterlinge. »Ich werde eines Tages auch wiederkommen.«

Jessie riß überrascht den Mund auf. »Fahren Sie denn weg?«

»Morgen.«

»Und ich dachte, Sie wollten für eine lange Zeit hier bei uns bleiben.«

»Nein, Jessie.«

Hand in Hand gingen sie nun langsam den Weg entlang. Als sie zu der Schaukel am Pfefferbaum kamen, fanden sie Jessies Puppe auf dem Holzbrett sitzen. Diese Puppe war schon fast völlig skalpiert, weil sie immer an den Haaren herumgeschleppt wurde, aber dafür war sie äußerst prächtig mit einem purpurfarbenen Halstuch bekleidet und mit einer von Marks Krawatten umgürtet.

Jessie nahm die Puppe von der Schaukel und warf sie auf die Erde. Sie haßte sie ganz plötzlich und es war ihr ganz egal, ob die Krawatte des Vaters schmutzig wurde oder nicht.

»Ich könnte Sie ja vielleicht begleiten«, sagte sie endlich.

»Nein. Nein, Jessie, diesmal nicht.«

»Ich würde Ihnen auch gar keine Scherereien machen.«

»Das weiß ich ja, aber ... Du solltest lieber deine Puppe wieder aufheben und sie sauber machen. Wie heißt sie denn?«

»Marie. Ich hasse sie.«

»Ich schicke dir eine neue Puppe«, sagte Mrs. Wakefield. »Die schönste und größte, die ich finden kann.«

»Ich mag die, die nässen und aufstoßen.«

»Dann kriegst du so eine. Wie wirst du sie nennen?«

»Ich weiß nicht«, sagte Jessie langsam. »Ich glaube, ich will eigentlich gar keine neue Puppe haben, sondern viel lieber mit Ihnen mitgehen.«

»Aber warum denn?«

Jessie schüttelte den Kopf. Sie konnte nicht sagen warum. Sie wußte nur, daß sie sich in Mrs. Wakefields Nähe so richtig unabhängig und erwachsen fühlte. Mrs. Wakefield hieß sie nie schweigen oder sich die Hände waschen oder damit aufhören, an den Niednägeln zu kauen.

»Wenn ich mit Ihnen mitkäme, könnten wir viele Seesterne fangen, und es würde mir auch gar nichts ausmachen, wenn Sie sie kochen.«

»Aber du würdest deinen Vater und deine Mutter vermissen.«

»Denen könnte ich ja schreiben.«

Mrs. Wakefield war bleich geworden. »Eines Tages ... eines Tages wirst du kommen und mich besuchen.«

»Wann?«

»Das weiß ich nicht.«

»Wo?«

»Auch das weiß ich nicht.«

»Das ist dasselbe wie *niemals*«, sagte Jessie schroff.

»Nein, mein Liebes. Nein, das ist es nicht.«

»Doch, es bedeutet einfach *niemals*.« Niemals war kein Wort, sondern es war ein Tonfall, ein Blick, eine Geste. »Sie wollen gar nicht, daß ich Sie besuchen komme.«

»Doch, sehr. Mehr als ich es dir sagen kann.« Sie setzte sich auf die Schaukel und legte Jessie den Arm um die Schulter. »Du mußt Geduld haben, und ich auch. Wir haben beide heute Enttäuschungen erlebt, aber wir müssen damit fertigwerden. Wir werden beide noch mehr Enttäuschungen erleben, Enttäuschungen jeder Art und Form und Größe.«

»Sie haben mir zuerst aber was anderes erzählt! Sie haben doch aus meiner Hand gelesen ...«

Sie entwand sich Mrs. Wakefields Arm. Sie gab der Puppe einen letzten, entschlossenen Tritt, hob sie an den Haaren auf und zerrte sie durch den Schmutz und die Häufchen scharfrandiger Eichenblätter hinter sich her.

Die Puppe unter einen leuchtend grünen, dichtbelaubten Anisbusch stopfend, überkam sie eine bittere Befriedigung. Es war ganz unvermeidlich, daß ihr Vater sie eines Tages nach seiner Krawatte fragen und Evelyn sich erkundigen würde, was aus »der hübschen Puppe, die Tante Susan dir mal geschenkt hat«, geworden sei. Aber das war ihr egal. Die Puppe war ein Symbol der Enttäuschung, das Abbild ihrer beiden Eltern, die sie nicht gehen lassen wollten, und Mrs. Wakefields, die sich weigerte, sie mitzunehmen. Sie war die Verkörperung des *Niemals*, des *Unmöglich*, eingehüllt in ein purpurfarbenes Tuch und mit einer Perücke auf dem Kopf. Nun, da sie die Puppe recht ordentlich durchgeprügelt hatte und sie ihr aus den Augen war, begann sich ihre Stimmung wieder ein wenig zu verbessern.

Sie brach sich ein Zweiglein vom Anisbusch ab und steckte es in den Mund. Mr. Roma hatte ihr erzählt, daß Anis das Leibgericht des Schwalbenschwanzes sei, wenn er sich verpuppe, und es bestand ja die wunderbare Möglichkeit, daß auch sie, wenn sie nur genug davon aß, plötzlich Flügel bekommen würde und hinfliegen könnte, wohin sie nur wollte. Die Aussicht auf einen solchen Zauber war herrlich, zugleich aber auch beunruhigend, denn wenn es einen guten Zauber gab, dann mußte es schließlich auch einen bösen geben. Das hatte ihr der Vater gesagt, als er ihr aus Grimms Märchen vorgelesen hatte. Es gebe aber kein absolutes Gleichgewicht zwischen beiden, hatte er hinzugefügt – der dunklere Zauber wöge immer schwerer.

»Das ist aber nicht gut für dich«, sagte Mrs. Wakefield und trat hinter sie. »Spuck's wieder aus, Jessie.«

Sie spuckte es aus, aber der Wind blies ihr entgegen, und sie mußte sich Mrs. Wakefields Taschentuch ausborgen, um sich das Gesicht abzuwischen.

Mrs. Wakefield schüttelte das Taschentuch aus und steckte es wieder ein. Sie war immer noch sehr bleich, und ihr Blick erschien umwölkt und abwesend. Sie sah ganz aus wie das *Niemals*.

»Wenn du mich begleiten willst«, sagte sie sanft, »dann weiß ich, wohin wir fahren.«

»Wohin denn?«

»Auf die Insel. Siehst du sie?«

Jessie schaute hin, und da war die Insel – die Zauberinsel, die je nach Laune des Wetters erschien und wieder verschwand. Manchmal war sie blau, manchmal grau. Manchmal war sie gar nicht da und manchmal nur als Spitze über der Nebeldecke sichtbar wie eine auf Wolken erbaute Burg.

»Ganz schön töricht von mir, daß ich daran nicht schon eher gedacht habe, was?« sagte Mrs. Wakefield und lachte. »Aber klar doch, die Insel wäre wirklich ein herrlicher Ort für dich und mich. So viele Seesterne, wie wir nur wollen, und noch andere Dinge, ein Haufen wunderbarer Dinge.«

»Sie sagten doch aber, daß da gar niemand lebt.«

»Natürlich können wir da noch nicht leben. Aber wir können doch mal hinfahren und uns umschauen. Dann können wir sehen, ob's uns da gefällt oder nicht.«

»Wann?«

»Jetzt gleich. Und wenn's uns gefällt, können wir Pläne machen.«

»Sie sieht weit weg aus.«

»Natürlich ist sie zu weit weg, um hinzuschwimmen. Aber du und ich, wir nehmen uns das Boot, das Schlauchboot, das ist sicherer. Und du kannst mir helfen, es in Bewegung zu setzen.«

Zögernd scharrte Jessie mit einer Fußspitze im Sand. »Ich mag aber Boote nicht so.«

»Du wirst mich doch nicht auch noch im Stich lassen wollen, Jessie? Nein, natürlich willst du das nicht, natürlich nicht.« Sie drückte Jessies Hand zwischen den ihren. »Du möchtest doch die Insel gern mal sehen, oder nicht? Stell dir das vor, eine ganze Insel nur für uns.«

»Ich muß aber irgendwo zur Schule gehen.«

»Schule?« wiederholte Mrs. Wakefield verblüfft. »O ja, klar. Du bist ein so überlegtes kleines Mädchen. Wie Mark, immer denken. Gut, gut, dann *bauen* wir eben eine Schule. Was sagst du dazu? Wir sollten uns jetzt aber beeilen.«

»Ich muß noch meiner Mutter Bescheid sagen. Kann ja sein, daß sie will, daß ich eine Jacke überziehe oder sowas.«

»Aber das ist doch ein Geheimnis, Jessie. Du kannst

ihr das erzählen, wenn wir wieder zurück sind. Oder sie wird's selber sehen, daß wir eine Bootsfahrt machen, wenn sie aus dem Fenster schaut. Wir müssen uns wirklich beeilen. Hör mal!«

Durch den Wald erklang laut und klar das Geläut von Mr. Romas Kuhglocke.

»Jemand braucht mich«, sagte Jessie.

»Da kümmern wir uns mal gar nicht drum.«

»Vielleicht ist ja mein Vater nach Hause gekommen. Er hat versprochen, mir Kaugummi mitzubringen.«

»Ich werde dir jede Menge Kaugummi kaufen«, murmelte Mrs. Wakefield dicht an ihrem Ohr. »Und die größte Puppe, die sich finden läßt. Und auch die Insel. Wir werden da eine Schule bauen und ein Haus, so groß wie ein Schloß.« Aber ihre Augen sagten *Niemals*, und die vom Wind mißhandelte Zypresse ließ ihre sterbenden Nadeln fallen und wimmerte *Niemals*.

Jessie sah und hörte das nicht, aber es prickelte auf ihrer Haut, und direkt unter ihrem linken Schulterblatt verspürte sie einen kleinen stechenden Schmerz, scharf wie ein Nadelstich.

»Ich ... ich geh wohl besser erst mal nach Hause.«

»Wozu?«

»Ich mag diesen Wind nicht. Ich *hasse* ihn sogar!«

»Der ist aber schön. Wie Musik. Eine ganz besondere Musik, die nur ganz besondere Menschen wie du und ich hören können.«

Jessie lauschte, aber sie konnte keine Musik hören, nur das rhythmische Scheppern der Kuhglocke, die sie nach Hause rief. Sie hielt sich die Ohren zu und drehte sich mit eingezogenem Kopf dem Wind zu.

»Der Wind wird bald nachlassen«, sagte Mrs. Wakefield. »Hier oben auf der Klippe bekommen wir ihn auch stärker zu spüren. Na komm nur, Jessie.«

»Gibt es... gibt es *wirklich* eine Insel?«

»Aber natürlich, mein Schatz. Du kannst sie doch selbst sehen.«

»Manchmal aber nicht.«

»Sie ist aber immer da.«

Sie begann ganz langsam den Weg entlangzugehen, die Hand auf Jessies Schulter. Anfangs mochte Jessie diese Hand da nicht – sie war so schwer und hinderte sie beim Gehen. Aber ganz allmählich wurde sie ihr zum Trost, zum Anker, der ihr Halt gab im Wind. Sie machte größere Schritte, um sich dem Gang von Mrs. Wakefield anzupassen. In ihrer Kehle verspürte sie einen kleinen Stachel der Aufregung stecken – da ging sie nun neben Mrs. Wakefield dahin, Schritt um Schritt, wie eine erwachsene Frau, und sie machte eine Fahrt zu einer Insel, auf der niemand lebte. Sie gingen um das Haus herum und strebten der Steintreppe zu, die etwa hundert Meter dahinter zum Strand hinunterführte. Niemand bemerkte sie oder rief sie an, obwohl sie kurz Mr. Roma sahen, der dort stand, wo James immer zu stehen pflegte, nämlich unter der Magnolie. Die Kuhglocke war verstummt.

»Ich glaube, mein Vater ist wieder da. Ich hab den Jeep gesehen.«

»Du wirst ihn sehen, wenn wir zurück sind.« Sie fing an, sehr schnell zu reden, um Jessies Aufmerksamkeit vom Haus und von dem in der Zufahrt stehenden Jeep abzulenken. »Letzte Nacht habe ich geträumt. Das war vielleicht komisch. Ich träumte nämlich, das Meer wäre völlig ausgetrocknet, und wo das Meer einmal gewesen war, war ein riesiges Wasserloch, das mit Staub und zerstoßenem Salz bedeckt war. In diesem Loch waren alle Lebewesen, alle Fische und Robben und Delphine, halb tot. Nirgends auf der Welt gab es mehr Wasser. Alles war zum Meer gekommen, um daraus zu trinken, Vögel und Tiere und Menschen. Bei denen waren auch Menschen, die ich kenne, also Luisa und du – ja, du warst auch da, Jessie. Aber natürlich war das Meer auch vertrocknet. Es gab nur noch dieses eine große Loch.«

»Das ist doch albern«, sagte Jessie.

»Träume sind das. Dann fing es zu regnen an, das Meer füllte sich wieder, alles wurde wieder lebendig, wie durch ein Wunder. Es gab keinen Blitz und keinen Donner, nur den Regen. Ich ging im Regen spazieren. Ich ging in den Wald, und aus dem Staub wuchsen wunderhübsche Blumen, und der Weg war wie ein samtenes Band aus Gras. Nicht dieses Stechgras, wie wir's jetzt hier haben, nein, richtiges Gras mit ein bißchen Klee darin. Und die Bäume – ach, du hättest die Bäume sehen sollen, Jessie. Die Kalifornischen Eichen schienen fast bis zum Himmel zu reichen. Die Orangenbäume waren mit Gold besetzt, und die Blätter der Pfefferbäume hingen herab wie feuchtglänzende grüne Bänder. Ich konnte ganz deutlich sehen, wie die Pflanzen wuchsen. Knospen öffneten sich vor meinen Augen, und aus dem blanken Holz wuchsen grüne Triebe ...«

»Und das Meer war wieder in Ordnung?«

»Ja, das war in Ordnung. So, wie es jetzt ist.«

»So ein bißchen rauh?«

»Ja.«

»Sind Sie darin geschwommen?«

»Nein, ich bin vorher aufgewacht.«

»Das ist ein komischer Traum«, sagte Jessie und nickte ernst mit dem Kopf, »wirklich komisch.«

Sie stiegen hintereinander die Stufen hinab und hielten sich an dem rostblasigen Handlauf fest. Kurz bevor das Haus ihren Blicken entschwand, drehte sich Jessie noch einmal nach ihm um, und ein verstohlenes kleines Lächeln huschte über ihr Gesicht. Wie sie Mrs. Wakefield so die Stufen hinab folgte und vor sich in der Ferne die Insel liegen sah, die die Gestalt eines auf der Seite liegenden, schlafenden Riesen hatte, da fühlte sie sich ungeheuer wagemutig und unternehmungslustig. Sie hatte nicht die geringste Angst, auch nicht, als ihr das Bild des Riesen in den Kopf kam, denn sie waren schon am Fuße der Treppe angekommen, und Mrs. Wakefield hatte ihre Hand wieder in die ihre genommen und hielt sie ganz fest.

»Ich bin froh, daß du mich begleitest«, sagte Mrs. Wakefield fröhlich. »Es würde ja überhaupt keinen Spaß machen, wenn ich die Insel ganz allein besuchen müßte.«

»Was machen wir, wenn wir da ankommen?«

»Alles erkunden. Oder vielleicht beobachten wir erst mal die Delphine.«

»Aber woher wissen Sie, daß es da Delphine gibt?«

»Das hat mir ein Fischer erzählt. Er versuchte mal, einen mit dem Blinker zu fangen, aber die Delphine waren viel zu schlau und ließen sich nicht übers Ohr hauen. Später erfuhr er dann, was es für ein Unglück bedeutet, wenn man einen Delphin fängt, und da gab er seine Versuche auf. Fischer sind abergläubische Leute.«

»Wieso?«

»Weil sie vom Glück leben. Dir wird doch nicht etwa kalt, oder?«

»Nein.« Ihr war aber doch ein ganz klein bißchen kalt, trotz der Nachmittagssonne. Der Gischt, der den Strand entlang geweht wurde, als wäre das Wasser Seifenlauge, ließ ihre Jeans feucht werden, und sie fingen an, sich ganz durchnäßt anzufühlen, wenn sie ihr so gegen die Beine klatschten.

»Da wären wir, Jessie.«

Das Schlauchboot lag da, wo Mark es liegengelassen hatte, nämlich halb auf den großen Felsblock gezogen und sicher vor der Flut. Mr. Romas altes Ruderboot war auch da – es lag mit dem Kiel nach oben im Sand und zeigte seine graue, rissige Unterseite.

Mrs. Wakefield zog an dem Schlauchboot, bis es wie ein Ball auf den Strand herunter gesprungen kam. Von der sonnenwarmen Luft im Inneren gespannt, schien es jeden Augenblick platzen zu wollen. Als sie es dann aber über den Sand in das kalte Wasser zogen, fing es an zusammenzuschrumpfen, bis es ziemlich schlaff aussah.

»Es leckt«, sagte Jessie und trat ins Trockene zurück.

»Nein, das ist nur wegen der Veränderung der Temperatur.« Mrs. Wakefield hatte ihre Schuhe abgestreift, stand nun im Wasser und hielt das Boot ruhig in der Brandung. »Zieh dir die Schuhe aus und kremple die Hosenbeine hoch. Ich halt's fest, während du reinkletterst.«

Jessie gehorchte, aber nur langsam. Das Boot, das einem so riesig vorkam, wenn es oben auf dem Dachgepäckträger des Autos lag, sah jetzt eher so aus, als wäre es kaum groß genug für zwei Personen.

»Beeil dich, Jessie.«

»Mach ich ja. Aber da ist ein Knoten.«

»Dann laß ihn.«

Das Kleid von Mrs. Wakefield war schon bis zur Hüfte hinauf durchnäßt, aber ihr schien das nichts auszumachen. Sie lächelte, und als eine Welle vor dem Boot zusammenschlug und gegen seine schlaffen, gelben Seitenwände klatschte, lachte sie erregt auf.

»Ist das nicht ein Mordsspaß, Jessie?« rief sie. »Sieh mich nur mal an, ich bin schon klitschnaß! Los, los, einsteigen, Darling.«

»Aber es will ja nicht stillhalten.«

»Natürlich nicht. Stell dir ein Boot vor, das stillsteht. Niemand würde so eins haben wollen. Los jetzt, nur zu.«

»Ich komme ja.«

Ihre Jeans hochziehend, watete sie ins Wasser. Der Sog einer ablaufenden Welle zog an ihren Füßen, und sie sank knöcheltief in den Sand ein. Sie wünschte sich, es gäbe einen weniger beschwerlichen Weg, um zu der Insel zu gelangen – beispielsweise eine Brücke oder ein großes Fährschiff, das nicht so auf den Wellen herumhüpfte, daß einem ganz übel davon wurde.

Schließlich wand sie sich über die Seite weg ins Boot hinein und setzte sich, steif vor Stolz und Angst, auf den kleinen Gummisitz im Heck.

»Braves Mädchen. So, wenn ich jetzt reingeklettert bin, dann müssen wir beide so fest paddeln wie nur möglich, damit wir aus der Brandung herauskommen. Kannst du das?«

»Ich ... ich denke schon.«

»Na, dann also los. *Bon voyage*, Miss Banner.«

Jessie kicherte, die Hand vor dem Mund.

19

Carmelita hatte die Vorhänge im Wohnzimmer zugezogen, damit die Nachmittagssonne den Teppich nicht ausbleichte. Der Raum war so dunkel, daß Mark, der aus der blendenden Helligkeit draußen hereintrat, Evelyn nicht sah, bis sie ihn fragte:

»Schon so früh zurück?«

»Ja.«

Als sich seine Augen an die Finsternis zu gewöhnen begannen, sah er sie deutlicher. Sie saß zusammengekauert und schlaff wie eine Stoffpuppe auf dem großen Sofa, den halbfertigen Pullover im Schoß, den sie für Jessie strickte. Das Wollknäuel lag weit von ihr entfernt beim Kamin, als hätte sie es in einem Wutanfall von sich geschleudert.

Er sagte vorsichtig: »Ich war gar nicht beim Friseur.«

»Das sehe ich.«

»Ich war nämlich überhaupt nicht in der Stadt. Ich bin wieder umgekehrt und zurückgefahren. Der Wind war so stark, daß es einem schon so vorkam, als versuchte man, in der Wüste durch einen Sandsturm zu fahren.«

Er setzte sich ihr gegenüber und rieb sich mit den Knöcheln das Kinn. Er hätte sich gern rasiert und geduscht, aber er wußte, daß sie von ihm erwartete, daß er sich zu ihr setzte und mit ihr redete. Sie hatte wahrscheinlich stundenlang so gesessen und überlegt, was sie ihm sagen wollte.

»Was hast du den ganzen Nachmittag über getrieben?« fragte er sie.

»Nachgedacht.«

»Worüber? Oder sollte ich das besser nicht fragen?«

»Über unser Zuhause, im wesentlichen.«

»Schon Heimweh?«

»Ein bißchen.«

Sie bewegte sich, hob das Strickzeug auf und ließ es in ihren Schoß zurückfallen. »Ich weiß, daß wir tausend Gründe hatten, warum wir herfahren wollten, aber ich kann mich an keinen einzigen mehr erinnern. Ist das nicht eigenartig?«

»Um der Hitze zu entgehen«, sagte Mark, »und die erfrischende Seeluft zu atmen. Ich meine auch, es sei die Rede davon gewesen, daß eine solche Reise für Jessie sehr bildend sein würde.«

»Ich fühle mich nicht sehr erfrischt. Und bis heute war die Hitze hier praktisch so unerträglich wie in Manhattan. Glaubst du, daß Jessie sich schon gebildet hat?«

»O ja, ganz bestimmt. Das gilt für uns alle. Es war doch eine allgemeinbildende Erziehung.«

»Werd nicht ironisch.«

»Bin ich nicht.«

»Du kannst keine drei Minuten mehr mit mir reden, ohne ironisch zu werden. Ist es ... es *ist* wegen ihr, nicht wahr?«

»Nein.«

»Du belügst mich ja nicht oft. Ich kann immer merken, wenn du's tust.«

»Kannst du das?« fragte er müde. »Ich kann's ja manchmal kaum selber merken.«

Er griff nach dem Zigarettenkistchen vor sich auf dem

Sofatisch. Das Kistchen war wie gewöhnlich gefüllt, die Zigaretten waren frisch, und das Tischfeuerzeug funktionierte gleich beim ersten Versuch. Evelyns Stärke war das Detail. Es irritierte ihn ein wenig, daß sie so viel Zeit auf so relativ unwichtige Dinge verwandte. »Müssen wir es eigentlich dermaßen düster hier drin haben?«

»Die Teppiche bleichen aus.«

»Die gehören doch Mrs. Wakefield. Du magst sie ja sowieso nicht, warum also nicht ihre verdammten Teppiche bleich werden lassen?«

»Das ist ein hübscher Gedanke. Also los.«

Sie erhob sich und riß die Vorhänge auf. Staub wirbelte durch die Bahnen des Sonnenlichts.

»Bitte sag mir die Wahrheit, Mark. Sie kann nicht schlimmer sein als das, was ich mir ausgemalt habe.«

»Da gibt's nicht viel Wahrheit zu erzählen.«

»Sie ist den ganzen Nachmittag über nicht hier gewesen. War sie bei dir?«

»Eine Zeitlang. Wir haben uns verabschiedet. Für immer. Sie reist morgen früh ab, und danach werde ich sie wohl kaum wiedersehen. Du kannst aufhören, dir Gedanken über sie zu machen.«

»Kann ich das? Kannst *du* das?« Auf ihr Gesicht trat ein verzerrtes kleines Lächeln. »War der Abschied ... war er sehr bewegend?«

»Ja, das war er. Das liegt im Wesen von Abschieden.«

»Aber dieser ... dieser ganz besonders, was?«

»Hör auf, Evelyn.« Er starrte in den wirbelnden Staub und wünschte sich, er wäre ein Teilchen davon, keines Gefühls fähig.

»Du leidest, nicht wahr?« sagte sie, und ihr Mund bebte. »Hinter all dieser wunderbar mannhaften Selbstbeherrschung kann ich dich leiden sehen. Und das freut mich. Ich lache darüber, schau nur. Jetzt weißt du, was andere Menschen empfinden, nicht? Nun bist du an der Reihe, und das freut mich. Es freut mich so sehr, daß ich vor Lachen glatt sterben könnte!« Sie hob einen Arm vor das Gesicht. »Andere... andere Menschen können auch leiden.«

Er ging zu ihr hinüber und legte seine Hände auf ihre zitternden Schultern.

»Laß mich in Frieden!«

»Ich wollte dir nur sagen, daß es mir leid tut. Es tut mir sehr leid, Evelyn.«

»Ich weiß. Aber zufällig habe ich keinen Bedarf an zartfühlenden Entschuldigungen. Sie wirken bei mir nicht mehr. Du bist so entsetzlich verwöhnt, Mark. Du bist es schon immer gewesen, warst immer der Herrscher in deinem Schloß, mit all deinen Schwestern da, die um dich herumtanzten, und deinen Eltern, die die Hälfte ihrer Zeit damit zubrachten dir einzureden, du seist das ganz große Genie. Und wo sie aufgehört haben, da habe ich dann weitergemacht. Ich wurde für dich der Clown, der die Stichworte liefert. Ich nehme an, ich sollte mich jetzt nicht darüber beklagen, daß ich das bekomme, was solche Clowns normalerweise bekommen, nämlich die Sahnetorte mitten ins Gesicht geklatscht. Wahnsinnig komisch.« Einer ihrer Mundwinkel verzog sich zu einem bitteren Lächeln nach oben. »Wie findest du mich in der Rolle der Ehefrau, der Unrecht geschieht?«

»Ganz gut«, sagte er unbewegt. »Mach weiter.«

»Ich habe nichts mehr zu sagen, außer daß du ein sehr harter Mann bist, Mark... oh, sehr sanft und süß, wenn es um Hunde oder Kinder oder Pferde geht... aber hart gegenüber Menschen, mir gegenüber, und ihr gegenüber auch, nehme ich an. Ich ... ich könnte fast Mitleid mit ihr haben. Vielleicht hab ich's eines Tages auch.«

»Und ich?«

»Ach ja, ich werde auch mit dir Mitleid haben. Wie könnte ich auch anders, wo ich dich doch liebe?«

Die Zigarette war bis zu seinen Fingern heruntergebrannt, und der reale physische Schmerz war fast eine Erleichterung. Er öffnete das Fenster, um die Kippe hinauszuwerfen. Der Wind fuhrwerkte herum wie eine nörgelnde Hausfrau und fegte den Rauch in alle Ecken des Zimmers. Als er das Fenster wieder schloß, sah er etwa eine viertel Meile vom Ufer entfernt das gelbe Schlauchboot auf den kabbeligen, weißgekrönten Wellen tanzen. Das Boot fuhr aufs offene Meer hinaus, und Mrs. Wakefield paddelte mit rasender Geschwindigkeit. Im Heck saß Jessie und sah winzig und schutzlos aus.

»Sie muß übergeschnappt sein!« sagte er ungläubig.

»Wer?«

»Sie fährt mit Jessie da draußen im Schlauchboot rum, und das bei einem ablandigen Wind wie diesem.« Er drehte sich wütend um. »Wo steckt Roma?«

»Ich ... ich habe ihn losgeschickt, damit er Jessie reinruft.«

Mr. Roma war beim alten Schuppen und wollte die Kuhglocke an ihren Nagel zurückhängen.

Er drehte sich um, als er Mark über die Zufahrt rennen hörte.

»Jessie kommt nicht. Ich habe geläutet und geläutet ...«

»Sie ist im Schlauchboot draußen, mit Mrs. Wakefield.«

»Mit dem Schlauchboot?« Mr. Roma schüttelte verwirrt den Kopf. »Aber die See ist doch viel zu rauh, das sollte Mrs. Wakefield schließlich wissen. Die Warnzeichen für kleinere Boote sind von Point Conception an überall aufgezogen worden, ich hab's im Radio gehört.«

»Wir müssen ihnen nach.«

»Besser wär's, die Küstenwache anzurufen und es dringlich zu machen.«

»Dazu ist keine Zeit mehr.« Er packte Mr. Roma am Arm und rief: »Sie steuern aufs Meer raus, mit voller Absicht. Die machen da nicht nur eine Vergnügungsfahrt. Sie wollen irgendwohin.«

»Es gibt doch aber gar nichts, wo sie hin könnten. Nur die Insel.«

»Die ist meilenweit entfernt.«

»Zwanzig Meilen.« Mr. Romas Augäpfel schienen wie Ballons anzuschwellen. »Und da kann man nirgends landen. Da sind nur Klippen und ausgewaschene Höhlen ...«

»Um Gottes willen!« sagte Mark hilflos. »Um Gottes willen!«

»Wir fahren ihnen im Ruderboot nach. Warten Sie, ich hole nur noch schnell eine Decke.«

Sekunden später kam er aus der Küchentür gerannt, zwei Decken über dem Arm und Carmelita dicht hinter sich, die ihn auf Spanisch anschrie. Er kümmerte sich nicht darum.

Hinter Mark zum Rand der Klippe hetzend, warf er dort die Decken in die Tiefe. Dann machten sie sich an den Abstieg, halb rutschend, halb fallend, sich immer wieder an hervorstehenden Wurzeln und an den Ästen von Büschen anklammernd, um ihr Tempo zu verringern. Fast gleichzeitig fielen sie in einem wahren Erdrutsch von Steinen und Sand rücklings auf den Strand.

Mark blutete an den Händen, und am Hinterkopf hatte er eine Beule, die zu schwellen begann. »Alles in Ordnung, Roma?«

»Ja.«

»Das Boot sieht ja nicht allzu gut aus.«

»Ist aber okay.«

»Das werden wir ja bald sehen.«

Sie hoben das Ruderboot vorsichtig vom Felsen in den Sand hinunter und trugen es dann zum Wasser. Mr. Roma steckte die Ruder in die verrosteten Halterungen.

»Ich werde rudern«, sagte er.

»Nein, ich.«

»Es ist doch aber besser, wenn ich das mache. Ihre Hände...«

»Die scheren mich nicht. Steigen Sie ein.«

Das Boot schlingerte wild durch die Brandung. Mr. Roma beugte sich weit nach vorn und schützte die Decken mit seinem Körper vor der Nässe. Abgesehen von dem Schnitt auf seiner Backe, aus dem langsam Blut floß, hatte sein Gesicht eine eher violette Farbe, und seine Augen schienen noch immer platzen zu wollen wie die Augen eines Fisches, der ganz plötzlich aus dem ungeheuren, am Meeresgrund herrschenden Druck heraufgeholt worden ist. Er schwieg. Er saß über den Decken zusammengeduckt da, den Blick auf den Boden des Bootes geheftet, wo das Wasser, das über den Bug hereingespritzt war, über seine Schuhe weg nach vorn und wieder zurück schwappte.

»Warum hat sie das getan, Roma?«

»Ich... ich weiß es nicht genau.«

»Vielleicht ist sie sich der Gefahr gar nicht bewußt.«

»Das muß sie sein. Aber es ist ihr gleichgültig. Sie hat's

mir gesagt, sie sagte, sie wäre betrogen worden und sie hätte auf alles ein Anrecht, auf das sie die Hände legen könnte.«

»Und was meinte sie damit?«

Mr. Roma hob den Kopf und blickte übers Meer in Richtung des kleinen Schlauchbootes. »Ich denke, sie meinte das ... das Kind.«

»Was sonst?« überschrie Mark den Wind. »Sagen Sie, was sonst ...?«

»Sie sagte, Jessie gehöre ganz ihr.«

»*Ihr*?«

»Ich glaube, sie meinte damit, daß sie Jessie mitnehmen wollte, irgendwohin.«

»Aber wohin? Da ist doch gar nichts.«

»Die Insel.«

»Sie würde aber doch in dem Ding da nie bis dorthin kommen!«

»Das ist ihr gleichgültig«, sagte Mr. Roma wieder.

Hinter jedem Schlag der Ruder waren jetzt Zorn und Angst. Ihr Boot war schneller als das plumpe Schlauchboot, und sie holten leicht auf. Weder Mrs. Wakefield noch Jessie drehten sich um und bemerkten sie. Sie schienen unbeirrbar auf ihr Ziel zuzusteuern.

Mrs. Wakefield sah so komisch aus mit ihrem wehenden Haar und ihrem vom Wind gebauschten und wieder zusammengedrückten Kleid, daß Jessie kaum aufhören konnte zu lachen. Windtränen und Lachtränen strömten aus ihren Augen und trockneten salzig auf ihren schmutzig verschmierten Backen.

»Meine Arme werden müde«, sagte sie schließlich.

»Dann ruh dich ein Weilchen aus. Das mache ich auch.«

»Glauben Sie, daß wir da auch Robben finden?«

»Aber sicher.«

»Ich würde gern ein Robbenbaby fangen und mit nach Hause nehmen. Ich wette, die Kinder in der Schule würden ihren Augen nicht trauen.«

»Nach Hause?« Mrs. Wakefield wandte sich halb zu ihr um, und Jessie konnte sehen, daß ihr Gesicht ganz still geworden war. Ihr Haar wehte im Wind, ihr Kleid flatterte, aber ihr Gesicht war so ruhig wie Stein. »Wo ist das, zu Hause?«

»Manhattan.«

»Manhattan.« Sie preßte die Finger vor den Mund. »Das ist auch eine Insel, nicht?«

»Eine Stadtinsel.«

Zitternd verschränkte Jessie die Arme, damit sie sich gegenseitig wärmten. Die Sonne war nicht mehr zu sehen, und eine Wolkenherde trieb über den Himmel. Das Meer veränderte seine Farbe von Blau zu Grün, von Silber zu Schiefergrau. All diese Veränderungen ängstigten sie ein wenig, und sie schaute nach der Insel aus, um festzustellen, wie weit es noch war und wie lange es dauern würde, bis sie dort ankamen.

Die Insel aber war verschwunden. Es war nur das Meer da, so weit das Auge reichte nur das Meer.

»Sie ist weg«, rief sie. »Die Insel ist weg!«

»Nein, nein, sie ist schon noch da, wir können sie nur nicht sehen. Das Wetter hat umgeschlagen.«

»Aber wir kommen doch näher an sie heran. Da müßten wir sie doch eigentlich *besser* sehen. Sie müßte jetzt viel *größer* sein.«

»Sie versteckt sich hinter dem Wetter.«

»Verstecken?« Sie beugte sich vor und strengte die Augen an, aber da draußen versteckte sich nichts. Der schlafende Riese war aufgestanden und davongegangen.

Sie erinnerte sich an die rätselhaften Pfützen auf dem Highway. Es war ein sonniger Tag, und sie fuhr mit ihrem Vater im Auto, als sie vor sich auf der Straße glänzende nasse Pfützen entdeckte. Aber ihr Vater konnte so schnell fahren wie er wollte, sie kamen nie an die Pfützen heran, sie waren immer schon ausgetrocknet und verschwunden, wenn das Auto sie erreichte.

»Warum können wir sie nicht einholen?« fragte sie.

»Weil sie gar nicht da sind«, sagte Mark. »Es ist nur eine Spiegelung der Sonnenstrahlen.«

»Aber ich *sehe* sie doch, ich sehe sie mit eigenen Augen!«

»Es ist eine Täuschung.«

»Aber...«

»Siehst du die da, direkt neben dem Ahornbaum? Wenn wir bei dem Baum sind, halten wir an, und du kannst aussteigen und nachsehen.«

Sie stieg aus und sah nach, und es war keine Pfütze da. Sie hob ein Ahornblatt vom Boden auf, um es als Souvenir mit nach Hause zu nehmen.

»Da ist keine Insel«, sagte sie mit harter, angespannter kleiner Stimme.

»Jessie, ich habe dir doch gesagt...«

»Das ist wie bei den Pfützen. Ich hab nachgeschaut, und sie waren gar nicht wirklich da.«

»Ich verstehe dich nicht. Jessie, mein Liebes, nun hör mir mal...«

Sie kletterte über den Sitz und legte einschmeichelnd den Arm um das ruhende Kind. Da erblickte sie – keine fünfzig Meter entfernt – Mr. Roma und Mark in dem alten

Ruderboot. »Vielleicht hast du recht«, sagte sie schroff. »Es gibt gar keine Insel.«

»Das war alles nur geschummelt?«

»Ja.«

»Und wir können nach Hause fahren?«

»Ja.«

»Sie sollten sich nicht solche Scherze mit den Menschen erlauben«, sagte Jessie voller Rechtschaffenheit. »Das ist gar nicht nett.«

»Das sehe ich ein.«

»Sie werden es nie wieder tun?«

»Nein, Jessie. Nie wieder.«

»Das ist ein Versprechen.«

»Sieh mal. Sieh dich nur um. Dein Vater und Mr. Roma sind gekommen, um ... um uns abzuholen.«

»Mein *Vater*!« Jessie schnellte herum – und da waren, sie sah es mit eigenen Augen, ihr Vater und Mr. Roma und das Ruderboot. Es gab keine Insel, aber ihr Vater war wirklich da, und auch das Ruderboot, und am wirklichsten von allem Mr. Roma. Er schwenkte seine Mütze wild in der Luft herum. Sein ganzes Gesicht war ein einziges Lächeln, und er nickte immerzu mit dem Kopf, daß es aussah, als säße er gar nicht mehr an seinem Hals fest.

Jessie schrie und lachte und rief ihm zu, auch wenn er es gar nicht hören konnte: »Mr. Roma! He, es gibt gar keine Insel! Das ist alles nur ein Jux!«

Mrs. Wakefield warf den Treibanker aus. Sie blieb schweigend sitzen, bis das Ruderboot längsseits gegangen war und Mark das Tau ergriff, das an der Bordwand des Schlauchbootes befestigt war.

»Ahoi, ahoi«, brüllte Jessie, und Mr. Roma schrie zurück: »Ahoi!«

»He, Mr. Roma, wissen Sie was? Es gibt überhaupt gar keine Insel.«

»Na sowas«, sagte Mr. Roma, wobei er schniefte und sich mit dem Ärmel über die Augen wischte. »Das ist ja kaum zu glauben.«

»Daddy, hast du das gewußt?«

»Nein«, sagte Mark. »Hier, ich helfe dir rüber. Du fährst jetzt mit uns zurück.«

»Wieso denn?«

»Sei ein braves Mädchen und stell keine Fragen. Komm hier rüber, in die Mitte.«

Er hielt sie fest, als sie ins Ruderboot kletterte. Mr. Roma wickelte sie in eine Decke wie in einen Kokon ein, und sie saß eng an ihn gedrückt da, vom Boot hin- und hergeschaukelt.

Mark wandte sich Mrs. Wakefield zu und blickte sie mit kaltem Zorn an. »Kommen Sie mit?«

»Nein.«

»So was Verrücktes zu machen ... Sie müssen den Verstand verloren haben. Los, steigen Sie rüber.«

»Ich will aber nicht.«

»Sie werden schon wollen.«

»Sie verschwenden nur Ihre Zeit«, sagte Mrs. Wakefield. »Sie sollten Jessie nach Hause bringen, sie ist klatschnaß.«

»Und was wollen Sie machen?«

»Ich?« Sie blickte ihn verständnislos an. »Ich werde ... ich werde nachkommen.«

»Sie haben Gegenwind, und es sieht so aus, als würde es ein Unwetter geben.«

»Im Sommer gibt's hier keine Unwetter.«

»Um Himmels willen, Janet, hören Sie mit dem Gerede

auf. War's nicht schon genug des Schwachsinns für heute? Ich kann Sie nicht so hier draußen lassen und ich muß Jessie nach Hause bringen.«

»Dann bringen Sie sie heim. Ich möchte noch nicht zurück... noch nicht gleich. Später. Ich werde in einem Weilchen da sein.«

»Janet... Janet, bitte, seien Sie vernünftig.«

»Lassen Sie sie«, sagte Mr. Roma, und Mrs. Wakefield sah dankbar zu ihm hinüber.

»Und was ist, wenn ein Sturm aufkommt?« schrie Mark.

»Sturm? Wie Mrs. Wakefield Ihnen schon gesagt hat, im Sommer kriegen wir hier nie Sturm.«

»Danke, Carl«, sagte sie.

Noch bevor sie den Strand erreicht hatten, fing es an zu regnen.

Mr. Roma sagte, Mrs. Wakefield sei auf eine lange Reise gegangen, und Evelyn meinte, sie wisse nicht... *Ruhig jetzt, Jessie. Niemand weiß es. Es bringt nichts, weitere Fragen zu stellen.*

Aber Luisa flüsterte von ihrem Fenster auf der anderen Seite der nassen Zufahrt herüber, daß *sie* alles wisse. »Sie ist auf dem Grund des Meeres, und die Haie fressen sie auf.«

»Nein!«

»So ist's, jede Wette.«

»Mr. Roma hat gesagt...«

»Du bist noch so ein Kind, daß sie dir halt nichts *sagen*. Ich weiß zufällig, daß sie das Schlauchboot vor zwei Tagen gefunden haben. Die Küstenwache hat es in einer der Höhlen unter den Klippen da auf der Insel entdeckt.«

»Was für eine Insel?«

»*Die* Insel, du Törchen.«

»Du bist eine stinkende Lügnerin«, sagte Jessie, schloß ihr Fenster ganz fest und steckte sich die Finger in die Ohren, damit sie die Bäume im Dunkeln vor ihrem Fenster nicht mehr weinen hören konnte – tropf, tropf, tropf.

Es dauerte fast eine Woche, bis es wieder zu regnen aufhörte, die Sonne wieder hervorkam und man wieder in den Wald gehen konnte.

Sie schlurfte in einem Paar Gummistiefel den Weg entlang, die Mr. Roma in der Garage gefunden und innen von den Spinnweben gesäubert hatte.

»Wem gehören die, Mr. Roma?« – »Niemandem.« – »Sie müssen doch aber jemand gehören.« – »Pssst, keine Fragen mehr.« – »Gehören sie Mrs ...?« – »Na, na!«

Es regnete nicht mehr, aber es tropfte noch von den Bäumen, wenn sie ihre Zweige schüttelte oder wenn die Kolibris zwischen den nassen Blättern herumschwirrten. Der Weg war voller Schlamm, der gluckerte und an den übergroßen Stiefeln zog, als wolle er sie ihr ausziehen. Als sie außer Sichtweite des Hauses war, bückte sie sich und hob eine Handvoll Schlamm auf, um zu sehen, wie er sich anfühlte. Und da stand, aus ihm hervorwachsend, ein winzig kleines Bäumchen mit ganz feinen, spitzenartigen Blättern, wie sie der Pfefferbaum trug.

Sie starrte mit gerunzelter Stirn darauf hinab. Das kleine Bäumchen erinnerte sie an etwas, aber einen Augenblick lang wußte sie nicht, was es war. Sie sah sich aufmerksamer um, und da entdeckte sie, daß da noch andere kleine Bäumchen waren, die überall um sie herum zu ihren Füßen wuchsen – mit winzigen Blättchen, die aus Zweigen und Ästchen hervorsprossen, von denen sie gemeint hatte, sie wären tot. Alles war wie durch einen Zauber zu neuem Leben erwacht. Aus dem blanken Holz kamen grüne Triebe heraus, und Knospen schienen sich direkt vor ihren Augen zu öffnen. *»Dann fing es zu regnen an, und das Meer füllte sich wieder, und alles wurde wieder lebendig ...«*

Alles war da, alles so, wie es in Mrs. Wakefields Traum gewesen war. Die Orangenbäume glitzerten vor lauter Gold, und die Kalifornischen Eichen reichten bis zum Himmel empor, und die Blätter des Pfefferbaumes hingen herab wie feuchtglänzende grüne Bänder.

»Ich möchte wetten, daß sie das nie geträumt hat«, sagte sie laut und voller Zorn. »Ich möchte wetten, daß sie das alles so gesehen hat und dann nur *sagte*, daß es ein Traum gewesen wäre.«

Was für eine Lügnerin Mrs. Wakefield doch war, die auch diese Geschichte mit der Insel erfunden hatte – und was für ein Kind sie selbst, daß sie ihr alles geglaubt hatte. Jetzt war sie viel älter, und niemand würde sie noch mal so reinlegen.

Sie ging weiter. Mit voller Absicht zertrat sie die kleinen Bäumchen mit den Absätzen ihrer Stiefel.